생이 끝나갈 때
준비해야 할 것들

생이 끝나갈 때 준비해야 할 것들

존엄한 죽음을 위한 안내서

데이비드 케슬러 지음
유은실 옮김

21세기북스

이 책에 바치는 찬사

마침내 다행히도, 나에게 죽음과 대면할 시간이 다가왔다. 데이비드 케슬러는 친구이자 제자로 나의 작업을 이끌어왔다. 그의 책은 분명히 도움이 될 것이다.

– 엘리자베스 퀴블러 로스 『인생 수업』 『상실 수업』 『죽음과 죽어감』 저자

이 책은 우리 모두에게 다가올 가장 신비롭고도 아름다운 순간을 내다보게 해준다. 또한 죽음이란 우리 자신을 '사랑'에 완전히 내어주는 행위임을 알게 한다. 마치 신의 품에 안기는 것처럼.

– 테레사 수녀

데이비드 케슬러는 내 아버지가 돌아가셨을 때 내 곁을 지켜줬다. 이 책은 병석에 누워 있는 사람이나 그들 곁을 지키는 사람 모두에게 필요한 것들을 알려준다. 당신은 죽음과 마주한 때에도 온화함과 평화를 찾을 수 있을 것이다.

– 마리안느 윌리엄슨 『사랑의 기적』 저자

데이비드 케슬러의 작품은 우리가 죽음을 맞이할 때 무엇이 필요한지 이해하는 데 지대한 공헌을 했다.

– 미국 암학회

무척이나 온정 어린, 행복감을 주는 책이다. 우리의 모든 환자와 그들의 가족, 친구들이 그의 말과 생각을 접해보기를 적극 추천한다.

– UCLA 테드 만 가족지원센터

누구나 예외 없이 마주하게 될 죽음의 문 앞에서 떠나는 이도, 보내는 이도 함께 경험하게 될 불안, 두려움, 회피의 침묵을 어떻게 극복하고 영적차원으로 끌어올릴 수 있는지를 안내해주는 책!
저자의 다양한 체험을 토대로 한 구체적이고 호소력 강한 이야기들은 '위엄 있게 죽을 권리'를 위해 우리가 얼마나 큰 사랑의 인내와 용기와 지혜를 지녀야

하는지 거듭 강조한다. 죽음 속에 깃든 예기치 못한 평화, 삶의 경이로움과 놀라움으로 우리를 새롭게 초대하는 감동적인 책이다.

– **이해인** 수녀, 시인

이 책을 읽고 나라는 존재의 마지막 소망을 생각하게 되었다. 삶을 마무리 할 때가 오면 존엄을 잃지 않고 가능하면 고통 없이 평화롭게 죽음을 맞고 싶다. 사랑하는 사람들과 마지막 시간을 함께 보내고 떠나기를 희망한다. 그리고 남은 사람들이 슬픔과 고통에서 벗어나 마음의 평화를 얻기 바란다. 나의 소망이 이루어질 수 있도록 삶의 끝자락에서 나를 돌보아 줄 가족과 의사, 간호사 들에게 이 책을 선물하고 싶다.

– **박성욱** 전 서울아산병원장, 울산대학교 의과대학 심장내과 교수

"그저 사람일 뿐이다. 병에 걸렸고 그 병으로 죽어가고 있는 것이 사실이지만 온전한 한 인간이다."라는 한마디가 가슴 깊이 스며들어온다. 나는 25년 동안 죽어가는 이들을 돌보는 여정에 함께 있었고, 지금도 죽어가는 이들과 함께 수행하는 삶을 살고 있다. 이 책은 임종을 앞둔 환자들의 고통과 그들에게 도움이 필요한 부분을 구체적으로 표현하고 있으며, 그에 따른 대안을 적절히 제시하고 있기에 말기 상태를 경험하고 있는 환자와 가족들에게 위로와 희망이 되어 줄 것이다. 죽어가는 이들을 위한 저자의 아름다운 헌신에 사랑과 존경을 담아 응원을 보낸다.

– **능행** 정토마을 자재요양병원장

우리는 살아가면서 무조건 한 명 이상의 죽음을 마주해야 한다. 허나 나처럼 죽음을 전문적으로 접하는 사람이 아닌 이상 보통 사람들은 그에 대한 막연한 느낌만 있을 것이다. 그러나 분명 우리가 죽음을 마주할 때 실질적으로 알아야 할 것이 있지 않을까? 전문가인 내 눈에도 이 책은 죽음의 실제에 대해 세세하고 보편적으로 설명하고 있다. 그래서 이 책은, 죽음에 관한 실용서라고 불릴 만하다.

– **남궁인** 『만약은 없다』 저자, 응급의학과 의사

출간 10주년 기념 서문

이렇게 이 책의 10주년 기념판이 나오게 된 것은 대단히 많은 사람이 책이 주는 메시지를 믿었기에 가능했다. 이 책의 핵심 메시지는 평안, 희망 그리고 깊은 사랑이다. 지난 여러 해 동안 많은 독자들이 이 책의 등장인물, 그들의 삶과 희망, 투쟁, 비극 그리고 사랑에 공감했다고 했다.

책이 출간된 지 10년이 된 지금, 죽음을 앞둔 사람을 돌보는 방법에 약간의 변화가 생기기는 했지만 죽음이 일생에서 가장 힘든 경험이라는 사실에는 변함이 없다.

작가로서 나는 독서가 혼자라는 느낌을 덜어주는 행위라고 확신하지만, 의료인으로서 나는 사랑하는 사람이나 자신이 죽음을 맞을 때에는 결국 혼자라고 느낄 수밖에 없다고 생각한다. 독자들이 혼자라는 느낌이 들 때 이 책이 도움이 되었다는 것에 보람을 느낀다. 그리고 등장하는 실제 인물들이 이 글 안에서 여전히 살아 있어서 참으로 흐뭇하다. 그들의 이야기, 경험, 감정은 읽는 이들을 감동시키고 도움을 주고 죽음과 관련해서 옳은 길로 안내해줄 것이다.

대단히 훌륭한 두 여성의 지도와 격려가 있었기에 이 책을 집필

할 수 있었다. 첫 번째로 친구이자 멘토인 엘리자베스 퀴블러 로스(Elisabeth Kübler-Ross)다. 이 책이 처음 출간된 후 그녀와 함께 『인생 수업』『상실 수업』을 출간하는 행운을 누렸다. 엘리자베스는 자신의 인생과 일을 세상 사람들과 나눴으며, 내가 그녀의 임종을 옆에서 지킬 수 있었던 것은 크나큰 영광이었다. 또한 이 책을 통해서 엘리자베스의 죽음을 세상 사람들과 함께하는 것도 괜찮다고 생각한다.

내게 영감을 준 두 번째 여성은 테레사 수녀(Mother Teresa)이다. 수녀님은 늘 사랑의 정수를 보여주셨다. 책을 쓰는 데 도움을 주신 수녀님께 깊은 고마움을 전한다. 더욱이 이 책을 칭찬해주셔서 몹시 놀랐고 감사했다.

두 분 모두 이제 세상에 계시지 않지만 이 책이 두 분이 이뤄놓은 놀라운 업적에 조금이나마 보탬이 되길 바란다. 또한 내가 하는 일을 통해 우리 모두가 삶의 마지막 순간에 부드럽고 사랑이 가득한 돌봄을 받을 자격이 있다는 것을 분명히 알게 되기를 진심으로 소망한다.

책을 다시 손보면서 호스피스 의료 기관과 완화 치료에 관한 정보, 조력자살(assisted suicide)에 관한 논란, 임종 시간이 돼야만 드러날 법한 몇몇 흥미로운 내용을 새로이 추가했다. 이 책이 또 다른 모습으로 앞으로도 계속 독자에게 도움이 되리라 생각하기에 저자로서 정말 행복하다. 무엇보다 여러분의 삶에서 너무도 중요한 순간에 함께할 수 있어서 감사하다.

나는 독자들이 죽음의 물리적인 면은 물론 감정적인 면까지 잘 알게 되기를 바라며 이 책을 썼다. 물론 죽음을 마주한 사람을 진단할 때나 치료 계획을 세우는 데 사용돼서는 안 된다. 의학적 충고를 원하거나 개인적인 문제를 해결하고 싶다면 담당 의사와 의논하기를 바란다.

이 책에는 수많은 환자와 그들의 가족과 친구들이 당면했던 어려움에 관한 이야기가 있으며, 그들과 내가 깨달은 지혜도 함께 담겨 있다. 자신의 삶과 죽음 그리고 다른 여러 경험을 함께 나눈 그들 모두가 내게는 스승이다. 그들의 사랑과 용기, 희망, 약점, 불안, 두려움, 꿈, 고통 등 모든 것에서 영감을 얻고 감동을 받을 수 있다. 그들의 이야기로 떠나는 이 여행에서 독자들은 풍요롭고 의미 있는 경험을 하게 될 것이며 그런 경험을 통해 죽음을 마주한 사람에게 필요한 것은 물론 삶에 대해서도 많은 것을 깨닫게 될 것이다.

환자의 이름을 포함해서 신상을 알 수 있는 정보는 사생활 보호를 위해 바꿨다. 서로 다른 여러 사람의 특징을 조합해서 인물을 만든 경우도 많다. 다만 허락을 받았거나 대중에게 널리 알려진 경우에는 실제 이름을 그대로 사용했다.

들어가며

죽음은 삶의 마지막 여정이다. 내게 죽음은 늘 중요한 문제였으며 해가 지나면서 그 중요성은 더욱 커져갔다. 죽어가는 사람들과 함께 일하는 우리 같은 사람들에게 죽음은 아주 잘 알아야 하면서도 찾아오지 않기를 바라는 방문객과 같다. 죽음과 관련된 나의 여정은 개인적으로 가족을 통해 얻은 경험과 함께 직업적으로 죽음을 다루는 과정에서 얻은 경험으로 이루어져 있다.

오늘날 죽음의 모습은 너무나 다양하다. 폭력의 결과로 맞는 죽음도 있고, 자연 현상으로 맞는 죽음도 있으며, 오랜 질병의 종착역으로서 맞는 죽음도 있다. 사람들은 집에서 텔레비전으로 죽음을 보기도 하고, 영화 속에서 죽음을 보기도 하며, 비디오게임에서 죽음을 가지고 놀기도 한다. 죽음을 자주 볼수록 죽음에 대한 두려움이 그만큼 줄어들기를 바라는지도 모른다. 개인의 경험 가운데 죽음이 가장 고통스러운 것 중에 하나임에도 불구하고 우리는 병적으로 죽음을 궁금해한다. 많은 사람이 일생 내내 죽음을 불사하고 위험한 일에 덤벼든다. 험한 산을 오르고, 비행기를 타는가 하면, 자동차 경주를 벌인다. 한 발짝 떨어져서 아무리 많이 죽음을 생각해봐도 언젠가는 죽음에 직면하리라는 사실을 우리는 모두 알고 있다. 그날이 올 때까지는 방관자 입장에서 죽음을 경험한다. 나는 직업으로 인해 죽음이라는 불청객과 더 가까워졌기 때문에 죽음 안에서 더욱 평화를 발견했으며 여러분도 자신의 여정에서 평화를 찾기 바란다.

내가 죽음을 앞둔 사람들과 함께하는 호스피스 일을 시작했던 1980년대 초반에는 호스피스를 말기 환자들이 요양하는 물리적 장소나 시설이라고 생각했다. 그러나 이 일을 해오면서 호스피스가 사랑하는 사람을 돌보는 방식의 하나이자 철학이라는 것을 알게 됐다. 어떤 사람에게는 호스피스가 좀 더 자연스러운 죽음을 의미하고, 또 어떤 사람에게는 임종이 가까울 때 적극적인 의료를 피하는 방법이라는 의미다. 다른 한편에선 여전히 호스피스를 통증 관리와 연관해서 생각하는 사람도 있다. 그렇지만 호스피스란 무엇인지 그 실제가 명확하게 규정되지 않았다. 아직도 대부분의 사람이 병원에서 생을 마무리하고 있는데 병원에서는 죽음을 맞게 된 사람들의 필요와 관심을 부지불식간에 간과해버리는 경우가 흔하다.

수없이 임종의 자리에 함께 있어 보니, 가족과 의료진 그리고 죽음에 직면한 사람조차 죽음을 맞을 때 무엇이 필요한지 모른다는 사실을 알게 됐다. 그런 필요를 느낀다 해도 어떻게 표현해야 할지 잘 모르고 있었다. 그래서 나는 삶의 마지막 몇 달 또는 몇 분이 인생에서 버려지는 시간이 아니라 아주 중요한 순간이 돼야 한다고 생각하기 시작했다. 여러 해 동안 죽음을 마주한 사람에게 필요한 것들을 설명하고 통합하고 확장해나감으로써 당사자와 그 가족들에게 힘을 보태주려고 노력했다.

이 과정에서 어려운 단계는 죽음을 앞둔 사람에게 필요한 것을 실천에 옮기는 일이었다. 사회와 의료 시스템은 죽음의 과정에서 사람들을 배제해왔다. 100년 전만 해도 죽음은 일상에서 친숙하게 접하는 자연스러운 삶의 한 부분이었다. 집에서 임종을 맞았고 기껏해야 의사가 함께 있어주는 정도였다. 그러나 1940년대 이후 죽음은 병원이라는 새로운 집에서 이뤄지는 일이 됐다. 병원에서는 의사들이 한꺼번에 여러 환자를 보고 중환자실에서는 죽어가는 사람에게 최신 의료 기술을 사용했다. 1970년대에 이르자 죽음은 공동체, 가정, 개개인에게서 사라져버렸다.

1980년대에는 죽음이 차갑고 비인격적인 경험으로 변해버렸다. 사랑하는 사람 가까이에서 마지막 며칠 동안을 함께 보낼 기회를 박탈당하는 경우가 대부분이었다. 바로 그때, 호스피스 운동이 퍼지기 시작했다. 집으로 돌아와 가족과 친구들에게 둘러싸여 마지막을 보내는 사람이 점점 늘어났다.

1984년, 나는 '점진적 간호 서비스'라는 이름의 가정건강의료 회사를 직접 운영하기로 했다. 초기에는 대부분 에이즈와 암으로 고통받는 말기 환자가 필요로 하는 것을 집중적으로 제공했다. 환자 한 명과 간호사 세 명으로 시작했는데, 가정건강 관리와 호스피스 운동이 확산되면서 설립 8년이 지나자 회사 규모가 커졌다. 당시 병원에서 근무한 간호사들은 대체로 에이즈 환자와 임종 환자를 보살피는 일을 불편해했지만 호스피스 운동에 헌신한 소수의 간호사도 있었다.

나는 호스피스 정신에 입각한 간호사들과 그들을 필요로 하는 사람들이 함께하도록 해주고 싶었다.

우리 할아버지의 할아버지 세대에서 그랬듯이 집은 진정한 치유의 장소임이 입증됐다. 집에서는 자신이 좋아하는 물건과 사람들에 둘러싸여 필요한 치료를 받을 수 있다. 집은 추억을 되새기며 반려동물과 사랑하는 사람 곁에서 죽을 수 있는 치유의 장소가 됐다. 안타깝게도 많은 사람이 눈앞에 닥친 것에 준비하지 못한 상태에서 집으로 퇴원하고 있었다. 우리가 할 일은 그런 사람들을 준비시키고 편안하게 해주며 건강 관리를 지도하는 것이었다.

오늘날에는 의료 개혁으로 호스피스의 개념이 확대됐다. 많은 병원과 의사와 보험회사가 집에서 죽음을 맞는 편이 더 편안하고 개인을 존중해주는 길일 뿐 아니라 경제적이라는 점을 인식하고 있다.

회사를 국가 기관에 매각했던 1992년에는 간호사가 300명이 넘었고 서비스를 받는 환자는 100명이 넘었다. 요즘 나는 죽음과 죽음의 과정에 관해서 강의하고 죽음을 앞둔 사람과 그들의 친구나 가족을 상담하며 지낸다. 죽음 앞에 선 사람들에게 내가 이야기를 하기도 하지만 나의 멘토였던 엘리자베스 퀴블러 로스 박사가 가르쳐준 대로 대체로 그들의 말을 듣는 편이다. 호스피스 기관의 간호사로 시작해서 이후 호스피스 간호에 중점을 둔 회사를 운영하면서 우리가 어디에서, 어떻게 그리고 왜 죽는지에 관해서 더 깊이 이해하게 됐다.

죽음은 절대 피할 수 없는 삶의 한 부분이다. 피할 수도 없고 죽음으로 인한 이별의 고통을 막을 수도 없다. 그렇지만 우리는 살아 있는 사람이나 죽음을 앞둔 사람 모두를 위해 죽음의 경험을 좀 더 유익한 것으로 만들 수 있다.

우리 대부분은 자신이나 사랑하는 사람에게 죽음의 문제가 닥칠 때라야 비로소 죽음이 삶의 자연스러운 한 부분이라고 말할 것이다. 사람들이 죽음을 부자연스러운 이별로 여기는 까닭은 성장하면서 죽음을 자연스러운 사건으로 바라보도록 배우지 못했기 때문이다.

예전 우리 할아버지들 시대에는 자녀들이 모두 보는 가운데 아픈 사람을 돌보고 임종을 지켰으며 주검을 묻고 망자를 위해 애도했다. 지금은 직접 죽음을 경험하는 경우가 거의 없다. 좀 더 의미 있고 사적인 경험을 원한다면 과거로 돌아가 기본을 배워야 한다. 불행하게도 그렇게 기본을 배울 수 있는 실질적인 자료가 거의 없다. 1969년 퀴블러 로스 박사가 부정, 분노, 타협, 우울, 수용이라는 죽음을 맞는 다섯 단계를 발표한 것이 최초의 중요한 작업이었다. 이 책에서 다루고 있는 죽음을 앞둔 사람에게 필요한 것들은 이 기본에 추가된 것이며 앞으로 진행될 탐구의 출발점이 될 것이다.

죽음이 삶의 의미에서 핵심적인 사건이기에 우리는 계속해서 죽음의 의미를 탐구해야만 한다. 삶의 마지막 순간에 죽음이 우리를 짓누르는 적이고 사람을 무력화시키는 무시무시한 자연의 장난이라고 생각한다면 그때까지 살아온 삶은 아무 의미가 없어진다. 반면 우리가 태어나고 자라서 한창때를 보내고 때가 되면 언젠가는 죽는다는 사실을 이해한다면 의미 있는 곳에서 삶을 살게 될 것이고 의미 있는 방식으로 죽음을 맞게 될 것이다.

실제로 죽어보지 않은 이상 어느 누구도 죽음을 진실로 이해한다고 장담하지 못한다. 때가 되기 전에는 그저 관찰자일 뿐이다. 내가 죽음에 관해서 가르치는 내용은 죽음으로부터 배운 것이다. 병원에서 수련을 받으면서 죽음이라는 주제를 다루게 됐지만, 감사하게도 죽음에 관해서 알고 있는 대부분은 직접 돌보며 가장 귀한 마지막 순간을 함께했던 수백 명에게서 배운 것이다.

이별의 아픔을 피하거나 지워버리도록 누군가를 도울 수는 없지만 죽음에 관해서 알게 된 것을 다른 사람과 나눌 수는 있다. 당신이 죽음에 임박해 있든 곧 죽을 사람을 돌보고 있든 사랑하는 사람과 함께 있는 것이 얼마나 중요한지 말해줄 수 있다. 죽음에 관해서 논의하지 않으려는 사람을 도울 수 있으며 죽음을 앞둔 사람에게 필요한 것을 어떻게 충족시킬지 보여줄 수 있다. 그리고 위엄을 갖추고 내면은 평화로운 상태에서 죽음과 대면하도록 도울 수 있다.

이 책에서는 죽음의 신체적 경험과 감정적 경험을 모두 탐구해볼 것이다. 그리고 아픈 가운데 어떻게 작별 인사를 해야 하는지 방법을 찾아볼 것이다. 나의 목적은 죽음을 앞둔 사람과 그를 사랑하는 사람들이 힘을 회복하도록 돕는 것이다. 당신의 사랑하는 사람이 생명을 위협하는 병과 싸우고 있다면, 죽음과 마주한 사람에게 무엇이 필요한지 그들의 감정이 어떠한지를 이해하는 데 도움이 될 것이다. 또는 죽음을 눈앞에 두고 있는 사람이 당신 자신이라면 이 책을 통해 다른 사람들이 탐색하고 있는 길을 알게 됨으로써 덜 외로워질 것이다. 생이 끝나가는 사람에게 필요한 것이 무엇인지 이해하면 인생에서 가장 혼란스럽고 어려운 이 시기에 좀 더 수월하게 다른 사람과 소통할 수 있게 될 것이며, 더불어 당신이 하려는 이야기를 분명하게 전달하고 이해시키고 기본적인 실행 원칙을 깨닫는 데 도움이 될 것이다. 이 책이 여러분 자신의 죽음이나 사랑하는 사람의 죽음을 준비하는 데 도움이 되기를 바라며 인생에서 가장 심오한 순간에 당신을 위로해줄 수 있기를 소망한다.

콜카타에 있는 '죽음을 맞는 사람을 위한 테레사 수녀의 집'을 방문한 적이 있다. 테레사 수녀님은 삶이 너무나 고귀하다고 생각했기에 죽어가는 사람과 함께하는 일이 자신에게는 가장 중요하다고 하셨다. 삶은 성취이고 죽음은 그 성취의 끝이라는 것이다. 그처럼 죽음은 우리 삶에서 가장 중요한 순간 가운데 하나다. 수녀님께 책을 쓰고 있다고 말씀드리면서 사람들에게 무슨 말을 해야 할지 여쭤봤더니 이렇게 말씀하셨다.

"죽음 앞에 선 사람을 두려워하지 말라고 해주세요. 아주 간단해요. 죽음을 앞둔 사람에게는 부드러운 사랑, 그것만이 필요할 뿐이에요."

캘리포니아 로스앤젤레스에서

데이비드 케슬러

차례

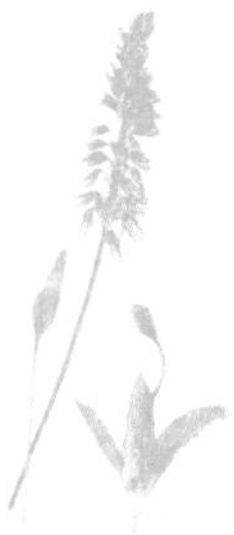

죽음을 앞둔 사람에게 필요한 것들

- 살아 있는 존재로 대우받아야 한다.
- 희망의 대상은 바뀌어도 희망의 끈을 놓지 않아야 한다.
- 언제나 희망을 잃지 않을 수 있는 사람의 보살핌을 받아야 한다.
- 죽음에 대한 느낌과 감정을 각자 자기만의 방식으로 표현할 수 있어야 한다.
- 어떤 식의 보살핌을 받을지 결정하는 데 참여해야 한다.
- 지식이 충분하고 자상하며 배려심 있는 사람이 돌봐줘야 한다.
- '완치'에서 '편안함'으로 목적은 바뀌더라도 계속 의학적 처치를 받아야 한다.
- 어떤 질문을 해도 정직하고 충실한 답을 들을 수 있어야 한다.

- 영성을 추구할 수 있어야 한다.
- 신체적 통증을 느끼지 않도록 해줘야 한다.
- 통증에 관한 느낌과 감정을 각자 자기만의 방식대로 표현할 수 있어야 한다.
- 아이들도 가족의 죽음을 마주할 수 있도록 참여시켜야 한다.
- 죽음의 과정을 이해할 수 있어야 한다.
- 평화롭고 위엄 있게 죽을 수 있어야 한다.
- 홀로 외롭게 죽지 않도록 해줘야 한다.
- 사후에 주검의 존엄성을 존중하리라는 것을 알려줘야 한다.

PART 1

여전히 살아 있는 사람들

죽음을 마주한 사람은 살아 있는
사람으로서 대우받아야 한다.
희망의 대상은 바뀌더라도 희망의 끈을
놓지 않을 수 있어야 한다.
또한 언제나 희망을 잃지 않는 타인의 돌봄을 받아야 하며,
평화롭고 위엄 있게 죽음을 맞을 수 있어야 한다.

미국 전역의 수천 개 병원에서는 매일같이 암, 심장병, 폐렴 등 여러 유형의 병으로 죽어가는 환자의 병상에 슬픔에 잠긴 가족들이 모여 있는 모습을 볼 수 있다. 남편, 아내, 아들딸, 손자손녀, 형제자매, 친구들이 무슨 말을 해야 할지, 무엇을 해야 할지, 어떤 감정을 느껴야 하는지, 무슨 생각을 해야 하는지 잘 모른 채 불편해하면서 모여 있다.

결국 누군가가 환자에 대해서, 병에 대해서, 경우에 따라서는 장례식에 대해서 말을 꺼낸다. 그런데 이때 다른 누군가가 겁에 질려서 즉시 대화를 중단시키고는 들릴까 말까 한 작은 목소리로 다들 복도로 나가서 '그 문제'를 의논하자고 한다. 식구들이 방을 나서려고 하면 '예외 없이' 놀랄 정도로 단호한 목소리로 환자가 말한다. "나

아직 죽지 않았어! 나한테 말해야 하는 거 아니야? 나에 대해 말해도 좋아. 그렇지만 나 없는 데서 하면 안 돼!"

이런 말은 병원에서, 집에서, 호스피스 기관에서 매일같이 들을 수 있다. 화가 나 소리치는 경우도 있고, 은밀히 애원하기도 하고, 슬프고 힘든 목소리로 또는 사무적인 말투로 말하기도 한다.

"나 아직 죽지 않았어. 살아 있단 말이야."

죽음을 앞둔 사람은 누구나 죽는 그 순간이 오기 전까지는 살아 있는 사람으로 대우받기를 원하며 그렇게 대우받아야 한다. 우리는 우리도 모르는 사이에 죽어가는 사람에게서 생을 완성할 중요한 기회를 '빼앗고' 있다. 죽음을 앞둔 사람은 혼자서는 어떤 결정을 내릴 수 없다는 듯 행동하거나 의견을 무시하거나 당사자가 원하는 바를 간과한다. 또 정보를 알려주지 않거나 대화에 참여시키지 않는 일도 흔한데, 이는 그 사람이 앓고 있는 병이 마치 그 사람 자체인 것처럼 생각해서다. 그런 처신이 얼마나 잘못됐는지 깨닫지 못한다면 결국 죽음과 마주한 사람의 위엄을 손상하게 되고 그 사람에게서 삶의 마지막 시간을 빼앗는 셈이 된다. 또한 그 자신이 죽어가고 있다는 것을 알고 있다고 우리에게 말할 기회를 박탈하게 된다.

오래전 호스피스 기관에서 있었던 일다. 어느 부모님이 백혈병에 걸린 아들을 두고 있었다. 아들은 20대 후반으로 당시 내 나이보다 그리 많지 않았다. 나이가 지긋했던 두 분은 아들이 하자는 대로 하고 자신들의 의견이 아들에게 짐이 되지 않도록 하려고 얼마나 의식적으로 노력하는지 모른다고 했다. 어머니는 부드러운 목소리로 이렇게 말했다.

“우리 두 사람은 저 애가 태어나면서부터 줄곧 아프지 않도록, 찻길에서 다치지 않도록, 공부하는 데 어려움이 없도록 그리고 궁핍하지 않도록 돌봐줬어요. 한 인간으로 독립할 수 있도록 도와줬죠. 지금은 아들애가 죽음을 피하게 도와주고 싶지만 그렇게 할 수가 없네요. 이제는 오롯이 그 애만의 삶과 죽음이 되도록 놔줘야 해요.”

우리는 죽음을 앞둔 사람이 죽어가고 있다는 사실을 부인해서도 안 되지만, 그를 망가진 사람이나 더 이상 온전치 않은 사람으로 취급해서도 안 된다. 병에 걸려서 비록 죽어가고 있다 해도 여전히 온전한 한 인간이라는 사실에는 변함이 없다. 삶은 죽음으로 마무리된다는 사실을 마지막까지 늘 스스로에게 상기시켜야 한다. 죽음에 직면한 사람을 살아 있는 사람으로 바라보지 않는다는 것은 그 사람에게서 자기 자신의 모습, 이야기, 희망, 존엄을 빼앗아버리는 것이다. 우리는 언제나 죽음을 앞둔 사람을 한 인격체로 바라보고 그들의 이야기를 들어주며 그들이 품고 있는 희망을 지지하고, 그들의 존엄을 지켜줘야 한다.

삶의 모습

10년 전, 새크라멘토 병원의 중환자실에 입원한 아버지를 찾아갔다. 새벽 1시였다. 아버지가 그날 밤을 넘기기 어려울 거라는 소식을 듣고 LA에서 비행기를 타고 막 도착한 참이었다. 엘리베이터에서 내려 중환자실로 걸어갔다. 한밤중이어서 병원 전체가 그렇게 적막할 수가 없었다. 아버지 침상으로 가보니 주무시고 계셨다. 연약하고 왜소해진 아버지를 내려다보았다. 심장 모니터 소리 등 기계 소리만 들리는 병실에서 미동도 없이 조용히 누워 계시는 아버지를 보고 있으니 기분이 이상했다. 아버지는 늘 활력이 넘치고 강했다. 나는 침대 머리맡에 서서 오늘이 아버지의 마지막 밤이 될지도 모른다는 이 현실을 애써 이해하려 했다. 아버지가 없는 세상을 상상할 수 없었다. 눈물을 흘리며 앉아 있는데 내 눈물 때문이었는지 아버지가 눈을 뜨시고는 "무슨 일이니, 데이비드?" 하고 물으셨다. 마치 무슨 문제든 해결해줄 수 있는 아버지가 어린 아들에게 하듯이 그렇게 말이다. 그 순간만큼은 절대 돌아가실 것 같지 않았다.

아버지의 상태가 어떤지 서로 이야기를 나눴는데 아버지는 마음의 준비가 되어 있다고 하셨다. 마음이 매우 착잡했다. 아버지가 돌아가시는 것이 두렵기도 했지만 평화로운 마음으로 죽음을 맞을 준비가 되어 있어 안심이 되기도 했다. 그리고 아버지는 내가 이전에 한 번도 생각해본 적 없던 것을 말해주었다.

"매일 아침 눈을 뜨면 내가 다시 스물일곱이 된 것 같아. 물론 조금 지나면 지금 여든넷 노인이라는 걸 깨닫게 되지. 그래도 나 자신을 심장이 엉망이 된 여든넷 노인이 아니라 스물일곱의 젊은이라고 생각해. 내 몸에 어떤 일이 일어나고 있든지 나는 여전히 강하고 온전한 한 인간이라고 생각하고 있단다. 너도 나를 그렇게 대해주면 좋겠구나."

아버지가 스물일곱이었을 때 그리 특별한 일이 있었던 것은 아니다. 아버지 경력에서 정점도 아니었고 상을 받았거나 무언가를 발명했던 시절도 아니었다. 그렇지만 그때는 생명력과 희망으로 가득하고 흥미진진한 미래가 기다리고 있었다. 지금 아버지는 죽음을 눈앞에 두고 피곤해하는 노인이지만 내면에는 인생을 살아갈 준비가 되어 있는 스물일곱의 젊은이가 보였다. 아버지는 늘 자신을 그런 식으로 봐왔던 것이다. 그리고 나 역시 아버지를 그렇게 봐야 했다.

사람들은 저마다 자신의 이미지를 머릿속에 새겨두고 있다. 내 머릿속에 들어 있는 '나의 모습'은 가장 혈기 왕성했던 젊은 시절의 모습이다. 사람은 자신이 경험하고 있는 것을 초월한 그 무엇을 자기 자신이라고 생각한다. 그리고 아무리 나이가 들고 아파도 언제까지나 가장 풍요로웠던 시절의 자신의 모습을 보려고 한다. 우리는 뭐라 정의할 수도 없고 변치도 않는, 또한 질병으로 잃을 일도 없고 망가지지도 않는 자신의 어떤 모습을 고수하려 애쓴다. 연세가 지긋한 말기 암 환자인 노부인은 스스로를 하늘 높이 그네를 뛰는 어린 소녀, 무대 위의 멋진 숙녀, 첫발을 내딛는 아기의 손을 잡고 뿌듯해하는 엄마의 모습으로 기억할 것이다. 그런데 우리는 그분을 산소마스크를 쓰고 정맥주사를 맞으면서 숨도 쉬기 어려워하고 걷지도 못하는 노인으로만 볼 뿐이다. 노부인을 보고 있노라면 우리 눈에는 그분이 앓고 있는 병과 곧 다가올 죽음이 보이고 그래서 그런 분을 부를 때 "죽어가고 있는 어머니"라고 한다. 그런데 그렇게 부르지 말고

"죽음을 맞고 있는 어머니"라고 하는 것이 옳다. "죽어가고 있는 어머니"라고 생각하면 우리의 마음속에서 노부인이 어떤 사람인지 한정하게 된다. 그 노부인은 지금도, 앞으로도 언제까지나 완벽한 존재다. 단지 지금은 죽음을 맞고 있을 뿐이다. 그렇게 생각하지 않으면 우리는 그분을 온전한 한 인간으로 보지 않고 그분의 정신적 능력을 의심하게 되며, 노부인에게는 아직도 어머니인 멋진 여성으로서의 모습이 너무 일찍 사라지고 만다. 그녀의 한창때 모습이 스스로에게 중요하듯이 남편과 아이들, 형제자매 그리고 친구들에게도 중요하다.

우리 자신의 이미지는 우리의 이야기가 시작되는 곳에서 만들어진다. 우리에게는 저마다 각자의 이야기가 있는데 그 이야기를 통해서 내가 어떤 사람이고, 무슨 생각을 하는지, 꿈은 무엇인지, 무엇을 두려워하는지, 가족이 어떤 의미인지, 무엇을 성취했는지, 더 해야 할 일이 무엇인지, 무엇을 자랑스러워하는지, 나를 웃고 울게 만드는 것이 무엇인지 알 수 있다. 한 인간이 되려면 타인에게 들려줄 이야기를 가지고 있을 필요가 있다. 사람들은 자신의 이야기를 가족, 친구, 모르는 사람들에게 늘 하고 있다. '스토리텔링'이라는 원초적인 욕구는 몸이 약해진다고 줄어들지 않는다.

나의 이야기가 바로 나 자신이며 그 이야기는 죽은 뒤에도 남는다. 종교나 문화가 다르더라도 사람이 죽으면 누군가 그 사람의 이야기를 할 것이다. 추도문, 부고, 기념비를 통해서 그 사람의 이야기를 하게 될 것이다. 어떤 형태로든 적어도 마지막에 한 번은 하게 될 것이다.

사람들은 죽음을 눈앞에 둔 사람도 여전히 많은 이야깃거리가 있는 존재임을 쉽게 잊어버리는 것 같다. 건강한 사람이 매일 어떤 내용이 됐든 자신의 이야기를 하듯이 위중한 병을 앓고 있는 환자도 자신이 누구이고 어떤 일을 해왔으며 자신의 가족, 희망, 꿈, 회한에 관해서 이야기를 들려주고 싶어 한다. 환자에게 말 한마디 건네기 힘들 만큼 바쁜 한 간호사가 마침내 겨우 몇 분의 시간을 쪼개서 자신이 담당하고 있는 허약한 노부인 환자와 이야기를 나누게 됐다. 간호사는 노부인이 40년 전 장거리 달리기 올림픽 금메달리스트라는 사실을 알게 됐을 때 매우 놀랐으며 기뻤다고 했다. 간호사는 "다시는 그분을 이전처럼 보지 않게 됐어요. 그분에게는 내가 상상했던 것 이상의 그 무엇이 있었던 거예요."라고 했다.

보통 사람들은 나의 아버지처럼 심장이 망가진 여든넷의 노인이 하는 이야기는 귀 기울여 듣지 않는다. 그의 이야기는 이미 끝났다고 생각한다. 사람들은 삶을 받아들이고 있는 스물일곱의 청년이라는 내면의 정신보다는 외면의 모습을 눈여겨본다. 죽음을 맞고 있는 사람들의 이야기를 들어보면 그분들의 위엄과 인간다움을 알게 된다. 그런 아름다운 이미지에는 남들에게 들려줄 이야기가 무궁무진하다. 그들과 우리 자신을 위해서 끝까지 들여다보고 귀 기울여줘야 한다.

많은 이들이 죽음을 앞둔 사람의 겉모습 때문에 심란해하곤 한다. 질병과 사고로 엉망이 된 모습을 보면 마음이 몹시 불편해지는 것은 당연하다. 그런 상황에서 해야 할 일은 죽음을 맞게 된 사람의 눈빛을, 내면의 창 깊은 곳을 유심히 들여다보고 변함없는 눈동자의 색을 보는 것이다. 비록 몸은 다 망가졌더라도 그렇게 변함없는 눈동자를 들여다보면 대개는 그 사람의 내면을 알 수 있다.

한 영적 스승은 "하늘은 언제나 푸르다."라고 말씀하셨다. 검은 구름이 왔다 가면서 우리의 시야를 가릴 수는 있지만 그건 그저 한때일 뿐이다. 그런데 우리가 아픈 환자를 볼 때에는 검은 구름 너머에는 언제나 푸른 하늘이 있다는 사실을 잊은 채 그 검은 구름에만 초점을 맞추려고 한다. 질병이라는 어두운 구름이 왔다 가고 그래서 몸이 망가질 수는 있지만 영혼의 창인 눈만은 변함없이 그 사람의 내면을 보여준다.

병에 걸린 지 얼마 되지 않은 사람을 볼 때에는 그 사람을 대수롭지 않은 병에 걸린 온전한 사람으로 바라보는 것이 쉽다. 그렇지만 병이 진행되면 환자는 한 인간이기보다는 그 환자가 앓고 있는 병, 그 자체가 되어버린다. 환자를 온전한 한 인간으로 보기가 어려워지기 시작한다. 그렇지만 바로 그때야말로 환자를 온전한 존재로 생각해줘야 하는 가장 중요한 순간이다. 환자가 앓고 있는 병 너머에 있는 모습을 보는 것이 우리가 환자에게 줄 수 있는 가장 의미 있는 선물이다. 그리고 이것은 우리 자신에게 더 큰 선물이 된다.

희망의 힘

최근에 멕시코 티후아나에 있는 암 전문 병원을 둘러보는 투어를 다녀왔다. 약 20여 명이 캘리포니아 패서디나에서 버스를 타고 멕시코 국경을 향해 가다가 샌디에이고에서 몇 사람을 더 태웠다. 이 투어 참가자들은 대부분 경제적으로 여유 있고 교육 수준이 상당히 높은 전문직 종사자였다. 암 환자인 그들은 생명을 건질 수 있는 대안 치료를 찾고 있었다.

50대 초반의 검사인 샐리는 자궁암 완치를 위해 치료 방법을 찾고자 했다. 자궁절제술을 받았지만 암이 전이되어 얼마 살지 못할 듯했다. 두꺼운 검사 기록지 파일이 가방에 한가득 들어 있었다.

존(36세)은 작은 점이었던 것이 점차 색이 변하는 악성 흑색종 환자였다. 담당 의사가 들여다보고는 걱정하지 말라고 했는데 몇 달이 지나서 다른 의사가 그 점을 발견하고는 조직검사를 했다. 뒤늦게 악성으로 밝혀졌지만 치료가 늦어져 이미 전이된 상태였다. "무엇 때문에 이 여행을 하는 건가요?"라고 물으니 존은 단 한마디로 "희망" 때문이라고 답했다.

티후아나에 머무는 동안 여덟 군데의 병원을 둘러보았다. 모든 병원에서 레이어트릴(Laetrille, 살구씨 또는 복숭아씨에서 얻는 항암제의 상표명), 상어 연골, 장 세척, 식이요법을 기초로 하는 대안 치료법을 제시하고 있었다. 그리고 여덟 곳 모두 병원을 방문하는 사람들이 자신의 주치의에게서는 얻지 못한 한 가지, 즉 희망을 심어주고 있었다.

우리의 삶은 희망 위에서 이루어진다. 죽음을 막아보려고 할 때도 우선 희망에 기대게 된다. 사람들은 치유될 수 있으리라는 희망으로 죽는 '시점'을 바꿔보려고 한다. 그런데 치유가 불가능해지면 그다음에는 어떻게 어디에서 누구와 함께 죽을지를 통제하고 싶어 한다. 마지막 몇 개월, 며칠이 남게 됐을 때도 자신의 삶을 통제하지 못하는 일이 일어나지 않기를 소망한다.

병과 사투를 벌이고 있는 사람은 누구나 희망과 두려움을 모두 품고 있다. 희망과 두려움은 죽음의 순간까지 계속되는 피할 수 없는 감정이다. 희망을 빼앗기면 남는 것은 오로지 두려움뿐이다.

그리스 신화를 보면 신이 시녀 판도라에게 아름다운 상자를 주면서 절대로 열지 말라고 당부했는데, 호기심을 누르지 못한 판도라가 결국 아주 살짝 상자 뚜껑을 여는 바람에 그 틈으로 질병, 흑사병, 기근, 홍수 등 이 세상의 온갖 불행과 비극이 빠져나왔다. 겁이 난 판도라는 재빨리 뚜껑을 닫았지만 이미 때는 늦었다. 하지만 상자 안에 남은 것이 단 하나 있었는데 바로 희망이었다. 그래서 판도라는 마지막으로 그 상자에서 희망을 꺼내어 세상으로 내보냈다. 희망은 신이 인간에게 준 선물이다. 살아 있는 한 마지막 순간이 올 때까지 희망을 놓지 않을 수 있다. 희망은 삶과 죽음에서 기본적으로 필요한 소중한 가치다.

안타깝게도 사람들은 흔히 무시하고 판단하고 부인함으로써 그런 희망을 감소시키곤 한다. 죽음을 앞둔 사람에게 "현실을 직시하라."

고 강요하거나 "기적을 바라지 말라."고 하는 것은 그들에게서 희망을 빼앗는 가혹한 일이다.

샐리가 남편에게 티후아나의 병원을 둘러보러 간다고 했을 때 남편은 "글쎄, 시간만 버리는 일일 것 같은데."라고 했다. 물론 남편은 자기가 샐리의 희망을 조금씩 갉아먹고 있다는 것을 알지 못했다. 무엇을 찾느냐보다 찾는 과정 자체가 더 중요하다는 사실을 그는 이해하지 못했다. 희망은 여정이지 종착지가 아니다. 탐색하는 것에 희망의 의미가 있다. 희망은 우리가 삶을 살아가는 방식이기에 희망이라는 여정은 죽을 때까지 계속되어야 한다.

가족이나 의료 공동체가 이 점을 이해하기란 대단히 어려운 일이다. 우리의 사고는 제한돼 있다. 즉 치유되기만을 바랄 뿐이다. 그래서 아무런 방법이 없다고 믿으면 희망도 없다고 여긴다. 그렇지만 죽음을 마주한 사람은 아무 희망 없이 사는 것보다는 희망을 가지고 사는 데에서 의미를 찾는다. 그것이 마지막 여정에서 희망을 동무 삼으려는 이유다. 많은 사람이 지지자 그룹에서 희망을 발견하는데 그들과 함께 희망을 나누면 삶의 질이 향상된다. 또 어떤 사람들은 신앙과 영성 안에서 희망을 보기도 한다.

끝이 보이는 때에 이르러도 희망이 필요하다. 그 희망이 타당한지 여부와는 상관없이 희망은 보호해야 할 덕목이다. 결코 희망을 저버려서는 안 되지만 희망의 대상은 바뀔 수 있다. 우선 회복을 바랄 수 있다. 그다음에는 평화로운 죽음을 희망할 수 있다. 아이들이 다 잘 자라기를 바랄 수도 있고 천국이 있기를 희망할 수도 있다.

희망과 현실이 상충할 필요는 없다. 희망을 계속 품도록 하기 위해서 거짓말을 해야 할 필요가 없다. 며칠, 몇 시간, 몇 분의 시간밖에 남지 않은 수백 명의 사람과 함께 있어봤지만 나는 한 번도 “희망이 없어요.”라고 말해본 적이 없다. 대신에 “머지않아 돌아가실 것 같군요. 그렇지만 무슨 일이든 일어날 가능성은 여전히 있답니다. 희망을 가지셔도 좋아요.”라고 말해준다. 그러면 말기 환자가 치유와 치료에 대한 희망을 찾고, 그러다 치료되지 않으면 자신이 어떤 죽음을 원하는지 이야기하는 방향으로 옮겨 간다.

항상 희망을 키워나가야지 절대로 막아서는 안 된다. 먹지 못해도 몇 주를 살 수 있고 마시지 못해도 며칠은 살 수 있지만 희망이 없으면 몇 시간도 살 수 없다. 희망을 키워가면 그 희망은 장애물이 있어도 무럭무럭 자라는 튼튼한 포도나무와 같다. 희망을 가져보려는 환자 앞에서 그러지 않아도 여러 장애가 있는데 거기다 ‘현실적’이 되라고 하면서 ‘선의의 비판자’ 노릇을 할 필요는 없다. 시련을 겪고 있는 사람들이 최선의 길을 찾을 수 있도록 해주자. 그들이 희망을 잘 활용하도록 도와주자.

누구든지 죽음을 맞는 마지막 순간까지도 기적을 바랄 필요가 있다. 그러면 실제로 기적이 일어나기도 한다. 패트리샤가 입원해 있을 때 가족들은 이제 작별을 고할 때가 됐다고 생각했다. 급성백혈병으로 인공호흡기에 의존하고 혈압과 심장 기능을 유지하기 위해 약을 쓰지 않으면 안 되는 상황이었다. 몇 차례 죽을 고비를 넘기는 모습을 봤기 때문에 이제는 그녀가 세상을 뜰 것이라고 말할 수 있었다. 그렇게 전적으로 기계와 약물에 의존하고 있었지만 패트리샤의 내면은 떠날 준비가 되지 않았던 것 같다. 이런 상황을 바꿀 만한 특별한 일이 생기지도 않았는데 회복됐고 병이 낫기 시작했다. 지금 패트리샤는 가족과 함께 집에 있다. 백혈병이 완전히 낫지는 않았지만 죽음의 문턱에서는 돌아온 것이다. 기적은 일어난다. 기적을 봤기에 그렇게 말할 수 있다.

희망을 대하는 의사의 자세

죽음을 마주한 사람들에게 희망이 필요한 만큼 그들을 보살펴주는 의사와 간호사 역시 늘 희망을 품을 줄 아는 사람이어야 한다. 물론 그 희망의 대상이 변할 수는 있다. 희망을 북돋아주는 데 탁월한 의사를 만나기는 어려울지 모른다. 의료인은 죽음이 적이고, 그래서 끝까지 "싸우고 또 싸우고 또 싸워야" 한다고 배우기 때문이다. 의사들은 많은 경우, 죽음은 삶의 대척점에 있으며 때려 부숴야 하는 골칫거리이자 실패, 그것도 바로 자신의 실패라고 생각한다. 일단 환자를 위해서 더 이상 해줄 것이 없다는 결론을 내리면 의사들은 희망을 포기해버리는 경향이 있다.

그러나 희망에는 반드시 치유된다거나 차도가 있으리라는 낙관적인 기대 이상의 의미가 있다. 희망은 자신의 일부이고, 삶의 일부이며, 죽음의 아주 중요한 부분이다.

큰 키에 은발의 세라(70세)는 은퇴한 대학교수다. 그녀는 사랑하는 남편 휴와 장성한 세 자녀를 두었고, 더 이상 대학에서 학생을 가르치지는 않았지만 활발하게 학술 활동도 하고 있었다. 일흔 살 생일을 보내고 얼마 지나지 않아 복통과 경련이 생겼고 그것이 복강 안에 생긴 커다란 종양과 주변의 작은 결절 때문이라는 것을 알게 됐다. 큰 종양은 수술로 제거했지만 주변의 작은 종양으로 인해 생명이 위태로워지는 것은 시간문제였다.

세라 본인과 가족들은 최선을 다했기에 세라가 말기 상태라는 사실을 받아들였다. 그렇지만 며칠 후 세라의 한 친구가 종양의 크기를 줄일 수도 있는 임상 실험 중인 약물에 대해서 이야기해줬다. 세라는 담당 의사와 이 문제를 의논했는데 그 의사는 치료 가능성을 과소평가했다. 그는 안됐다는 생각으로 "세라, 현실을 직시하는 게 좋겠어요. 더 이상 희망이 없어요."라고 했다.

세라는 잠시 숨을 멈추었다. 그러고는 내면 깊은 어딘가로부터 나오는 힘을 다해 크게 숨을 들이마시고는 이렇게 말했다.

"내 희망은 나의 것이에요. 평생 희망을 가지고 살아왔어요. 가끔은 희망이 현실이 되기도 했고 또 어떤 때는 그렇지 못하기도 했지만요. 내 희망에 대한 계획은 내가 세우겠어요. 그리고 희망을 버리지 않은 채 죽음을 맞도록 할게요. 자, 그러면 우린 내 희망이 아니라 시험 중인 치료법에 대해 이야기해볼 수 있을 것 같은데요."

환자에게 대체 요법을 찾지 말라고 하는 의사들도 있는데 그렇게 하면 환자들의 희망은 완전히 꺾인다. 계속 나오는 새로운 지식을 모두 다 공부할 수는 없는 의사들은 새로운 가능성만은 열어두고 있다. 1980년대 초반, 미국 전역에 에이즈가 발생하기 시작했던 때를 되돌아보면 종양학 전문의와 감염학 전문의 대다수가 자신들은 해답을 알 수 없으니 기꺼이 환자들에게 대체 요법을 찾아보라고 했다. 다른 치료법에 대해서 질문을 받으면 그들은 "물어보는 그 치료법에 대해서 저는 모릅니다. 그래서 그 치료법을 보증할 수 없네요. 그렇지만 그 방법으로 치료해보고 알려주세요. 어떻게 진행되는지 그리고 검사 결과는 어떤지 계속해서 지켜볼게요. 함께 배워봅시다."라고 했다. 이런 식으로 접근하면 환자들의 희망을 살리고 삶의 질을 높일 수 있다.

안타깝게도 이런 열린 자세를 보이지 않는 의사도 있다. 티후아나로 병원 탐방을 함께 갔던 사람들 중에도 많은 이가 자신이 이런 탐방 여행을 하고 있다는 사실을 담당 의사에게 말하기를 두려워했다. 담당 의사가 그렇게 하지 말라고 할 것 같고 어쩌면 앞으로 자기를 맡지 않겠다고 할지도 모른다고 생각했다. 의사는 자신이 권하는 처방을 환자가 따를지 아니면 환자 마음대로 할지를 '선택'하도록 하기보다는 대체 요법을 시도해보고 싶어 하는 환자의 마음을 편안하게 받아들이고 치료 결과를 모니터해주는 '상호 보완적' 자세를 취하는 편이 좋을 듯하다.

어떤 환자는 너무 큰 희망을 가지고 여러 가지 선택 방안을 요구한다. 다른 의사나 다른 치료법을 찾겠다고도 하고 다른 나라로 가보기도 한다. 사람은 생명을 위협하는 병에 걸렸다는 말을 듣는 것만으로도 희망이 꺾인다. 예를 들면 죽음을 선고받은 사람은 앞으로 얼마 못 살 거라서 은퇴 후 소설을 써보겠다든가 배를 타고 세계 일주를 해보겠다는 꿈을 실천에 옮길 수 없고, 손주가 태어나는 것도 볼 수 없고, 내 아이들이 장성하는 것도 볼 수 없고, 심지어는 내 아이를 낳아보지도 못한 채 죽게 되리라는 사실을 붙들고 싸워야 한다. 이처럼 현실을 깨닫게 되면 희망은 줄어들게 마련이다. 우리는 죽음을 마주한 사람이 남아 있는 희망을 붙들 수 있도록 도와야 한다. 세라처럼 우리 모두 희망을 가지고 살아야 할 뿐만 아니라 희망을 품은 채 죽음을 맞을 수 있어야 한다.

모든 삶에는 목적이 있다

희망은 삶의 목적과 밀접한 관련이 있다. 사느라 고군분투하는 사람에게 왜 살고 싶은지 물어보면 어떤 사람은 자신이 아주 강한 목적과 목표, 삶의 이유가 있다는 것을 알게 될 것이다. 어떤 사람은 자신의 삶을 면밀히 들여다본 결과 그저 자명종이 일어나라고 울리니까 아침에 일어났다는 것을 깨닫는다. 삶의 목적이 무엇인지 즉시 대답할 수 있는 사람이 있는가 하면 곰곰이 생각해봐야 하는 사람도 있고 전혀 모르는 사람도 있을 것이다.

어떤 사람은 체념하며 말한다. "난 침대에만 누워 있어요. 하는 일이 없지요. 손주들에게 도움이 되지 못해요. 내 인생의 목적이 있기는 할까요? 내가 뭘 배울 수나 있겠어요?"

삶의 목적은 '나는 어떤 사람인가'만큼이나 '나는 무엇을 하는 사람인가'에 달렸다. 존재의 이유가 언제나 '내가 얼마나 생산적인가', '손주를 돌볼 수 있느냐 없느냐'와 연결되어 있는 것은 아니다. 해변의 모래 한 알을 치우면 해변 전체가 변한다. 한 사람 한 사람이 모두 중요하다. 존재하는 것만으로 우리 모두 세상을 변화시킨다. 생각해보면 삶 그 자체가 목적이 되기에 모든 것에는 존재 이유가 있다는 것을 깨닫게 된다. 그렇게 답은 질문 안에 있다.

암 투병 중인 자신의 누나 메리를 보면서 희망과 자존감을 잃어버린 대학생 조너선이 떠오른다. 조너선은 항변했다.

"정말 이해가 되지 않아요. 어째서 메리가 저렇게 심한 통증에 시달리면서도 떠나지 못하는 겁니까? 이런 고통에 무슨 목적이 있다는 말입니까? 벌써 세상을 떴어야 하는 것 아닌가요?"

고통스러운 상태에 있거나 심한 통증에 시달리면서도 세상을 떠나지 못하는 사람을 볼 때면 삶이란 때로 잔인하다는 생각을 하게 된다. 하지만 그 사람이 그런 상황에서 무엇을 배우고 있는지는 아무도 모른다. 어쩌면 메리는 보답을 바라지 않고 조너선과 어머니를 돌봤고, 그래서 두 사람의 사랑과 돌봄 이외에는 받을 것이 없기에 떠나지 못하는지도 모른다. 아니, 어쩌면 자신이 죽는다면 어머니와 남동생이 너무 큰 상처를 받게 될까 염려되어 살아 있으려고 발버둥치고 있는지도 모른다. 또는 아무도 메리에게 죽음을 받아들여도 된다고, 세상을 떠나도 모두 다 잘 있을 거라고 말해주지 않았기 때문인지도 모른다. 사랑하는 사람에게 상처를 주게 될까 두려워서 목숨을 붙들고자 하는 것은 아주 강력한 목적이 된다. 사랑하는 사람들이 죽음을 눈앞에 둔 사람에게 지금 무슨 일이 일어나고 있는지 잘 이해하고 있으며 앞으로 모두 잘 지낼 거라고 말해주면 얼마 지나지 않아 평화롭게 세상을 뜨는 경우가 많다.

한 노부인을 만난 적이 있다. 그 노부인과 만난 기간은 그녀가 세상을 뜨기 전 마지막 한 해 동안이었다. 내가 처음 그분을 '알게' 된 후로 11개월 동안 무의식 상태로 계셨음에도 불구하고 '만났다'는 표현을 쓰려고 한다. 노부인이 돌아가셨을 때, 그녀가 긴 무의식 상태를 더 지탱해야 할 목적이 없어졌구나 하는 생각이 들었다. 몇 년 뒤 우연히 그분의 따님을 만나게 됐다. 그 딸과 여동생 둘 그리고 남동생 둘 모두가 각자의 생활에 바빠서 크리스마스나 친지의 결혼식에서 가끔 보는 것 외에는 서로 모일 기회가 없었다고 했다.

"어머니가 그렇게 무의식 상태로 계시지 않기를 바랐지만, 한편으론 어머니 덕분에 우리가 진정한 가족이 됐어요. 어머니가 돌아가시던 해에는 우리 모두 열심히 서로 돕고 정말 서로를 지지해줬어요. 그런 일이 없었다면 우리는 함께 컸어도 서로를 잘 모르는 이방인으로 살았을 거예요. 그 어려웠던 한 해가 진정으로 어떤 목적이 있었다고 생각해요. 우리에게 어머니가 남기신 마지막 선물인 거죠."

위엄 있는 삶

몸 상태가 나빠진다고 해서 몸에 필요한 것도 줄어드는 것은 아니다. 육체적 기능이 없어지면 정신적·감정적으로도 능력이 떨어진다고 보는 경향이 있다. 그래서 살아 있는 사람보다 죽어가는 사람을 소홀하게 대한다. 말을 할 수 없다고 해서 생각도 할 수 없는 것은 아니다. 그렇기 때문에 의사, 간호사, 물리치료사 들은 마치 모든 기능이 완벽한 사람에게 하듯이 무의식 상태인 환자에게 말하도록 교육받는다.

"스미스 부인, 이제 몸을 돌릴 겁니다." "등 마사지를 시작할게요, 스미스 부인." 같은 식이다. 우리가 기억해야 할 중요한 사실은 스미스 부인은 치료 과정 내내 한 인간으로 존재한다는 것이다. 더 이상 정상은 아니지만 위엄 있게 대해야 하는 인간인 것이다.

위엄을 갖춘다는 것은 자신의 죽음과 관련된 대화와 결정 과정에 참여한다는 뜻이다. 죽음을 앞둔 사람을 보호한답시고 흔히 그런 대화에서 환자 본인을 배제하려고 한다. 예를 들어, 어머니의 문제로 무언가 의논하러 보호자들이 병실을 나갈 때 치료에 관해서 어머니가 모르도록 참여시키지 않는 것이 어머니를 위하는 길이라고 생각한다. 그러나 그것은 어머니를 위하는 길이 아니다. 의논의 결과가 어떻게 되든 그것은 어머니에게 일어나는 일이다. 어머니 스스로 결정할 수 없도록 막고, 어머니가 너무 허약해서 또는 그럴 능력이 안 돼서 스스로 삶을 꾸려가지 못한다는 식으로 행동함으로써 사실상

해를 끼치는 것이다. 이 과정에서 어머니를 배제하면 그녀의 위엄과 필요를 빼앗는 일이다.

위엄을 지키도록 해준다는 것은 가족의 일원으로 대우해준다는 뜻이다. 많은 사람이 배리(32세)의 경우와 같다. 그는 텔레비전 방송국 조명 디자이너인데, 죽음을 앞둔 아버지에게 자신의 결혼이 임박했다는 사실을 알리고 싶어 하지 않았다. 배리는 "아버지에게 말하는 게 무슨 의미가 있죠? 늙고 편찮으신데요. 그저 아버지를 당황하게 만들 뿐이죠. 내 문제로 아버지를 귀찮게 할 이유가 없지 않겠어요."라고 항변했다.

배리는 결국 아버지의 상황이 좋지 않을 때 결혼하게 된 사연을 이야기했는데 뜻밖에도 아버지는 잘 이해하고 도와줬다. 배리가 끝끝내 아버지를 "보호하겠다."고 했더라면 그는 아버지와 기억에 남을 만한 대화를 나누지 못했을 것이다. 결혼 이야기를 꺼내자 아버지는 배리가 전혀 몰랐던 이야기를 들려줬다. 자신이 경험한 최악의 결혼식 이야기였다. 두 남자는 사랑이 넘치는 대화를 할 수 있었다. 이것은 여전히 아버지를 가족의 일원으로 생각했기에 가능한 일이었다. 사람들은 가끔 서로 나누고 돕는 것이 바로 삶의 모습이라는 것을 너무 쉽게 잊는다.

사랑하는 사람이 죽어가고 있다는 이유로 벽을 쌓지만 않는다면 우리 삶에서 경이롭고 놀라운 일이 일어날 수 있다. 결혼 전에 낳은 아이를 입양 보낸 한 어머니가 있었다. 그녀는 그 사실을 결혼 후에 낳은 자식들에게 털어놓고 싶었지만 마음이 영 편치 않았다. 그러던 중 생을 마감하면서 자녀들의 돌봄과 친절에 감동하여 그 어느 때보다 위엄을 느끼게 되자 마침내 숨겨왔던 사실을 자녀들에게 고백했다. 그 후 어머니는 돌아가셨지만 자녀들에게는 새 형제가 생겼다.

위엄 있는 존재로 대우받는다는 것은 어느 정도로 참여하느냐와 상관없이 삶의 모든 면에서 온전하게 함께 참여한다는 뜻이다. 앤서니 퍼킨스(Anthony Perkins, 1932-1992, 배우)는 온전한 인격체로 대우받지 못해서 힘들어했다. 어느 날 산비탈의 소박한 그의 집에서 함께했던 저녁 식사 시간이 생각난다. 그의 오랜 성공적인 경력을 알 수 있는 영화 기념품이 여기저기에 보였고 작은 '베이츠 모텔(앤서니 퍼킨스가 주연한, 알프레드 히치콕 감독의 영화 〈사이코〉에서 주인공이 운영하는 모텔-옮긴이)' 표지판도 부엌살림에 반쯤 가려 있었다. 그는 요리를 하면서 자기 병 때문에 일을 못 하고 식구들을 돌볼 수 없게 되고 제대로 살아갈 수 없게 될까 두렵다고 했다. (당시에는 아주 건강했는데) 아파 보여서 자기를 써주지 않으면 어떻게 하느냐고 말이다. 앤서니의 경우에서 보듯 에이즈 증상이 심해지면 누구나 일을 덜 할 수밖에 없고 점점 더 일상에서 배제된다. 그가 하는 말이 사실이라는 것을 알았기 때문에 내가 할 수 있는 일이라고는 그의 말을 들어주는 것뿐이었다. 식사 후에는 사랑스러운 아내 베리와 두 자녀가 함께했는데 다들 앤서니를 활력이 넘치는 사람으로 보고 있었다. 가족 모두가 그의 숨이 끊어지는 마지막 순간까지 내내 그를 그런 식으로 바라봐줬다.

마이클 랜던(Michael Landon, 1936-1991, 배우 겸 감독) 역시 생명을

위협하는 병에 걸린 환자는 이미 죽은 사람이라는 생각에 맞서 싸웠다. 수술적 치료가 불가능한 간암과 췌장암 진단 소식이 알려지고 얼마 되지 않아서 마이클은 〈투나잇 쇼〉에 나와 예의 그 유머과 에너지를 보이며 자기 상태에 대해서 농담도 하고 새로 시작한 텔레비전 시리즈에 대해서도 이야기했다. 그날 아침 스태프들이 기운 내라며 수혈을 받게 했다는 말도 공개적으로 했다. 이런 그의 열린 자세와 솔직함에 미국 사람들은 암과 투병하는 사람들을 다른 눈으로 보게 됐다. 마이클은 "나는 암의 'ㅇ' 자를 말하는 게 무섭지 않아요."라고 하면서 자신에게 무슨 일이 일어나고 있는지 솔직하게 알려줬다. 당근 주스와 커피 관장제로 치료받은 이야기며 '성교 치료'를 받아보라는 편지에 대해서도 재미있게 이야기했다. 사람들은 그가 자신의 삶을 충실하게 살고 있고 팬들과 지속적으로 교류하면서 자기 일도 잘 해나가고 있다는 사실을 알 수 있었다. 그는 자신이 아주 팔팔하게 살아 있음을 보여주고 싶어 했고 실제로 그렇게 살고 있었다.

나는 결코 '죽어가는 사람'을 만나지 않는다. 세라, 앤서니, 샐리라는 이름의 사람을 만난다. '고령'으로 죽어가는 노인을, 에이즈로 투병하는 젊은이를, 말기 암 환자인 어린이를 만난다. 끝까지 싸우고자 하는 사람도 있고 별로 싸우지 않고 빨리 가고 싶어 하는 사람도 있다. 내게는 모두가 나의 아이, 나의 삼촌, 나의 상사와 조금도 다를 것이 없다. 그저 사람일 뿐이다. 병에 걸렸고 그 병으로 죽어가고 있는 것이 사실이지만 아직은 온전한 한 인간이다. 그들을 그렇게 대해주는 것이 그들의 위엄과 희망을 지켜주는 방법이다. 사람은 누구나 부드럽고 온화하게 그리고 정직하게 대접받아야 하며 위엄을 지킬 권리가 있다. 무엇보다도 삶이 죽음으로 끝나지만 그 전에는 한순간도 죽은 것이 아니라는 진실을 인정해야 한다.

최근에 엘리자베스 퀴블러 로스 박사의 집을 찾아갔다. 뇌졸중과 고관절 골절로 집에만 있어야 하는 상황이었다. 병원 침대가 가족실을 다 차지하고 있었다. 로스 박사가 제일 좋아하는 의자에 앉아서 이야기를 나눴다. 던힐 시가에 불을 붙여주는데 이제 평생 심혈을 기울였고 많은 책에서 말해왔던 바로 그 문제에 자신이 당면해 있다고 말했다. 이번만큼은 그녀 자신이 죽음을 대면하고 있다는 것이다. 석양을 함께 보면서 내가 쓰고 있는 책에 대해서 말해보라고 했다. 죽음을 마주한 사람이 필요로 하는 것과 그들의 권리를 다룬다고 설명하면서 조언이나 추가로 해줄 말을 부탁했다. 그녀는 이렇게 답했다.

"살아 있는 사람을 잘 대접하기 위해 알아야 할 것을 알고 있다면 죽음을 앞둔 사람의 권리를 기억할 필요가 없을 거예요. 무엇이 필요한지 누구나 자연히 알게 될 테니까요."

PART 2

감정을 표현하기에 좋은 순간

누구나 각자의 방식으로 죽음에

대한 느낌과 감정을 표현할 필요가 있다.

사람들은 상황이 가장 좋을 때 느끼게 되는 자신의 감정을 표현하는 것을 어려워하는 경향이 있다. 더욱이 다른 사람의 느낌과 감정을 받아들여야 할 때는 훨씬 더 어려워한다. 두려움이 현실이 되고 이전에는 전혀 느껴본 적이 없는 생경한 감정을 느끼게 되는 위험한 시기에는 더욱 그런 감정을 표현하기 어렵다. 사람들은 자기 자신을 드러내는 것을 두려워한다. 다른 사람이 나를 포기할까 봐 걱정이 되고 내 감정이 어디까지 갈지 알 수 없어서 두려워한다. 그렇지만 죽음을 맞는 과정에서 자신의 감정을 표현하면 그 어려운 순간에 함께 나눈 것들이 나중에 가장 큰 위로가 될 것이다.

누구에게나 자신의 감정을 표현하려는 욕구가 있다. 죽음이 가까워지면 다른 사람과 함께 진심에서 우러난 이야기를 해야겠다는 생각이 커진다. 벽을 쌓아 다른 사람과 가깝게 지내지 못하면 나 자신은 물론 주변 사람들에게서 무언가를 빼앗게 된다. 죽음을 맞게 될 사람을 편안하게 해주는 것이 살아남게 될 사람들만의 몫은 아니다. 서로를 위로해주면서 살아가는 것처럼 죽음이 가까워질 때에도 끝까지 서로를 위로해줘야 한다. 어떻게 작별 인사를 해야 하는지 모르거나 작별 인사를 하고 싶지 않아도, 용기를 내서 감정을 표현한다면 다른 사람과의 관계를 새로운 차원으로 끌어올릴 수 있고 그 관계를 완성할 수 있다. 함께 슬퍼하면서 감정을 나눈다고 해서 죽음에 굴복하는 것이 아니다. 서로를 감싸 안으며 슬퍼하면 더 큰 우애와 사랑을 나눌 수 있다.

죽음을 앞둔 사람과 대화할 때 하는 말들

사람들은 죽음을 대단히 불편해하기 때문에 죽음에 직면한 사람과 어떤 일이 일어나고 있는지 대화를 나누기가 어렵거나 경우에 따라서는 불가능하다. 많은 경우에 가족이나 친구들은 누군가 죽어가고 있다는 사실만 빼고 다른 이야기는 무엇이든 다 한다. 가끔 환자 혼자 있는 입원실에 들어가서 “자, 어떠세요?”라고 물으면 많은 환자들이 차분하게 “난 죽어가고 있어요.”라고 대답한다. 냉소적인 사람도 있고 화를 내는 사람도 있으며 놀라는 사람도 있고 내가 분명한 사실을 모른다고 생각해 당황하는 경우도 있다. 그런데 어떤 경우든 죽음은 터놓고 이야기해야 할 주제다. 내가 환자에게 "가족과 친지들은 환자분이 죽음에 관해서 이야기할 수 없다고 생각하고 있어요."라고 말하면 대부분이 "아니 내가 아니라 우리 식구들이 죽음에 관해서 말하지 못하는 거예요."라고 한다. 그러고는 나와 함께 병과 죽음에 관해서 대화를 나누는데 환자의 가족들은 나중에 그런 사실을 알고는 많이 놀란다. 어떻게 자신들과는 죽음을 두고 이야기하지 않으면서 잘 모르는 사람과는 이야기를 나눌 수 있는지 의아해한다.

생명을 위협하는 중병에 걸린 환자와의 대화가 두려운 것은 당연하다. 개인적으로나 사회적으로 이제 막 성공을 거두기 시작한 아들 스티브(42세)를 백혈병으로 잃을 처지였던 한 어머니가 생각난다. 어느 날 병실에서 그녀가 아는 사람이 최근에 벤츠를 구입했다는 이야기를 했다. 스티브가 어머니의 얼굴을 뚫어지게 올려보다가 "지금 내게 벤츠가 웬 말이에요?"라고 했다. 그의 목소리에는 화가 잔뜩 묻어 있었고 그 말에 어머니는 당황했다. 스티브가 마침 잘나가고 있을 때 병으로 쓰러지게 돼 어머니에게 화를 낸 것일까? 어머니가 그렇게 시시한 말을 해서 화를 냈을까? 아니면 벤츠를 가지고 있지 못한 자신에게 화가 났을까? 혹시 어머니가 아주 어렸을 때 엉덩이를 때렸던 일 때문에 화를 냈을까? 어머니는 더 이상 묻지 않았다.

여러분 같으면 죽음을 눈앞에 둔 사람에게 무슨 말을 하겠는가? 자동차에 관해 이야기하면 환자의 기분이 좋아질까, 슬퍼질까? 일상적인 이야기를 해야 할까? 환자가 하고 싶어 했던 일들에 관해서 이야기해야 할까? 아니면 최근에 나온 검사 결과 또는 날씨에 관해서? 대화를 시작하려 할 때에는 상대방이 무엇을 원하는지 전혀 모른다. 상대방도 모를 수 있다. 죽음이란 아무도 경험해보지 못한 일이기 때문이다. 죽음을 눈앞에 둔 사람의 감정은 하루에 열두 번도 더 변한다. 만약 "멋진 벤츠를 보았어."라고 하면 "근사한 차 이야기는 더 이상 관심 없어."라는 말만 듣게 될 것이다. 그것보다는 솔직할수록 더 좋다. "네게 무슨 말을 해야 할지 모르겠다. 야구 이야기를 할까, 항암 치료 얘기를 할까?"라고 하는 편이 낫다.

마이클 랜던의 아들 크리스토퍼 랜던은 죽음의 문제를 아버지와 함께 정면 돌파했다. 크리스토퍼는 어떻게 직접적으로 접근할지 나와 의논했는데 자신이 희망을 버리지 않으면서도 왜 그렇게 할 수 있다고 생각하는지 그 이유를 말해줬다.

"가족 중에 어떤 사람은 나를 비관주의자라고 생각했지만, 저는 현실주의자였습니다. 그리고 아버지는 편찮아지면서 제가 현실적인 사람이라는 사실을 알게 되셨어요. 제가 제일 먼저 한 일은 아버지의 암 유형을 조사한 것이었죠. 그래서 사실 아버지의 생존 가능성이 아주아주 낮다는 것을 알 만큼 충분히 공부했어요. 그리고 아버지에게 그 말씀을 해드렸어요. 저는 아버지가 강한 척하시거나 병을 이길 수 있을 것처럼 행동하지 않으셨으면 했어요. 더욱이 아버지가 나를 생각해서 희망이 없는데도 있다는 듯이 여기저기 돌아다녀야 한다고 생각하시지 않기를 바랐어요. 때가 되어 우리를 어디로 데려가든 저는 갈 준비가 되어 있었죠. 저는 아버지가 그걸 나와 함께해야만 한다고 생각하시지 않길 바랐어요. 아버지는 다른 사람들을 위해서 그렇게 해오고 있었으니까요. '내가 해결할 거야.' '나는 괜찮을 거야.' 늘 그런 식이거든요. 다른 모든 사람을 위해서 '꿋꿋이' 서 있어야 하는 것이 아버지에게 정말 고통스러운 일이라는 것을 알고 있었어요.

진짜로 아버지와 함께 지내고 싶었어요. 그렇다고 희망이 없다는 이야기가 아니었어요. 죽기 전날까지도 희망을 가지고 있어야 해요. 그런데 그 희망이 무엇이고 무엇을 원하고 있는지를 분명히 알기 어려울 때가 있어요. 희망은 너무나 많은 얼굴을 가지고 있어요. 처음에는 빠른 회복, 즉 기적을 바랄 거예요. 그러다가 더 빠른 죽음을 바라기 시작할 겁니다. 더 이상 고통받는 모습을 보고 싶지 않기 때문이죠. 우리 모두 그런 일을 겪었습니다. 사랑하는 사람이 고통스러워하면 그렇게 사는 건 사는 게 아니라는 사실을 알기 때문에 보는 사람이 괴로운 겁니다. 그렇게 여러 가지를 원하다가 결국에는 그 사람들을 다시 보게 되길 바라는데 나 역시도 마찬가지였어요."

수용적인 사람이라면 죽음에 관해서 대화하는 데에 아무 문제가 없다. 상황에 따라 사람들마다 다르게 생각할 수 있다. 죽음에 관해서 이야기하지 않는다고 해서 그 문제가 사라지지는 않는다. 오히려 죽음에 관해 이야기하면 다른 사람과의 관계가 새롭게 회복될 수 있다. 죽음을 이야기하는 것은 미지의 세계로 걸어 들어가는 것과 같다. 이야기하고 나면 자유로워지고 마음이 정화된다.

날씨 이야기 이상으로 더 깊은 이야기를 나눠본 적이 전혀 없다 해도 마음에서 우러나오는 대화를 나눌 수 있다. 하워드와 밥은 어렸을 때부터 이웃으로 지낸 오랜 친구였다. 고등학교와 대학교에서는 커플끼리 더블 데이트를 하는 사이였고, 두 사람 모두 세 자녀를 두었으며, 은퇴한 후로는 LA다저스의 홈게임이 있을 때면 언제나 함께 보러 다니는 것을 자랑으로 생각했다. 그렇지만 이 두 사람은 감정을 터놓고 이야기한 적이 없었다. 밥이 일흔다섯의 나이에 기흉으로 죽음을 맞게 되자 하워드는 자신이 얼마나 밥을 사랑했는지 직접 말하고 싶었다. 그래서 어느 순간 어렵사리 입을 열었다.

"밥, 우린 어렸을 때부터 야구도 같이 하고 쭉 친구로서 아이들도 함께 키우고 65년 동안 참 잘 지냈네. 정말 잘 지냈어. 정말 사랑해. 그리고 많이 보고 싶을 거야."

하워드는 그렇게 말하면 서로가 진심으로 감정을 나누게 되리라 생각했다. 하워드는 해야만 했던 말을 했고 밥에게도 그럴 기회를 줬다. 하워드에게 필요했던 것은 밥에게 필요했던 것과는 무관했다. 하워드는 밥과의 관계를 완결 짓고 싶었지만 밥은 끝까지 자신의 감정을 자기만의 것으로 간직하고 싶었다. 밥은 하워드가 하는 말을 그저 듣는 것으로 충분했다. 그리고 이 두 친구는 이전에 수도 없이 그랬던 것처럼 병원 텔레비전으로 다저스의 야구 게임을 보았다.

때로는 감정, 수술, 죽음, 죽어감에 대해서 너무 말을 많이 하는 경우가 있다. 어쩌면 "이봐, 레이커스가 다섯 번이나 연속해서 이긴 거 알아?" 아니면 "마사 스튜어트가 마지막 쇼에서 뭘 했는지 봤어?"라는 말이 좋을 때도 있다. 규칙은 없다. 그저 귀 기울여 죽음을 마주한 사람이 해야 할 말을 잘 들어주는 것이 최고다.

죽음을 앞둔 사람의 말 들어주기

죽음을 앞둔 사람의 말을 들어주는 일은 우리가 그들에게 줄 수 있는 최고의 선물이다. 의료인들은 환자의 이야기를 잘 듣는 것이 환자의 신체적 상태는 물론 심리적 상태까지 알 수 있는 한 방법이라고 배운다. 더욱이 이야기를 들어주는 자체가 상대방을 편안하게 해주는 아주 훌륭한 방법이다. 가족과 친지들이 병원에 도착했는데, 죽음을 눈앞에 둔 사람을 만나는 것이 두려워 겁에 질린 채 어쩔 줄 몰라하는 모습을 종종 본다. 무슨 말을 해야 할지 몰라서 간호사나 의사에게로 몸을 돌리고는 "뭘 해야 하지요?" "무슨 말을 해야 하나요?"라고 물어본다. 그런 사람들에게 해줄 대답은 언제나 '들으라'는 것이다. 환자가 불평불만을 털어놓으면 그걸 들어주면 된다. 울면 우는 대로 웃으면 웃는 대로 받아주자. 날씨 이야기를 하고 싶어 하면 날씨 이야기를, 죽음에 대해서 이야기하고 싶어 하면 그 이야기를 들어주자.

생명을 위협하는 병을 앓고 있는 사람은 당신이 알고 있어야 할 모든 것을 말해줄 것이다. 자신의 상황에 대해서 어떻게 느끼고 있는지, 불편하지 않다면 어떻게 죽고 싶은지에 대해서도 말해줄 것이다.

조지프(75세)는 갑자기 기력이 떨어지는 것을 느끼기 시작하자, 아들 대니얼에게 전화를 걸었다.

"대니얼, 뭔가 이상한 것 같다. 그냥 나이 때문만은 아닌 것 같아. 애비가 좀 이상한 늙은이라고 생각할지 모르지만 이제 때가 온 것 같구나. 내가 자라고 네가 태어난 메인 주로 돌아가자고 늘 이야기했던 거 기억하고 있지? 이제 그렇게 해야겠다. 내가 죽기 전에 우리 둘이 함께 좀 지내면 좋겠는데."

"아버지, 병원에 가보셔야 되지 않을까요?"

"내일 갈 거야. 그러고 나서 여행을 함께할 수 있겠니? 내 나이 일흔다섯이야. 감기에도 걸렸고 독감도 앓아봤지. 관절염도 있고. 이번에는 나이 때문인 것하고는 다르구나. 몸에 심각한 일이 벌어지고 있는 것 같아."

그 말을 듣고 대니얼은 무엇을 할지 마음의 결정을 내렸다. 아버지의 말씀대로 함께 여행을 갔다가 아버지가 만사 다 좋다는 것을 알게 되면 다시 모든 것이 괜찮은 채 지낼 수 있을 것이다. 그렇지만 아버지 말을 듣지 않았는데 나쁜 일이 생긴다면 아버지와 함께 보내게 될 이 마지막 기회를 놓친 것이 끔찍할 것 같았다.

다음 날 약속대로 조지프는 의사를 만났다. 피곤의 원인을 확실히 알 수 없었기 때문에 여러 가지 검사를 받았다. 며칠 지나야 결과를 알 수 있었다. 결과를 기다리는 동안에 아버지와 아들은 차를 몰아 메인 주에 다녀왔다. 두 사람은 조지프가 자라고 대니얼이 유년기를 보낸 호수에서 멀지 않은 모텔에 묵었다. 그 한 주 동안 낚시도 하고 옛 친구들도 만나며 보냈다. 피곤하기는 했지만 조지프는 많은 이야기를 했고 대니얼은 들었다. 검사 결과가 어떻게 나오든 여행을 떠난 첫날 대니얼은 아버지와 함께 시간을 보내게 돼서 정말 기뻤다. 두 사람 모두 조지프가 피곤해하는 것에 신경 쓰지 않았다. 두 사람은 그저 그 시간을 함께 즐겼다.

일주일이 지나 두 사람은 췌장암이라는 의사의 진단을 듣고는 아연실색했다. 지금 상태로는 완치가 불가능하고 치료도 소용이 없었다. 그 후 몇 주에 걸쳐 조지프는 점점 허약해졌지만 아버지와 아들은 이미 둘이서 함께 시간을 보냈다는 사실에 마음이 아주 편해졌다. 대니얼은 이제 와서 되돌아보니 노인네가 아무 소용도 없는 일을 크게 벌인다고 자기 식대로 생각해서 행동하지 않고 아버지의 말을 들었던 것을 아주 다행스럽게 생각한다고 말했다.

죽음을 눈앞에 둔 이의 이야기를 들어주는 사람은 그의 신념과 생각을 자기에게 말해주기를 바라며, 그러면 듣는 사람의 마음도 편해진다. 그렇지만 죽음을 앞둔 사람의 이야기가 듣는 사람을 불편하게 할 때가 있다. 경우에 따라서는 그 이야기에 전혀 동의하지 못할 때도 있다. 또한 죽음을 앞둔 사람의 생각이 자신과 다르다는 사실에 혼란스러워지기도 한다. 그럴 때도 우리는 죽음에 가까워져 아무리 가슴 아프고 처절할지라도 그는 자신이 원하는 것을 믿을 권리가 있고 임박한 죽음에 대한 느낌을 자기 방식대로 표현할 권리가 있다는 사실을 기억해야 한다. 자신이 선택한 대로 살고 죽을 권리가 있는 것이다.

윌리엄 그린(36세)은 어느 날 자신이 에이즈 바이러스에 감염된 사실을 알게 됐다. 몇 년 동안은 건강하게 지냈고 앞으로도 몇 년 동안은 그럴 것 같았다. 엔지니어인 윌리엄은 에이즈와 에이즈 치료법을 직접 조사해봤지만 1980년대 중반이었던 당시에는 좋은 방법이 별로 없었다. 그는 몇 년 동안 건강이 좋았기 때문에 자신의 병에 대해 여동생 제니퍼(29세)에게 말하지 못하고 있었다. 그리고 당시에는 바이러스에 감염된 상태로 생활하는 데 익숙해져 있었다. 그러다 제니퍼가 사실을 알게 됐는데, 그 후로 그녀는 오빠를 도와주고 의학의 발달로 오빠가 나을 거라고 긍정적으로 생각했다.

어느 날 윌리엄이 상태가 좋지 않아서 의사를 찾았더니 감기라고 했다. 그렇지만 그 감기는 일주일이 지나도 깨끗이 낫지 않았고 더 나빠지기만 했다. 놀란 제니퍼가 의사에게 전화하라고 윌리엄을 채근했다. 그런데 윌리엄은 "오늘이 될지 내일이 될지 앞으로 어떻게 될지 내가 잘 알고 있어. 이 병에 대해 잘 알고 있지. 당장 의사들이 해줄 수 있는 일이 많지 않아. 그래서 의사에게 전화하는 건 별 의미가 없단다."라고 말했다.

제니퍼는 죽음에 대한 윌리엄의 감정이 마음에 걸렸다. 그녀는 오빠가 끝까지 싸웠으면 했지만 윌리엄은 질 싸움을 하고 싶어 하지 않았다. 윌리엄은 자연스럽게 흘러가는 대로 내버려두기로 했고, 그 결정을 동생에게 분명히 밝혔다.

몇 주 후 윌리엄이 심각한 호흡곤란을 겪었다. 제니퍼는 고집을 피우다 너무 약해져서 저항도 할 수 없는 오빠를 차에 태워 의사에게 데려갔다. 의사는 너무나 쇠약해진 윌리엄의 상태에 충격을 받고는 주사를 꽂고 산소를 주고 응급실로 가도록 조처했다. 제니퍼는 거의 무의식 상태인 오빠에게 인공호흡기를 걸고 응급조치를 해달라고 요구했다. 의사들이 최선을 다했지만 윌리엄은 곧 사망했다.

제니퍼는 '이겨내지 못할 일은 없다'라는 신조로 사는 사람이었지만 윌리엄은 그렇지 않았다. 스스로 선택했고 자신의 뜻을 표현했다. 제니퍼는 오빠의 선택이 마음에 들지 않았기에 그의 뜻을 들어줄 수 없었다. 그렇지만 선택은 그의 몫이었다. 오빠의 선택에 반대하느라 제니퍼는 두 사람이 함께했던 삶에 대해서 공감하고 애틋한 남매의 관계를 정리하며 애도할 수 있는 기회를 놓쳐버렸다.

사랑하는 사람이 죽음을 맞을 때에는 함께 울 수도 있고 치료 전략을 분석할 수도 있다. 서로 의견이 다를 수도 있고 상황을 전적으로 부정할 수도 있다. 그렇지만 결국 최선을 다해 할 수 있는 것은 당사자의 이야기를 들어주는 것이다.

그리고 죽음을 앞둔 사람이 '이제 마지막이 가까워졌다'고 말할 때에는 훨씬 더 주의를 기울여 이야기를 들어야 한다.

말로 의사소통을 할 수 없을 때

결국에는 말로 소통할 수 있는 사치도 어느 순간 끝날 것이다. 병 때문에 또는 의식이 없어지거나 죽음에 가까워지면 언젠가 사랑하는 사람은 더 이상 말을 못하게 될 것이다. 또는 말을 걸어도 반응이 없는 것 같아 보여서 말을 알아듣지 못한다고 생각한다. 이때쯤 되면 많은 사람이 "이런 말을 했어야 했는데." "잘 가라고 작별 인사를 했어야 했는데."라고 한탄한다.

그럴수록 우리는 청각이 가장 마지막까지 남는 인간의 감각이라는 사실을 기억해야 한다. 그래서 의료진은 환자가 사망하는 그 순간까지도 들을 수 있다고 생각하며 행동하라고 배운다. 죽어가는 사람이 여전히 보호자나 의료진의 말을 들을 수 있느냐고 내게 물으면 나는 항상 그렇다고 대답한다. 신체적으로는 그렇지 않아도 영적으로 들을 수 있다. 진심에서 우러난 이야기를 하면 정신이 명료하지 않을지라도 마음으로 그 이야기를 들을 것이다.

사랑하는 사람이 무의식 상태가 됐더라도 미처 전하지 못한 말을 그때라도 할 수 있다. 되도록 큰 소리로 말해야 한다. 큰 소리로 말할 수 있는 형편이 아니라면 마음속으로 이야기하라. 많은 경우에 소리 내어 말하지 않고도 의사소통이 가능하다. 미소나 어루만져주는 것만으로도 수많은 이야기를 할 수 있다.

죽음을 마주한 사람에게 당신의 생각과 느낌을 들려주도록 하자. 그 사람이 좋아할 만한 일에 관해서 이야기해주거나 최신 뉴스나 서로 아는 친구와 식구들 이야기를 하는 것도 좋다. 이야기를 많이 해줄 때도 있겠지만 그렇지 않을 때도 있을 것이다. 그렇더라도 침묵을 두려워하지 말자. 손을 잡아주고 그저 옆에 앉아 있어주는 것만으로도 해줘야 할 이야기를 모두 전할 수 있다.

말하는 것이 금기시될 때

지금까지 해본 적이 없는 이야기를 하면 사람들이 서로 더 가까워질 수 있다. 그리고 죽음을 마주한 사람은 지속적으로 삶에 참여할 수도 있다. 자녀를 돌보는 부모, 형을 살살 놀리는 동생, 할아버지 할머니를 놀라게 하는 손주의 역할을 계속할 수 있다. 그렇지만 언제나 아무 문제 없이 이런 대화가 이루어지는 것은 아니다. 특히 대화로 인해 가족들 사이의 균형이 깨지면 예상치 못한 부작용이 나타나기도 한다.

돈은 태어나면서부터 희귀질환인 퇴행성 간질환을 앓았다. 진단을 받고 거의 35년을 살았지만 건강에 문제는 전혀 없었다. 그러다 갑작스럽게 증상이 나타나는 바람에 운영하던 부동산 회사를 팔고 부모님과 함께 살게 되었다. 부모님 두 분은 전적으로 돈을 돌봤지만 아들이 이제 곧 죽는다는 사실을 결코 인정하지 않았다.

돈이 부모님과 함께 살게 된 직후에 멀리 있던 동생 마이크가 형과 함께 지내기 위해 왔다. 절친했던 둘은 형의 병과 그 병으로 인한 결과에 대해서 가끔 이야기를 나눴다. 그런데 동생이 와 있는 동안에 돈의 상태가 급격하게 나빠졌다. 어느 날 둘이 침대에 앉아 있을 때 돈이 물었다.

"나 좀 나아지고 있는 것 같지 않니?"

마이크가 형의 눈을 들여다보다가 슬픈 목소리로 대답했다.

"아니, 그렇지 않은 것 같아."

"그래, 그럼 어떻게 되는 거지?"

마이크는 솔직하게 대답했다.

"죽게 되겠지."

돈과 마이크는 죽음에 대해서 이야기를 나누다 눈물을 흘리며 자기들이 형과 동생인 것이 얼마나 기쁜지 모르겠다고 서로 이야기했다. 바로 그때 어머니 해너가 들어왔는데 돈이 무심코 어머니를 올려다보면서 “난 죽을 거예요. 엄마, 알고 계셨지요?”라고 말했다. 너무 놀란 해너는 돌아서서 마이크의 뺨을 때렸다.

“하나뿐인 형에게 무슨 짓을 한 거니! 왜 여기 와서 이렇게 형을 놀라게 하는 거냐?”

해너는 눈물을 쏟으며 방에서 뛰쳐나갔다.

“이런, 우리가 엄마를 놀라게 했나봐.”라고 돈이 말했다.

“형, 엄마가 왜 저러시지?”

“마이크 네가 ‘죽’ 자를 말했잖아. 죽음은 입에 올려서는 안 되는 말이지.”

“형이 좋아지고 있는 것 같으냐고 물었을 때 내가 어떻게 말해야 하는 거야? 거짓말을 해야 하는 건가?”

“엄마는 ‘형은 좋아질 거예요.’ 그렇게 말하길 바라신 거야.”

마이크는 방금 벌어진 일을 어떻게 받아들여야 할지 몰랐다. 가족들을 당황하게 하려는 뜻은 전혀 없었다. 형과 엄마가 이야기를 나누는 데 끼어들어서 “자, 오늘은 우리 죽음에 대해서 이야기해봐요.”라고 하는 건 분명 적절하지 않았을 것이다. 그렇지만 형과는 차근차근 이야기를 나누어왔고 지금까지 늘 그랬던 것처럼 진심을 다해서 형 돈의 이야기를 들어주고 있었다.

다른 사람과 소통하다 보면 가끔은 상대방, 그것도 가장 사랑하는 사람을 당황하게 만드는 일도 생긴다. 이번 일로 마이크는 곤란한 상황에 처했다. 형의 병세가 위중하다는 사실을 인정하지 않으려는 가족들의 금기를 건드리지 않으면서 형과의 관계를 지켜나갈 수 있는 방법은 없어 보였다. 그렇지만 죽음을 이야기해야 할 때가 되었다는 생각이 들면 절대 망설여서는 안 된다.

가족의 금기가 깨지는 바람에 마이크도 어머니도 당황했지만 나는 일단 병실로 들어갔다. 딸을 만났는데, 그녀는 병원 목사가 그 문제에 관해 어렵게 꺼내 이야기를 나누고 나서 감동을 받았다고 했다. 그리고 이렇게 말했다.

"엄마에게 그 이야기를 어떻게 꺼내야 할지 몰랐어요. 우리 가족이 한 번도 이야기해본 적이 없는 문제였거든요. 이렇게 터놓고 이야기하게 돼서 정말 좋아요. 이제 이 문제를 서로 이야기할 수 있겠어요."

죽음에 관한 이야기를 나눈다는 건, 지켜보는 가족들 입장에서는 분명 힘든 일이다. 하지만 그로써 사랑하는 사람과 보내는 마지막 날들을 생생하게 기억하게 될 것이다. 가끔은 계란껍데기 위를 걸어가고 있는 것처럼 아슬아슬할 때도 있을 것이다. 그래도 꼭 해야 할 말이 있다면 누구든 그 말을 할 수 있어야 한다. 이런 상황에서 느끼는 감정은 진실하기 때문에 그 시간 또한 신성하다. 우리 자신은 물론, 죽음을 맞는 사랑하는 사람 모두가 자신의 감정을 표현해야 한다. 주변의 반응이 어떻든지 간에 말이다.

나는 가끔 죽음을 맞는 사람과 그를 사랑하는 사람이 서로에게 보여주는 감정에 경의를 느끼곤 한다. 그것은 우리가 살아가면서 볼 수 있는 가장 순수한 것이기 때문이다. 이렇게 감정을 표현하도록 해주는 것이야말로 서로를 위한 신성한 의무다.

현재형 관계 만들기

우리는 삶의 순간순간마다 다른 사람과의 현재형 관계 속에서 평화와 성취감을 발견한다. 현재형 관계란 도움이 되는 말이든 도전이 되는 말이든 할 필요가 있는 말을 전부 서로에게 하는 관계를 의미한다. 자신의 감정을 더 이상 숨기지 않을 때 사람들 사이의 관계는 현재성을 띠게 된다.

그런데 말하지 못한 무언가가 남아 있고 장벽으로 인해 관계가 단절되어 있을 때에는 불편하고 불행할 수밖에 없다. 특히 여러 해 동안 숨긴 일이 있거나 누군가 심하게 아플 때에는 그런 장벽이 아주 견고하고 매우 불편하다. 모순되게도 대부분의 사람은 아픈 사람에게 해가 될까 봐 현재형 관계를 잘 맺지 못하는 것 같다. 그렇지만 머릿속에서 생각만 하고 표현하지 않으면 결코 그 생각처럼 되지 않는다. 가족 중 누군가 위중한 병을 얻었을 때 오래된 장벽을 허물고 허심탄회하게 이야기할 수 있는 절호의 기회가 올 수도 있다.

회계사인 스탠(67세)은 전립선암 말기로 통증에 시달리고 있었다. 아주 재미있는 이야기꾼인 스탠은 아무리 통증이 심해도 장난꾸러기 같은 미소와 반짝이는 눈빛을 잃지 않는 매력적인 사람이었다. 나는 응접실 쪽으로 향해 있는 침실에 함께 앉아서 스탠과 이런저런 이야기를 하곤 했다. 그런데 내가 스탠과 그의 아내인 조앤을 알게 됐을 때 조앤이 극심한 분노를 꾹꾹 누르고 있다는 것을 알아챌 수 있었다.

결국 나는 용기를 내서 그녀에게 "조앤, 심한 분노를 억누르고 있는 것 같은데요."라고 말했다. 그녀는 꽤 오래됐지만 중요한 어떤 문제를 지금까지 남편과 함께 진지하게 이야기해본 적이 없었다는 것을 인정했다. 그러면서 "지금은 남편과 그 문제를 의논할 수 없어요. 그이가 너무 약해졌어요. 몸무게도 너무 빠졌고요. 내 화를 돋우는 문제를 가지고 지금 짚고 넘어가서 남편에게 한풀이를 하려는 것은 잘못인 것 같아요."라고 말했다.

나는 조앤에게 문제를 끄집어내는 것과 문제를 해결하는 것은 다르다고 말해줬다. 다른 사람의 마음을 상하지 않게 하면서도 자신의 부정적인 감정을 드러낼 수 있다고 말해줬다. 조앤은 자신의 감정을 말할 권리가 있고 스탠은 그 말을 들을 권리가 있다는 사실을 깨닫게 되자 그녀는 평소 하고 싶던 말을 남편에게 이야기했다. 아주 사랑스러운 방식으로 수년 동안 자신이 왜 분노를 억눌러왔는지 그 이유를 말했다. 그렇게 함으로써 조앤은 '자신의 문제를 끄집어냈을' 뿐만 아니라 그 외에도 부드럽고 사랑스러운 대화를 오래 이어갈 수 있었다.

조앤은 결혼 후 몇 년 동안 남편이 자신을 평가하고 있다는 생각이 얼마나 심하게 들었는지를 곁에 앉아서 부드럽게 이야기했다. 남편이 자신에게 고마워하지 않는 것 같고 직장에 다니지 않아서 자신에게 실망한 것 같다는 생각을 했다고 말했다. 스탠은 자기가 돈을 잘 벌기 때문에 조앤이 직장에 다니든 안 다니든 중요하지 않았다고 대답했다. 그리고 아내가 여러 방면에서 재능을 잘 발휘했다며 구체적으로 말했다.

"당신은 아이들을 잘 키웠고 집도 잘 꾸미고 다른 집을 꾸며주는 봉사도 했고 아동 병원에 벽화를 그려주기도 했잖아. 돈을 받지 않았다고 해서 당신이 재능이 없다는 뜻이 아니야. 그리고 그런 것을 내가 고마워하지 않은 것도 아니고."

스탠과 조앤은 대화를 할수록 그 어느 때보다 사랑이 깊어졌다.

현재형 관계가 정립되어 있지 않다면 우리는 언제라도 사랑하는 사람에게 가서 들려주어야 한다고 믿는 말을 해야만 한다. 로스를 돌보는 동안 이것이 얼마나 중요한지 깨달았다. 로스(75세)는 백혈병을 앓고 있었다. 체중이 빠지고 몸도 점점 쪼그라들어 37킬로그램 정도밖에 나가지 않았다. 그녀는 병원에서 사용하던 침대를 가지고 집으로 돌아왔다. 항암 치료와 또 다른 치료를 두 차례 받느라 고생했지만 좋아지지 않았다. 하나뿐인 아들 프랭크가 그날 저녁에 집에 와 있었다. 너무 쇠약해져서 말도 못하고 며칠 동안 머리도 가누지 못하던 로스가 갑자기 머리를 들어 올리며 다급하게 "프랭크, 프랭크." 하고 아들을 찾았다. 프랭크는 이런 어머니의 모습에 깜짝 놀랐다.

"왜요, 엄마?"

프랭크는 어머니가 갑자기 통증이 생긴 건가 싶어 걱정스레 답했다.

"내가 사랑한다는 말 한 번도 한 적 없지?"

"아니, 알고 있어요. 엄마가 나를 얼마나 사랑하는지요."

프랭크는 어리둥절해하면서도 착실히 대답했다.

"그래도 너에게 말한 적은 없었구나."

그녀는 그렇게 말하고는 베개에 머리를 누이고 눈을 감았다. 더 이상의 말도 없었고 움직이지도 않았다. 그리고 다음 날 돌아가셨다. 프랭크는 당황했다. 자기에게는 너무나 분명한 사실인데 사랑한다고 말하는 것이 어머니에게 왜 그렇게 중요했는지 그 이유를 이해하지 못했다. 하지만 로스는 아들에게 사랑한다는 말을 할 필요가 있었다. 그렇게 말하는 것은 아들과의 관계를 현재적인 것으로 만들기 위해 꼭 해야 하는 일이었고 끝내지 못한 일이었다.

심각한 병이 생기면 가능한 공개적으로 이야기하고 생각을 나누어 다른 사람과의 관계를 마무리할 필요가 생긴다. 그렇게 하지 않으면 남겨진 사람들은 떠난 이와의 관계를 마무리하지 못한 것을 후회하며 여생을 보내게 된다.

관계를 현재형으로 만들기 위해서 무엇이 필요한지는 굳이 생각할 필요가 없다. 대부분은 무엇이 빠졌는지 알고 있기 때문이다. 우리는 서로에게 이런저런 일로 미안해하고 있다는 것을 안다. 또는 부모님, 배우자, 아이들, 친구들에게 돌봐줘서 고맙다는 말을 하지 못한 것을 알고 있다. 한 번도 "네가 자랑스럽구나." "넌 내 마음을 아프게 했었지." "어려운 때도 있었지만 네가 내 친구여서 기쁘다."라고 말해본 적이 없을 수도 있다. 자, 이제 그런 말을 할 때가 됐다.

관계를 현재형으로 정립하는 것은 인생을 바꾸는 전환점이 될 수 있다. 그저 무언가를 말하기만 하면 된다. 용기를 내서 말을 하는 것 자체가 그 말의 내용보다 훨씬 중요하다.

언젠가 엘리자베스 퀴블러 로스 박사가 남편을 회상하는 어떤 부인에 관한 이야기를 들려준 적이 있다. 남편이 아끼는 자동차 카펫에 블루베리 파이를 떨어뜨렸던 그때 남편이 자기를 죽일 거라고 생각했지만 그런 일은 일어나지 않았다. 내키지 않아 하는 남편을 억지로 끌고 춤을 추러 간 적이 있었는데 정장을 입어야 한다는 말을 깜빡 잊어서 남편이 화를 낼 거라고 생각했지만 그런 일은 일어나지 않았다. 남편의 질투심을 불러일으키려고 남편의 친구와 춤을 춘 적도 있었다. 남편이 떠날 거라고 생각했지만 그런 일은 일어나지 않았다. 그리고 남편이 베트남에서 돌아오면 이런 일을 모두 말하려고 했는데 남편은 돌아오지 못했다. 그런 순간들이 얼마나 고마웠는지 말했어야 했는데 못했기 때문에 그 부인은 남편과의 관계가 여전히 끝나지 않았다고 여겼다.

그렇지만 아무것도 말할 필요가 없는 순간도 있다. 관계가 현재형이라면 그저 함께 있는 것만으로 충분하다.

함께 애도하기

신시아는 자궁경부암 말기 환자였다. 우리는 마지막이 다가오면서 죽음에 관해서 많은 이야기를 나눴다. 마지막 몇 주 동안에 오랜 친구인 앤이 며칠 함께 지냈으며 저녁에는 친구들과 외출도 했다.

신시아가 말했다.

"함께 얼마나 여러 차례 울었는지 셀 수가 없네요. 앤이 울면 내가 듣고 내가 울면 앤이 얘기를 들어줬어요. 그러다 정말 마지막이 되자 친구들이 '너하고 신시아는 참 이상하다. 아주 슬퍼 보이지 않는 것 같아. 전혀 울지도 않고.'라고 했던 것이 기억나요."

앤이 이어서 말했다.

"저는 '내가 뭔가 잘못했나?' 싶었어요. 그런데 그때, 마지막 순간에 흘려야 하는 눈물을 이미 신시아와 함께 모두 흘렸다는 것을 깨달았어요. 그래서 울 필요가 없었던 거예요. 매 순간 슬픔을 느꼈고 우리의 관계도 늘 현재진행형이었어요. 늘 신시아와 가깝다고 느꼈고 함께 있다고 생각했어요. 우리에게는 미완성인 일이 없었지요. 친구들과 외출했던 그날 저녁에도 나는 어쩔 줄 몰라 하거나 충격을 받지 않았습니다. 나 역시 친구들과 함께 있었던 그 순간에 그 친구들의 우정을 느낄 수 있었어요."

친구나 친척이 아플 때, 많은 사람이 환자에게 자신의 슬픔을 보여주고 싶어 하지 않는다. 강한 모습을 보이려고 감정을 숨기며 자신을 돌보지 않은 채 지낸다. 그렇지만 이런 사람들이 얼마나 슬픈지 모르겠다고 내게 말하면, 나는 "아픈 사람 앞에서 울어본 적이 있나요? 아니면 얼마나 보고 싶을지 모른다고 또 얼마나 슬픈지, 얼마나 화가 나 있는지 말해본 적이 있나요?"라고 물어본다. 그러면 대부분 그렇게 해본 적이 없다고 말한다.

마지막까지 사람들 사이의 관계가 평행선이어서는 안 되는 이유가 있다. 앤드루는 수년 전에 형 케빈을 잃었다. 함께 자라기는 했지만 가장 소중한 추억은 형이 죽기 일주일 전의 일이었다.

“림프종 진단을 받았을 때 형은 겨우 서른둘이었어요. 여러 해 걸쳐 형이 점점 약해지면서 내가 해야 할 일은 더 강해지는 것이라고 생각했지요. 내 아픔이나 슬픔을 보여줘서는 안 된다고 생각했어요. 그건 이기적인 것 같았거든요. 결국 내가 아니라 형이 죽는 거잖아요. 형이 자신의 상태를 받아들이고 관리하는 데 모든 에너지를 쏟아붓는 모습을 보면서 ‘용감해져야겠다’는 결심을 더욱 굳혔어요. 그러지 않아도 힘든 형에게 내 슬픔을 더해준다는 것은 잘못이라고 믿었죠. 강해야 한다는 굳은 믿음 때문에 형 앞에서 울 수 없었어요. 하지만 형이 죽기 일주일 전쯤엔 그런 모습을 더는 유지할 수 없었습니다. 결국 무너지고 말았어요. 그러데 놀랍게도 형이 나를 위로해주고 눈물을 닦아줬어요. 어떤 말도 나오지 않았습니다. 내가 울 때 형이 나를 잡아줬다는 것, 그게 모든 것을 말해줬거든요.”

죽음을 앞둔 사람에게 위로받는다는 것은 대단히 감동적인 경험이고 아주 중요한 경험이 될 수 있다. 아버지가 돌아가시기 직전에 내가 아버지에게 했던 말이 생각난다.

“아버지가 없는 세상을 상상할 수 없어요.”

그러자 아버지는 확신에 찬듯 말씀하셨다.

“걱정하지 마라. 시간이 지나면 다 괜찮아질 거야.”

나를 위로할 수 있어서 아버지는 다시 아버지가 된 것 같다고 하셨다. 아버지가 돌아가시고 여러 해가 지났지만 가끔 슬퍼질 때 아직도 아버지의 확신에 찬 목소리를 들을 수 있다.

사람들은 환자에게서 멀리 떨어진 병실 밖에서 위로를 찾으려는 경향이 있다. 하지만 우리는 죽음을 앞둔 사랑하는 사람이 자신의 주변 사람들을 사랑할 수 있는 기회를 빼앗아서는 안 된다. 죽음 앞에 선 사람은 살아 있는 동안 다른 사람을 사랑하고 싶고 그 열망은 죽기 직전까지 계속된다. 우리의 몫은 모든 마음의 문을 열고 우리의 삶 속에 그들의 슬픔을 품는 것이다. 죽어가는 이에게 정직해질수록 그들을 더 존중할 수 있다.

사랑하는 사람을 떠나보내고 나면 남은 세월 동안 혼자서 슬퍼하며 오랫동안 그리워할 것이다. 죽어가는 동안에는 함께 슬퍼할 시간이 짧다. 죽은 후 잠시 동안은 다른 사람들과 함께 슬퍼할 시간이 있다. 신장병을 앓던 어머니가 돌아가시기 전 마지막 입원을 했을 때 에디스라는 이름의 아주머니를 알게 됐다. 에디스는 나를 불러서 "아버지를 위해서 강해져야 한다. 꿋꿋하게, 남자답게, 울지 말고." 라고 하셨다.

그래서 아버지를 위해서 강해졌다. 그때 나는 겨우 열두 살이었지만 아버지 앞에서 눈물을 보인 적이 없었다. 그렇지만 내 방에서 아버지 모르게 혼자서 울었다. 그리고 아버지도 자신이 마음 아파한다는 것을 내가 모르기를 바라면서 방에서 혼자 우시는 소리를 들었다. 우리는 함께 울어본 적이 없었다.

죽어가는 환자를 둔 가족들은 서로 입술을 꽉 깨물며 드러내놓고 울지 않으려 하거나 슬퍼하지 않으려 한다. 하지만 나는 늘 그 반대를 권한다. 다른 사람들과 함께 슬픔을 나누라고 한다. 누군가의 앞에서 울고 함께 울라고 권한다. 누군가 슬퍼하는 모습을 보면 우리 역시 슬퍼할 수 있다.

하나뿐인 아들을 잃었을 때 피터(57세)는 장례식 내내 끄떡도 하지 않고 견뎌냈다. 그러다 사업상 알고 지내던 사람이 그를 안아주자 울기 시작했는데 피터 자신도 그런 자기 모습에 놀랐다. 피터는 그 사람도 아들을 잃은 상실감이 얼마나 큰지 이해하는 아버지라는 사실을 깨달았다. 두 남자는 서로 안고 흐느껴 울었다. 그 순간 두 사람은 서로를 이해했기 때문에 눈물을 흘렸던 것이다.

진정한 작별은 슬퍼할 것이냐 아니냐의 문제가 아니라 언제 슬퍼할 것이냐의 문제다. 당신의 아픔을 다른 사람과 함께 나눌 기회를 놓치지 않아야 한다. 제대로 슬퍼하는 사람이 남은 삶을 잘 보낼 수 있다.

사랑하는 사람을 문까지 배웅해준다는 것

얼마 전까지만 해도 가족 중 누군가 멀리 떠날 때에는 공항이나 기차역에 그 사람을 데려다주고 떠날 때까지 출입구 앞에서 배웅해줬다. 가족이 도착할 때에도 찻길이나 수하물 찾는 곳이 아니라 출입구에서 마중했다.

오늘날에는 더 이상 출입구까지 데려다주지 않는다. 사람들이 여행을 많이 하기도 하고, 택시, 공항 셔틀버스, 장기 주차장 설비가 잘 갖추어져 있으며 긴 보안 절차를 거치기도 해야 한다. 지난 1년 동안 나는 과거에 했듯이 가족이 떠날 때는 공항에 데려다주고 돌아올 때는 마중하러 공항에 나가려고 해봤다. 집과 가족을 떠나 멀리 가 있다가 돌아올 때 출입구에서 사랑하는 사람이 당신을 맞아준다면 아주 근사하지 않겠는가. 공항에 마중을 나간다는 것은 명백한 사랑의 표현이다.

'배웅과 마중'은 삶과 죽음에 있어서도 의미하는 바가 깊다. 오늘날 태어나는 아기들은 분만실에서 아버지를 만난다. 아버지가 아기를 어머니에게 건네주고 탯줄을 자른다. 더 이상 아버지가 대기실에 앉아만 있지 않는다. 새 생명을 위한 마중, 즉 부모가 아기의 탄생을 기쁘게 맞이하듯 죽어가는 사람에게도 아름다운 배웅이 필요하다.

친한 동료 로버트가 척추 주변에 종양이 생긴 것 같다고 했을 때 나는 처음에는 낙관적으로 생각했다. 양성 종양이라고 생각하고 치료 방법을 생각했다. 그런데 로버트가 나를 뚫어져라, 정말 뚫어져라 보면서 "진짜 최악의 시나리오라면 어떻게 하지? 내가 죽는다면 어떻게 해야 해?"라고 말했다.

가장 솔직하게 공감할 수 있도록 내 마음을 그대로 말했다.

"이 친구야, 그러면 내가 할 수 있는 한 오랫동안 자네와 함께 있을게. 그리고 문까지 배웅해줄게."

로버트가 세상을 떠나지는 않았지만 그때가 되면 혼자가 아니라는 것을 이제 그도 알고 있다.

준(92세)은 아들과 변호사인 며느리가 살고 있는 집에서 길 하나

건너에 있는 퇴직자 전용 아파트에서 지내고 있었다. 모두 50대에 들어선 이 두 '아이들'은 늘 준과 가까이 있었다. 매주 여러 차례 준을 방문했고 주말에는 가능한 한 자주 외출을 시켜줬다. 사실 젊어서 친정어머니를 여읜 며느리는 40년 동안 준을 친어머니처럼 좋아했다.

어느 날 아파트의 담당 의사가 준을 살펴보고는 몇 가지 검사 결과를 내놨다. 종양이 몸에서 제일 큰 대동맥을 둘러싸고 있다는 것이다. 나이와 전반적인 건강 상태를 감안할 때 어떤 표준 치료도 의미가 없었다. 아들과 며느리는 이 문제를 의논하고 준에게 이야기했다.

"병세가 더 나빠지면 모르는 사람이 병원에서 어머니를 돌보게 하고 싶지 않아요. 저희 집에 계시다가 우리 곁에서 돌아가시면 좋겠어요. 애들하고는 우리가 어떻게 해볼게요. 어머니가 늘 저희를 위해서 함께 있어주셨으니 이제는 우리가 어머니를 위해서 있어야지요."

요즘은 사랑하는 사람을 삶의 마지막 문까지 배웅해주자는 생각이 점점 확산되고 있다. 집에서 죽음을 맞을 수 있도록 해주는 것이 바로 문까지 배웅하는 것과 같다. 대기실에서 기다리지 말고 병실에서 함께 밤을 보내는 것이 문까지 바래다주는 것이며, 어떤 일이 있어도 함께 있으리라고 알려주는 것이 문까지 바래다주는 것이다. 들려줘야 할 이야기를 해주고 함께 울고 손을 잡고서 끝까지 곁을 지키는 것이 마지막으로 우리가 할 일이다.

PART 3

결정에 동참할 권리

자신이 어떤 돌봄을 받을지와 관련된 결정에
참여할 필요가 있다.
'치료'에서 '요양'으로 목적이 바뀌더라도 의학적 처치를
계속 받을 필요가 있다.
그리고 어떤 질문에 대해서도 정직하고
충실한 답을 들을 필요가 있다.

사람들이 죽음에 대해서 많은 생각을 하지 않는 이유는 삶에 대해서 별로 생각하지 않기 때문인지도 모른다. 죽음을 깊이 생각하든 완전히 무시하든 어쨌거나 사람은 죽는다. 그렇지만 마음만 먹으면 어떻게, 어디에서 죽을지 그리고 죽기 전과 후의 모습에 관해서 자신의 의견을 피력할 수 있다. 그렇게 하기로 할 때에는 돌봄의 과정에서나 죽음을 맞을 때 자신이 전적으로 참여하여 책임을 지게 된다.

죽음의 과정과 죽음의 모습을 계획한다는 생각이 처음에는 이상하게 들릴지 모른다. 그렇지만 어느 대학에 갈지 어떤 집을 살지 결혼을 할지 말지 결정하는 데 며칠, 몇 주, 몇 달을 생각하듯이 죽음도 시간을 두고 깊이 생각해야 할 중요한 일이다. 어떤 돌봄을 받을지, 필요하면 어떻게 어디에서 죽을지를 결정하는 데 참여하는 것은 각자가 선택할 문제다. 그렇지만 자신의 죽음에 참여하지 않는다면 자기 생각대로 죽을 수 없다. 이런 결정에 참여하려면 사전에 계획하고 놀라운 결단력을 발휘해야 한다.

마지막 순간에 대한 결정

삶의 마지막 단계에 접어들면 삶의 목적이 무엇인지, 자신이 다음과 같은 사항을 원하는지 스스로에게 물어보고 확인해야 한다.

- 앞으로 일어날 일에 대해서 아무 생각도 하지 않고 이전과 똑같이 계속 지낼 것인가?
- 적극적인 보살핌과 치료를 받을 것인가?
- 특단의 조처를 취하거나 생명 연장 기술을 사용하지 않고 자연스러운 길을 갈 것인가?
- 자신을 돌볼 책임을 혼자서 다 질 것인가?
- 다른 누군가가 나에게 최선인 방법을 결정하도록 할 것인가?

결정은 당신의 몫이다. 어떤 결정을 하든 당신을 위해서 옳은 결정이다. 때로는 한 번에 두 가지 목적을 달성하려고 '양면적'인 결정을 하기도 한다. 첫 번째 목적이 결실을 맺길 바라지만 실패할 경우에는 두 번째 목적을 수용할 준비를 해두는 것이다.

마티(80세)는 암 덩어리가 폐를 침범했다는 사실을 알게 됐을 때 그런 결정을 했다. 테니스를 즐기고 매일 아침 경보를 하고 주말에는 낚시를 즐기는 등 활력 넘치던 마티는 갑자기 가슴과 등에 약간의 통증을 느끼기 시작했다. 처음에는 통증을 무시하고 그저 나이 탓이려니 넘겨버렸다. 그렇지만 쿡쿡 쑤시는 증상을 처음 느낀 후로 한 달 동안 통증은 점점 심해졌고, 결국 큰 병원에 입원을 했다. 진단 결과는 참담했다. 폐에 8센티미터나 되는 암이 자라고 있었다. 간으로도 퍼져서 치명적이었다.

가족들은 충격에 빠졌다. 딸 린은 "아빠가 더 오래 사실 줄 알았어요. 이렇게 젊어서 돌아가실 거라고 생각해본 적이 없어요."라고 말하며 울었다. 마티와 가족들은 의료권과 소생술에 관해서 변호사와 의논하기 위해 회의를 열었다. 급박한 일이 마티에게 일어나면 과감한 조치를 절대 취하지 않고 평화롭게 운명하도록 하는 데 모두 동의했다. 그런 합의는 어려운 결정이었다. 가족들이 결정한 내용을 내게 알려줬을 때 그런 지시 사항을 의료진에게도 알렸는지 물어보았다. 다른 사람들처럼 마티의 가족도 그렇게 하지 않았다. 흔히 환자와 가족은 자기들끼리 그런 결정을 하고는 실제로 한밤중에 심장 모니터가 울리는 위험한 상황이 발생했을 때 행동을 취해야 할 의료진에게는 그 결정을 알리는 것은 잊어버린다. 이후 린은 아버지를 치료하는 의료진에게 아버지와 가족들의 요청 사항을 구두로 알렸다.

그다음 날, 내가 입원실을 찾았을 때 린과 간호사가 마티의 입원실 밖에 서 있었다. 린의 친구이기도 한 그 간호사가 린을 꾸짖었다.

친구는 "의료진에게 심폐소생술을 하지 말라고 한 건 정말 크게 잘못한 거야."라고 우기고 있었다.

"검사를 다 끝내고 치료 방법을 모두 알려달라고 한 다음에 결정을 해야 하는 거야. 이제 의료진은 너희 아버지가 죽기를 원한다고 생각하고 있을 거야. 철저하게 검사를 하지 않으려고 할 거라고."

나는 그 간호사에게 가족들이 어떤 검사도 취소하지 않았고 아직 최종 결정을 내리지도 않았다는 점을 분명히 알려줬다.

"가족들은 두 부분으로 된 결정을 한 겁니다. 과감하고 극단적인 조치를 원하지 않을 뿐이지 치료를 하지 않고 방치해달라는 뜻이 아닙니다. 한밤중에 심장이 멎으면 심폐소생술을 하지 마세요. 그렇지만 검사는 계속할 테고 치료법도 모두 알려줄 테고 그런 설명을 토대로 결정을 할 겁니다."

마티와 가족들이 내린 결정은 양립하기 어려운 것이 아니다. 그저 상황이 갑작스럽게 급격히 나빠져서 돌이킬 수 없는 상황이 아니라면 검사는 계속해야 한다는 뜻이다. 일부 의료인은 이 점을 잘 이해하지 못하고 있다. 그러나 병마와 싸우면서 동시에 불가항력인 일을 수용하는 것은 가능하다.

여러분이 마티와 그의 가족들과 같은 상황에 처해 있다면 담당 간호사나 의사에게 이렇게 말해둬야 한다.

"아버지의 치료를 계속해주세요. 그렇지만 갑자기 상태가 나빠져서 돌이킬 수 없는 상황이 되면 아버지에게 호흡기를 달지 않았으면 합니다."

어떤 시점에 이르기 전까지는 할 수 있는 모든 치료를 다 받고 싶고, 그 시점은 환자와 가족과 담당 의사가 의논해서 결정하겠다는 점을 강조하도록 한다. 이런 결정을 포함해서 어떤 결정을 의료진에게 알려줄 때에는 담당 간호사에게 의무 기록에 있는 그대로 해달라고 항상 부탁해야 한다. 담당 간호사가 없다면 병동 담당 간호사에게 부탁해두면 된다. 당신이 결정한 방법을 간호사와 모든 의사에게 알렸으면 좋겠다고 말하고 의무 기록에도 기록해달라고 요청해야 한다.

자신의 치료에 책임지고 변화를 주도하기

영화 〈애정의 조건(Terms of Enderment)〉에서 잊을 수 없는 장면이 나온다. 암으로 죽어가는 딸을 둔 어머니로 나오는 셜리 매클레인이 분한 마음에 의사에게 따져 묻는 장면이다.

"우리 딸애의 상태가 어떤가요?"

그러자 의사가 대답한다. "저는 누구에게나 희망을 가지되 최악의 경우에 대비하라고 합니다."

"그런 식으로 미꾸라지처럼 잘도 빠져나가시네요."

우리는 의사들이 별로 말해주지 않아도 가만히 있는다. 마음을 편하게 해주는 것도 아니고 정보를 알려주는 것도 아닌, 그저 진부한 얘기나 해주는데도 마냥 참곤 한다. 무슨 일이 일어나고 있는지 알아야만 목표를 설정하고 결정을 내릴 수 있다. 병원 치료를 받을 때에 다음과 같은 조처를 염두에 두면 좋다.

- 의료진이 필요한 정보를 알려줄 준비가 되어 있지 않다면 질문하고 답을 요구한다.
- 의사에게 환자가 가족과 함께 있는 상태에서 상황을 설명해주고 모든 질문에 답을 해달라고 요청한다.
- 병에 관해서 간호사에게 묻고, 관련 자료를 읽고, 인터넷에서 정보를 수집해서 회의를 할 수 있도록 준비한다.
- 질문 목록을 준비해서 가져온다.
- 질문을 받을 의사가 당신을 좋아하리라는 기대는 품지 않는다.

병에 대한 정보를 얻고 싶어서 터놓고 솔직하게, 적극적으로 질문하는 사람은 의료 시스템 안에서는 늘 환영받지 못한다. 어떤 의사들은 동의서에 서명이나 해주고 의사들이 하겠다는 것을 하도록 동의해주는 사람을 좋아한다. 환자에게 검사 결과를 알려주기를 일상적으로 거부하는 의사가 있는데 결과를 달라는 요청에 그런 의사는 "걱정하지 마세요. 제가 알아서 해드립니다."라고 대답한다. 또 어떤 의사는 환자가 검사 결과를 보여달라고 요청하면 의무 기록지를 바닥에 던지며 "그런 요구는 들어주지 않을 겁니다."라고 소리치기도 한다. 이런 일을 겪을 때에는 다음과 같이 대처하면 좋다.

- 우선 의사의 진료실로 면담 약속을 잡는다(입원해 있다면 병실로 약속 장소를 잡는다).
- 면담 약속을 하면서 당신에게는 정보를 얻고 치료에 참여하고 여러 질문을 할 수 있는 것이 중요하다고 설명한다.
- 의사의 반응을 본 후에 당신의 질문에 대답해주는 것이 편한지 의사에게 물어본다. 의사가 불편해한다면 환자의 진료 참여에 좀 더 적극적인 다른 의사를 찾아보고 싶다는 점을 말해둔다.

다행히도 환자를 대하는 의사들의 태도가 바뀌고 있다. 더욱더 환자를 존중하고 질문을 환영하기까지 한다. 그렇지만 아직도 많은 환자가 질문하지 않는다. 의사에게 질문하거나 무엇을 해달라고 이야기하는 것은 상상도 할 수 없는 일이라는 듯이. 그리고 의사들은 환자들이 자신이 믿는 바를 주장하는 것이 얼마나 힘든지 알아차리지 못한다. 아들 프랭크에게 "네게 한 번도 사랑한다는 말을 한 적이 없었지."라고 했던 로스(77세)의 경우가 그랬다. 프랭크가 어머니를 처음 병원으로 모시고 왔을 때, 그녀는 열이 나고 반복적인 유행성 감기 증상을 보였다. 다음 날 어머니가 입원하자 의사는 프랭크에게 메시지를 보냈다. 프랭크는 의사와 전화로는 이야기할 수 없어서 병원으로 황급히 달려갔는데 확실히 어머니에게 아무 일도 없는 것 같았다. 그렇지만 두 시간 뒤 의사가 병실로 회진을 와서는 두 사람과 기분 좋게 인사를 나누고는 프랭크를 복도로 불러서 로스가 백혈병임을 말해주는 것이었다.

프랭크가 놀라고 당황해서 떨리는 목소리로 말했다.

"두 시간 동안 어머니와 있었지만 병에 대해서는 한 말씀도 없으셨어요."

"글쎄요. 어머니 나이가 일흔일곱이신데 지금 말씀을 드리는 게 무슨 의미가 있을까 싶었습니다."

프랭크가 화가 나서 소리쳤다.

"의미? 무슨 의미라니요. 어머니의 목숨인데 무슨 의미라니요!"

의사가 퉁명스럽게 대답했다.

"저는 어머니를 보호하려고 했던 겁니다."

"어머니는 당신의 보호를 받지 않고 75년 넘게 잘 살아오셨어요. 뭐든지 하실 수 있다고요. 병에 걸려도 그렇고, 심지어 죽음이 찾아오더라도 어머니가 직접 참여할 필요가 있고 그럴 권리가 있는 거예요. 바로 병실로 가서 어머니에게 이야기하세요!"

그 의사는 양처럼 순하게 병실로 가서 로스에게 백혈병임을 알려줬다.

때로 의사는 기꺼이 환자에게 이야기해주려고 하지만, 가족들이 "여기서 이야기하지 맙시다."라면서 환자를 제외시키는 경우가 있다. 의사도 침묵으로 비밀을 유지하는 데 동의하면서 환자의 고통을 덜어주기 위해 그렇게 한다는 명분을 내세운다. 좋은 뜻으로 하는 것이겠지만 생명을 위협하는 병을 앓고 있는 환자에게 진실을 알리지 않으면 환자를 어떻게 돌볼지와 관련된 모든 결정에 환자가 참여하지 못하게 되고, 삶의 마지막 장은 주인공이 빠진 채로 끝날 것이다. 나는 의사가 환자와 마주 앉아서 이런 대화를 함께 나누는 것이 가장 좋다고 본다.

"다른 소식을 가져왔어야 하는데, 어쩔 수 없이 환자분에게 앞으로 남은 시간이 많지 않을 것 같다는 말씀을 드릴 수밖에 없네요. 언제가 될지는 모릅니다. 이런 말씀 드리는 것이 환자분을 위해서 제가 해야 하는 일이지만, 선뜻 할 수 없는 일이기도 합니다. 알고 싶은 것이 있을 텐데 물어보세요. 그리고 앞으로 어떻게 하면 좋을지 말씀해주시고요."

결정을 내려야 하는 환자에게 치료나 병세에 대한 정보는 일종의 약과 같다. 어떤 선택을 할 수 있는지 환자가 모른다면 공격적인 치료를 받아야 할지 수동적인 치료를 받아야 할지 어떻게 결정할 수 있겠는가?

투병이나 죽음은 결코 만만한 일이 아니다. 정보를 얻었다고 해서 병의 경과가 달라지는 것은 아니지만 앞으로 맞닥뜨릴 힘든 시간을 견뎌내는 데에는 분명히 도움이 된다. 그렇기 때문에 환자들이 정보를 알고 있어야 한다. 또한 환자에게 정보를 알려주지 않으려는 의사에게 환자가 당당하게 맞서야 하는 이유이기도 하다. 맞설 때에는 겸손하게 요청하는 형식을 취해야 한다. 그렇지만 아우성을 치고 우기고 목소리를 높여야 할 때도 있다. 어떤 식이든 필요한 정보를반드시 알아야겠다고 표현해야 한다.

목표를 새롭게 설정하기

치료에 참여하기로 결정하든 그렇지 않든, 배울 수 있는 것을 모두 배우게 됐든 그렇지 않든, 목적은 바뀌더라도 날이면 날마다 달이면 달마다 꾸준히 의학적 처치를 받을 필요가 있다. 처음 진단을 받을 때 했던 결정이 6개월 동안 항암치료를 받고 난 뒤에는 크게 달라질 수 있다. 처음에는 꼭 '완치'를 목표로 하겠다면서 시작하지만 시간이 지나면서 완치될 수 없다는 사실을 알게 되면 의학적 처치의 목표를 '편안함'으로 바꿀 수 있다. 또 '심폐소생술 불가'라고 결정했다가 '어떤 조치이든 가능한 방법을 모두 써달라'는 전혀 다른 방향으로 마음을 바꿀 수도 있다. 중요하게 고려해야 할 것은 가장 마지막의 결정이다. 그리고 어떻게 마음이 변하더라도 언제나 그 결정을 존중해야 한다.

안타깝게도 우리의 의료 시스템은 이런 변화에 잘 반응하지 못하고 있다. 그래서 어떤 사람은 특이한 행동을 하지 않을 수 없다. 말기 신부전으로 고생하고 있던 톰(42세)과 그의 집에서 이야기를 나누게 됐을 때, 톰은 자신이 두 담당 의사를 모두 속이고 있음을 솔직히 인정했다. 이제 막 톰을 맡기로 했기 때문에 나를 소개하고 그가 원하는 것을 알려고 방문했을 때였다. 무뚝뚝하기는 했어도 내게 해준 이야기는 이상할 것이 없었다.

"마지막 결정을 하는 것이 어렵군요. 죽음이 두렵고 끝까지 싸워야 할 것 같으면 몇 주 동안 그렇게 할 텐데, 그러면 당분간 아픈 게 지긋지긋해질 테고 그다음에는 그냥 되는대로 놔두고 싶어질 거예요. 이렇게 내가 왔다 갔다 해도 받아줄 수 있는 열린 마음을 가진 의사를 만날 수가 없네요. 죽음을 눈앞에 두고 있으면 얼마나 무서운지 의사들은 몰라요. 그저 내가 마음에 들지 않는 거지요. 그래서 두 명의 의사를 만납니다. 계속 치료를 받고 싶어질 때처럼 공격적이 될 때에는 '공격형 의사'를 부릅니다. 그리고 그냥 자연스럽게 진행되는 대로 두자는 생각이 들어서 통증 조절만 하고 싶으면 '부드러운 의사'를 부르지요. 두 사람은 서로를 몰라요. 나도 말할 생각이 없고요."

주치의가 한 명인 것이 환자에게 확실히 더 좋지만, 목표가 자꾸 바뀔 때 편하게 생각되는 의사를 찾기가 어려울 수 있다. 톰이 왜 그런 식으로 해야만 했는지 이해할 수는 있지만, 나는 이런 방식을 권하지 않는다. 대신에 환자의 치료 철학에 동의하고 환자의 접근 방식을 받아들일 수 있는 유연한 의사를 찾으라고 권한다.

소망을 존중해주기

보호자 가족이 수년 동안 무의식 상태로 있는 환자의 인공호흡기를 떼어달라고 법원에 결정을 요청했다는 신문 기사를 본 적이 있을 것이다. 이러한 법적 다툼은 수개월 동안 지속되기 때문에 가족들 사이가 나빠지고, 환자가 원하지 않는데도 '생명을 연장'하는 결과를 초래할 수도 있다. 중요한 것은 환자의 뜻이다. 그런데 대부분의 사람은 자신이 무엇을 원하는지 알리지 않는다.

스미스 부인은 무의식 상태에 있는 남편이 빨리 조용히 가고 싶어 했다고 생각할지 모르지만 아들은 아버지가 싸우다 죽고 싶어 할 거라고 믿었다. 무의식 상태가 된 시점에는 당사자인 스미스에게 물어볼 수 없기 때문에 이전에 한 번도 그를 만난 적이 없고 그래서 스미스가 원했던 것이 무엇인지 모르는 변호사나 판사에게 결정을 의지할 수밖에 없다.

대부분의 사람은 죽음과 죽어감에 대해 이야기하고 싶어 하지 않는다. 그런 이야기를 하는 것은 나 자신이나 내가 사랑하는 사람이 언젠가 머지않은 시간에 죽으리라는 의미도 되기 때문이다. 죽음을 이야기하면 실제로 그런 일이 벌어질 거라고 두려워하기도 한다. 하지만 아무 말도 하지 않고 있다가 결국에는 더 이상 이야기를 꺼낼 수 없는 상황이 오고 만다. 그러면 다른 누군가가 선택을 해야 하고 인공호흡기 등 여러 의료 기기를 그대로 둘지 아니면 연장할지 결정해야 한다. 그런 선택은 대체로 여자의 몫이 된다. 평균적으로 남편보다 부인이 더 오래 살기 때문이다. 부인은 대부분 자기와 의견이 다른 강한 기질의 남성 의사에 맞서서 싸운다. 이렇듯 당신이 원하는 바를 배우자만 알고 있으면 당신의 뜻이 제대로 존중받지 못할 수 있다.

패트리샤는 급성 백혈병으로 6주 동안 중환자실에서 지내다가 거의 죽었다 살아나 집으로 돌아왔다. 자신의 뜻을 다른 사람들에게 알리지 않았고 몸은 아무것도 할 수 없는 상태였기 때문에 입원해 있는 동안에 전적으로 기계에 의존할 수밖에 없었다. 그렇지만 어찌 되었든 어느 정도 회복이 됐다. 그 후로 50세 생일 파티에서 그녀의 모습은 빛이 났고 이전에 본 적이 없을 만큼 환했다. 나와 인사를 나눈 그녀는 언제든지 죽을 수 있었을 것 같은 중환자실에서 어떤 일이 있었는지 자기는 전혀 기억하지 못한다고 했다. 그녀가 미소 지으며 "처음 기억나는 것은 일반 병동에 돌아왔을 때였어요. 그저 갈 때가 아니구나 싶었어요. 아이들 때문에 시간이 좀 더 필요했어요. 아이들 나이가 열넷, 열일곱, 열아홉으로 아직 어리니까요. 다 큰 것 같아도 그렇지 않아요. 다들 볼 수 있고 여기 이렇게 있게 돼 너무 좋아요."라고 말할 때 나도 눈물이 나올 뻔했다.

그 파티 자리를 뜨면서 나는 패트리샤가 이제는 분명하게 의학적 지시를 내렸는지 궁금해졌다. 그녀는 너무나 긍정적이었고 살아 있어서 너무 행복해했다. 어쩌면 삶과 죽음을 동시에 준비한다는 것이 '옳지 않다'고 생각했을지도 모른다.

한 달 후 나쁜 소식이 날아들었다. 백혈병이 재발했고 가족들이 이 문제를 공개적으로 꺼냈을 때조차 자신의 상태를 알리지 않기로 했다. 낙천적인 그녀의 성격으로는 의학적 처치를 중단하라는 지시를 내리지 못했던 것이다. 그 대신에 계속해서 암과 싸울 계획을 세웠다.

사흘 후 아침, 패트리샤는 추스르고 일어날 수 없었다. 남편 피터가 의사에게 전화를 걸었는데 의사는 911로 연락하거나 응급실로 데려가라고 했다. 가족들은 어찌할 바를 모르고 종일 패트리샤 곁에 망연자실한 채 앉아 있었다. 다음 날 밤이 되자 패트리샤의 상태가 나빠지면서 죽음이 임박했다. 놀란 가족들은 911을 불렀고 의료진은 그녀가 사망하자마자 도착했다. 의료진은 패트리샤가 말기 암 상태라는 것을 분명히 알고 있었지만 심폐소생술을 시행할지 피터에게 물었다. 피터는 암이 퍼진 아내를 내려다보다가 처남에게 도움을 요청했다. 처남이 머리를 가로저으며 아니라고 했고 결정은 내려졌다. 참으로 잘한 고마운 결정이었다.

패트리샤의 가족은 그런 결정이 잘한 것인지 전혀 알지 못할 것이다. 패트리샤가 그렇게 하기를 원했는지도 결코 알지 못할 것이다. 그래서 가족, 친구, 의사에게 환자 자신이 바라는 바를 미리 이야기할 필요가 있다. 스스로 결정할 수 없는 상황이 됐을 때 어떻게 해줬으면 하는지 다른 사람들이 정확하게 알도록 해두는 것이 중요하다.

응급의학과 의사인 마크 카츠는 자신이 무엇을 원하는지 알릴 시간이 없는 환자들을 보고 있다. 그는 말도 못 하게 바쁜 어느 날 보게 된 한 응급 환자에 대해서 말해줬다. 위중한 상태로 의식도 가물가물하고 의사소통도 되지 않았는데 그 환자가 기도삽관을 하려고 끙끙대는 마크의 손을 밀어내려고 애를 썼다고 한다. 환자가 더 이상의 처치를 원하지 않는다는 뜻인지 아니면 어떤 일이 벌어지고 있는지 몰라서 입으로 들어가야 할 불편한 기구를 그저 밀어내는 것인지 알 도리가 없었다. 단순히 무의식 상태에서 보이는 반사 반응인가도 싶었다.

"알 도리가 없었어요. 그는 삶의 마지막 순간에 자신이 무엇을 원하는지 알릴 수 없었고 어떻게 언제 어디에서 죽을지 선택할 수 없었던 겁니다."

우리는 자신이 무엇을 원하는지 다른 사람에게 알릴 수 있다. 그런데도 죽음과 관련된 문제를 드러내놓고 이야기하고 싶지 않다는 단순한 이유만으로 그렇게 하지 않으려는 사람이 많다. 어떤 사람들은 자신이 원하는 것을 알려주면 처치를 덜 받거나 아예 받지 못할까봐 크게 염려한다. 의료 체계 안에서 제대로 처치를 받아보지 못한 사람들 사이에서는 그런 염려가 아주 흔한 일이다. 그렇지만 언젠가 죽으리라는 사실을 바로 오늘 직시하지 않는다면 내일 우리에게 일어날 일을 변화시키지 못할지도 모른다.

죽음을 준비하는 현명한 선택, 사전의료의향서

말로 표현하기 어렵다면 사전의료의향서 또는 의료 서비스 대리인 지정서를 작성하면 원하는 내용을 알릴 수 있다. 의사 표현을 할 수 없을 때에는 이런 문서가 유효하다. 이 문서에는 공격적인 치료부터 편안하게 죽을 수 있도록 진통제 이외에는 어떠한 치료도 받지 않는 경우에 이르기까지 원하는 치료의 수준을 명확하게 지정할 수 있다. 또한 결정을 할 수 없을 만큼 위독한 상태가 되면 의사 결정을 해줄 대리인을 지목할 수도 있다.

캘리포니아 의사협회에서 제정한 다음과 같은 간단한 사전의료의향서에는 세 가지 선택 항목을 제시하고 있다.

나는 나의 생명을 연장하기 위한 어떤 노력도 하지 않기를 바라며, 생명 연장을 위한 치료를 새로 시작하거나 계속하는 것을 원하지 않는다. (1) 비가역적인 무의식 상태에 있거나 식물인간 상태 또는 (2) 말기 상태이고 죽음의 시간을 인위적으로 연기하기 위해서만 생명 연장을 위한 시술을 하는 경우 (3) 처치로 인한 부담이 득보다 심한 경우. 나는 생명 연장을 위한 처치를 고려할 때 나의 대리인이 고통 완화와 삶의 질은 물론 생명 연장의 정도를 고려해주기를 원한다.

또는

나는 나의 생명을 연장하기 위한 노력이 이루어지기를 바라며, 나의 담당 의사가 이성적으로 판단하건대 비가역적인 무의식 상태나 식물인간 상태에 있지 않다고 볼 때 생명 연장을 위한 조처가 취해지기를 바란다. 일단 담당 의사가 남은 생 동안 무의식 상태로 있게 되리라는 결론을 내리면 더 이상 생명 연장을 위한 새로운 조처를 취하지 말고 지금까지 이루어진 조처는 중단하기를 바란다.

또는

> 나는 나의 생명을 연장하기 위한 노력이 이루어지기를 바라며, 비가역적인 무의식 상태나 지속적인 식물인간 상태에 있다 하더라고 생명 연장을 위한 조처가 취해지기를 바란다.

안타깝게도 가족들이 동의하지 않을 때에는 사전의료의향서 내용의 법적 구속력이 없을 수 있다. 벤저민과 솔 두 형제의 이야기가 바로 그런 경우였다. 당뇨병을 앓고 있었던 솔(67세)은 여러 해 동안 신장 투석을 받고 있었다. 이미 두 번이나 심장마비가 왔었고 시력도 급격히 나빠지고 있었으며 오른발은 괴사로 잘라내야 할 상황이었다. 그는 한때 건강했으며 자수성가한 백만장자였지만 이제는 침대에서 욕실로 걸어가는 것조차 힘들 정도로 기운이 없었다.

어느 날 밤 솔은 동생 벤저민에게 전화를 걸어 당장 집으로 오라고 했다. 벤저민이 집에 와보니 형은 침대에 누워 있고 형수 필리스는 집에 없었다. 형은 아주 쇠약해 보였다. 얕은 숨을 내쉬는 솔에게서는 심장박동 소리도 잘 들리지 않았다. 놀란 동생이 "내가 도와줄게."라고 했더니 솔이 즉시 "아니."라고 대답했다.

"그럼 이대로 두라는 거야?"

솔은 끄덕이며 "나를 살리려고 애쓰지 말아줘."라더니 스탠드 위에 놓아둔 서류를 가리켰다.

"거기에 내가 원하는 것이 적혀 있어. 심폐소생술을 하지 말아줘."

벤저민은 형 솔이 무슨 말을 하는지 정확하게 알고 있었다. 이 문제에 대해서 이전에 함께 이야기를 나눴기 때문이다. 솔은 죽을 준비가 되어 있었지만 아내 필리스는 남편을 보낼 준비가 되어 있지 않았다. 두 사람은 솔이 작성한 사전의료의향서의 '심폐소생술 불가' 항목을 필리스가 무시하리라는 것을 알고 있었다. 솔은 동생 벤저민이 자신의 뜻을 확실하게 시행해주기를 원했다.

벤저민은 형의 침대 머리맡에 앉아 형의 손을 잡고 눈물을 훔치며 가장 좋았던 어렸을 때의 추억을 되새겼다. 그는 형이 얼마나 고생했는지 알고 있었다. 또한 형이 이제는 떠날 준비가 됐다는 것을 알고는 있었지만 형을 잃고 싶지 않았다. 무엇보다 형이 정말로 죽으려고 한다는 사실을 확인해주는 사람이 자신이어야 한다는 사실이 싫었다. 그래도 각오는 돼 있었다.

필리스가 갑자기 집으로 오기 전까지는 모든 일이 순조롭게 돼갔다. 무슨 일이 벌어지고 있는지를 알게 된 필리스는 즉시 911에 전화를 걸었다. 눈 깜짝할 사이에 응급구조원들이 집에 오고 벤저민을 비켜서게 한 뒤 솔에게 심폐소생술을 시행했다. 벤저민이 하지 못하게 하자 그들은 경찰을 불렀다.

"나는 동생이에요. 형은 죽기를 원한다고 내가 당신들에게 말하고 있잖아요. 형이 그걸 원하면 당신들이 맘대로 손댈 수 없는 거예요!"

벤저민은 사전의료의향서를 들어 올리며 "여기 형이 원하는 것이 적혀 있다고요."라고 했다.

그러자 필리스가 "제가 이 사람 아내예요!"라고 소리쳤다. 그러더니 벤저민이 들고 있던 사전의료의향서를 낚아채 조각조각 찢어버리면서 말했다. "제 남편은 살고 싶어 해요!"

벤저민은 눈을 감고 있는 솔을 바라보며 말했다.

"형, 이 사람들 모두 보내고 혼자 있고 싶으면 내 손을 꼭 쥐어."

모두가 꼼짝하지 않고 조용히 솔의 손을 보았다. 잠시 뒤 그 손이 벤저민의 손을 꽉 쥐었다.

그러고도 다시 벤저민과 솔 그리고 나머지 사람들 사이에서 싸움이 계속됐다. 솔이 의식이 있어서 벤저민의 손을 꼭 쥐고 있는 동안에는 응급구조원들이 뒤로 물러서 있었지만 그가 의식을 잃자 아내인 필리스가 상황을 장악했다. 경찰은 벤저민을 밀쳐내고 응급구조원들이 처치를 하도록 했다. 그래서 솔은 응급구조원들의 노력이 소용이 없도록 마지막 순간이 다될 때까지 오랫동안 의식을 놓지 않으려고 무진 애를 쓰며 동생 외의 사람들을 납득시키고자 했다. 요청에 따라 1분마다 벤저민의 손을 꽉 잡음으로써 죽고 싶어 한다는 자신의 뜻을 사람들에게 전했다. 그러고 나서 결국 더 이상 동생의 손을 꼭 쥐지 못하게 됐다.

그러자 "안 돼!"라며 필리스가 소리쳤다. 경찰은 말 그대로 벤저민을 내동댕이쳤고 응급구조원들은 솔의 몸에 주사를 놓고 튜브를 삽입하고 수액을 퍼부었을 뿐 아니라 심폐소생술을 시행했다. 그렇지만 이미 때는 늦었고 죽음을 허락받기 위해 무의식 상태에서 솔은 거의 마지막까지 싸워야 했다. 경찰은 벤저민을 체포하겠다고 위협했지만 그렇게 하지는 않았다. 필리스는 남편의 죽음이 벤저민의 탓이라면서 다시는 시동생과 말하지 않았다.

한편 브렌다와 남편 퍼시는 즐겁게 이별했다. 브렌다는 언제나 무슨 일이든 미리 알아봐야 한다고 믿고 있었다. 유방암이 재발하자 브렌다는 자신이 작성한 사전의료의향서가 들어 있는 봉투를 남편에게 건넸다. 퍼시는 그 서류를 읽고 브렌다와 이야기를 나누고 다양한 상황에 대비해서 무엇을 할지 계획을 세웠다. 죽기 직전에 브렌다는 말했다.

"저걸 준비해놔서 정말 너무 좋아요. 사전의료의향서 때문에 우리는 모든 걸 함께 이야기하고 미리 의견을 맞출 수 있었어요. 그래서 남편과 나는 '이런저런 상황'을 걱정하지 않고 아이들과 함께 우리에게 남겨진 시간을 정말 즐길 수 있었어요."

당신의 바람을 지켜줄 강력한 대리인을 정해놓는 것이 중요하다. 대리인은 다른 사람들이 당신의 결정에 반대하는 입장이어도 어떠한 압력에도 불구하고 당신을 대신해서 견뎌줄 사람이다. 당신이 본능적으로 해야 할 일은 가장 가까운 사람에게 그런 책임을 위임하는 것이다. 그렇지만 그 사람이 언제나 당신의 요구를 수행할 수 있을 정도로 충분히 힘이 있고 결단력이 있는 것은 아니다. 대리인을 지정하기 전에 그 사람과 당신의 요구 사항에 관해 논의하는 것도 매우 중요하다. 분명하게 당신의 생각을 표현하도록 해야 한다. 대리인의 도움이 사랑에서 우러나오는 행동이라고 당신이 생각하고 있음을 알리고 대리인이 당신에게 무언가를 주는 것이지 가져가는 것이 아니라는 점을 강조한다. 병으로 인해 당신이 죽는 것이지 사전의료의향서, 즉 대리인이 내리는 결정으로 인해 당신이 죽는 것이 아니라는 점을 강조해야 한다.

호흡기를 떼거나 또 다른 의료 장비를 멈추게 하면 당연히 죄의식을 느낄 수밖에 없다. 많은 사람이 "호흡기를 달고 있다가 떼면서 죽게 되는 것이 아니라 자연스럽게 죽었으면 좋겠다."라고들 한다. 그런데 그 호흡기가 인위적인 도구라는 사실은 잊고 있다. 영양 공급 튜브 역시 인위적인 도구다. 이 세상에서 가장 자연스러운 것은 순리대로 과정을 따르는 것이다. 대리인이 당신의 죽음을 결정하는 것이 아니다. 당신이 하는 것이다. 대리인은 당신의 소망이 확실히 존중받도록 함으로써 사랑과 자비에서 우러난 행동을 실천하는 것뿐이다.

대리인이 당신이 작성한 사전의료의향서의 복사본을 가지고 있는지 확인해둬야 한다. 그리고 병원에 갈 때 담당 의사에게도 복사본을 주고 의무 기록에 넣어두도록 한다. 가족이 빨리 찾을 수 있도록 어디에 사전의료의향서를 두었는지 사전에 알려둔다. 병이 진행되면 아파지기 전에 일찍 가족을 불러서 의논한다. 그리고 가족들에게 사전의료의향서를 보여주면서 당신이 원하는 것을 분명하게 말하고 가족들이 염려하는 문제를 의논해야 한다. 병원에 입원한 뒤가 아니라 지금 당장 가족과 의논해야 한다. 의식을 잃게 되면 때는 너무 늦을 것이다. 가족 중 누군가 당신이 살기를 원한다고 고집을 피우면 의사들은 의료 장비를 그대로 둬야 한다. 고소를 당할까 봐 염려하는 의사들은 너무 적게 하는 것보다는 너무 많이 하는 쪽을 선택하는 실수를 범하게 될 것이다.

사전의료의향서를 대하는 의사의 자세

환자가 죽으면 어떤 의사이든지 자신이 실패했다고 느낄 것이기 때문에 환자를 '살리려고' 할 것이다. 의사들은 끝장을 볼 때까지 싸우도록 배웠다. 탄생이 삶을 시작하는 기적이듯이 죽음이 삶을 마무리하는 기적이라고 생각하는 의사는 어디에도 없다. 의사들은 완전히 제정신이 나간 보호자 가족이(사랑하는 사람이 죽어가는데 당황하지 않을 사람이 어디 있겠는가?) 이래라 저래라 하는 구두 지시를 따라서는 안 된다고 배웠을 것이다. 의사는 환자를 살릴 수 있다고 알려져 있는 모든 조치를 취하지 않을 경우 의료 소송을 당할까 봐 염려한다. 그리고 가족들 사이의 법적 다툼에 휘말리는 것을 원하지 않는다. 가족 중에 단 한 사람이라도 "그 사람을 살리세요."라고 하면 의사는 법적 위험을 최소화할 수 있는 방법을 따를 것이다. 20년 동안 한 번도 본 적이 없는 먼 친척이 뚜벅뚜벅 걸어 들어와서는 무슨 일이든 다 해서 환자를 살려내라고 한다 해도 병원에선 낯선 일이 아니다.

수년 전 헤더는 누구나 두려워하는 전화를 받았다. 아버지가 심장마비로 병원으로 실려 갔다는 것이다. 두 시간을 운전해서 아버지에게로 급히 갔다. 담당 의사가 이전에 아버지를 한 번도 만난 적이 없는 사람이었기에 그녀는 의사에게 "아버지는 지나친 조처는 원하지 않으십니다."라고 말해줬다.

키가 크고 머리칼이 희끗희끗한 담당 의사는 상당히 방어적인 자세로 말했다.

"그 말씀대로 할 수가 없습니다. 저로서는 그것이 아버님의 뜻인지 모르니까요."

헤더는 "내가 이분의 딸이에요. 단 한 명뿐인 피붙이인데, 아버지가 원하는 것을 모르고 있겠어요?"라고 대답했다. 그러자 의사는 말끝을 흐리며 "그렇다면 아버님의 뜻을 적어놓은 서류라도 있나요?"라고 물었다.

아버지는 사전의료의향서에 서명을 해두었지만 헤더는 그만 깜빡 잊고 그것을 가져오지 않았다. 헤더가 "그 서류는 집에 있어요."라고 하자, 의사는 "글쎄요. 직접 볼 때까지는 그런 서류가 있다고 장담할 수 없네요."라고 말했다. 헤더는 의사가 이렇게 거부하는 데 맞서서 "아버지를 이렇게 두고 다시 네 시간이나 걸려서 집에 다녀올 수는 없어요."라고 했다. 이쯤 되자 의사는 더욱 방어적인 자세를 취하며 "당신이 이분의 딸이라는 증거가 있나요?"라고 되물었다.

헤더는 큰 충격을 받아 소리를 질렀다. "당신 정말로 내가 의식도 없는 사람에게서 기계를 떼기 위해 이 사람의 딸인 척 병원을 속이고 있다고 생각하는 거예요? 이건 서류나 신분증의 문제가 아닙니다. 이게 도대체 어떻게 된 일입니까?"

어떻게든 피해보려고 했지만 결국 그 의사는 헤더의 주장을 따르겠다고 하겠다고 했다. 그렇지만 개인적으로는 사람을 죽도록 내버려둔다는 것을 믿지 못했다.

"나 역시 아버지가 돌아가시는 걸 원치 않아요. 그렇지만 아버지가 인공호흡기를 단 채 마지막을 맞게 되거나 식물인간 상태가 되면 자연스럽게 죽을 수 있도록 해달라고 분명하게 밝히셨어요. 당신은 아무것도 모르는 사람이잖아요. 전에 아버지를 한 번도 만난 적이 없는데 왜 당신이 다르게 믿는다고 우리 의견을 무시하는 건가요?"

이와 같은 극적인 상황이 벌어지는 경우는 별로 없고 또 그럴 일도 아니다. 그렇지만 죽음을 맞닥뜨린 당사자와 담당 의사의 의견이 같지 않다면 다른 의사를 찾는 것이 옳다. 간호사에게 추천받을 수도 있고 병원 원무과에 알아볼 수도 있다. 또는 병원의 윤리위원회에 요청할 수도 있다.

병원에서 받는 처치의 대부분은 의사의 신념과 가치관이 반영된 것이다. 따라서 환자의 가치관과 신념을 공유하는 의사와 관계를 맺는 것이 매우 중요하다. 가치관이 다른 의사의 치료를 받게 되면 원하는 것보다 조금이라도 더 공격적인 치료 방법을 선택하는 쪽으로 이야기를 듣게 된다. 따라서 사전의료의향서에 당신이 원하는 것을 밝혀놓고 당신을 지켜줄 강력한 대리인을 지정해두는 것이 매우 중요하다. 그렇게 하지 않으면 당신 자신의 죽음이 임박한 상황을 스스로 통제할 수 없게 될지도 모른다.

긍정적인 선택 사항

누구나 자신이 어떤 보살핌을 받을지 결정하는 데 참여해야 하고, 자신만의 목적을 정하고 또 그 목적을 바꿀 수 있어야 하며, 어떤 보살핌을 받는지 솔직하게 제대로 알 수 있도록 해주어야 한다. 그렇게 솔직하면 누구도 해를 입지 않는다. 어떤 때에는 생명을 구하기도 한다. 많은 환자가 말 그대로 "제발 기계를 꺼달라."고 애원한다. 또한 (정말 죽고 싶어서가 아니라) 통증이 극심하기 때문에 죽도록 허락받기를 애원한다. 이런 환자들이 자신의 병의 경과를 이해하고 통증을 없애거나 적어도 완화할 수 있는 조처에 대해서 알게 되면 많은 경우 계속 살겠다고 한다.

그런데 의사들은 부정적으로 이야기하거나 정보를 감추려는 경향이 있다. 또한 질문을 받으면 그 질문에 충실하게 대답하지 않는다. 할 수 있는 것보다는 할 수 없는 것을 이야기한다. 통증을 조절할 수 있는 다양한 약물과 기타 치료법을 설명해주기보다는 "더 이상 할 수 있는 게 없습니다."라고 한다.

치유를 기대하기 어려운 경우라도 의사들이 긍정적인 말을 해주면 환자에게 큰 도움이 된다. 말기 환자에게라도 의사는 자신이 할 수 있는 것을 다음과 같이 말해줄 수 있다.

- 완화 의료를 적극적으로 시도해볼 수 있습니다.
- 통증 관리 프로그램을 짜서 꾸준히 해볼 수 있습니다.

- 누구든지 와서 만날 수 있도록 하겠습니다.
- 반려동물을 데려올 수 있도록 하겠습니다.
- (가능하다면)피자도 드실 수 있도록 하겠습니다.
- 남은 시간이 얼마가 되든 즐겁게 지낼 수 있도록 하겠습니다.
- 마지막 순간에 환자분이 참여할 수 있도록 하겠습니다.
- 환자분이 느끼는 아픔과 통증을 알려드리겠습니다.
- 그리고 때가 되면 환자분이 원하는 대로 죽을 수 있도록 하겠습니다.

누구든 이런 형태의 보살핌을 기대해야 마땅하고, 그것이 어려울 것 같으면 그런 보살핌을 받기 위해 당신이 할 수 있는 일을 시작해야 한다.

PART 4

통증, 생의 말기에 등장하는 동반자

죽음을 마주한 사람도

육체의 통증을 느끼지 않을 필요가 있다.

또한 연민 어리고 세심하며,

잘 알고 지낸 사람의 보살핌을

받을 필요가 있다.

몇 년 전 어느 이른 아침, 나는 에릭의 입원실 앞 병원 복도에 서 있었다. 문을 열고 걸어 들어가면 어떤 장면을 보게 될지 두려워하면서. 내가 두려워했던 것은 에릭의 피가 아니었다. 피를 흘릴 일은 없었다. 오히려 그 방으로 들어가는 의사도, 소리치고 지시하면서 뛰쳐나오는 의사도, 삐삐 소리를 내는 의료 기기도, 복도와 침대 옆에서 울며 불안해하는 친척 한 사람도 없었기 때문에 두려웠다. 그 방에는 완벽한 정적만이 흐르고 있었다. 나를 불안하게 만들었던 것은 바로 그 침묵의 소리였다.

병원의 아침은 생기가 돌고 시끄럽다. 식사가 나오고 간호사들이 환자를 점검하러 병실에 오고 의사들이 회진을 돌고 환자들이 검사를 받으러 입원실에서 다른 곳으로 이동하기도 하고 보호자가 면회를 오기도 한다. 그렇게 번잡한 시간인데도 복도 맨 끝에 있는 601호실에서는 아무런 소리도 나지 않았다. 환자는 분명 살아 있었지만 도무지 움직이지 않았다.

그 방 안에는 30대 초반의 디자이너 에릭이 에이즈로 죽어가고 있었다. 에이즈 환자들이 흔히 감염되는 폐포자충폐렴(PCP, Pneumocystis Carinii pneumonia)에다 팔다리의 신경 말단이 파괴되는 말초신경증(Peripheral neuropathy)으로 심한 통증에 시달리고 있었다.

말초신경증은 에이즈 환자에게 흔한 합병증이다. 신경이 쓰린 정도의 짜릿짜릿한 느낌이나 무감각 증상을 보이는 경우가 많다. 그러나 에릭은 그런 정도의 문제만 있었던 것이 아니다. 에릭의 다리와 발, 손과 팔 아래쪽 신경을 둘러싸는 보호막이 파괴되어 신경 다발이 그대로 노출된 극도로 민감한 상태였다. 팔다리와 손발, 심지어 팔을 '잡아당기는' 어깨의 움직임만으로도 무시무시한 통증 신호가 뇌를 향해 비명을 질렀다. 그는 입술을 천천히 조심스럽게 떼며 간신히 말했다.

"목을 돌릴 수조차 없어요. 팔다리를 프레스가 꽉 누르고 있는 것 같아요. 그리고 누군가 계속 나사를 조이고 있는 것 같아요."

그의 목소리는 슬픔과 두려움에 잠겨 있었다. 그렇게 에릭은 몇 주 동안 가능한 가만히 침대에 누워 있었다.

죽음이 가까이 다가오면 사람들은 보통 소리치고 울고 저주하고 애원도 하며 웃기도 하고 마구 뒹굴고 온몸을 꼬며 몸부림을 친다. 그때까지 나는 에릭처럼 꼼짝달싹하지 않는 사람을 본 적이 없었다.

물론 에릭이 전혀 움직이지 않을 수는 없었다. 가끔 한 번씩 의사나 간호사가 에릭을 살짝 건드려보기도 하는데 그러면 근육이 움직였다. 그럴 때면 조용했던 에릭은 비명을 질렀다. 그렇게 에릭의 입원실 601호는 절대 적막이 흘렀다. 심지어 심장 모니터에서 나는 소리마저도 방해가 돼 꺼버리곤 했다.

마지막이 가깝다는 것을 알게 됐을 때, 나는 에릭의 가족과 연인인 스콧에게 마지막 인사를 하러 오라고 했다. 우리는 모두 병실에서 밤새 그의 얼굴을 보면서 조용히 밤을 지새웠다. 어머니만 부드럽게 에릭의 이마를 쓰다듬었지 다른 사람들은 감히 에릭의 손을 만지거나 몸을 건드릴 엄두를 내지 못했다. 에릭이 너무 아파서 울 때 우리도 함께 우는 것 외에는 할 수 있는 일이 없었다. 에릭은 지난 몇 주 동안에 그랬듯이 조용하고 적막한 모습으로 새벽에 세상을 떠났다.

마지막 순간에 에릭을 어루만져줬던 어머니는 마침내 에릭의 가슴에 엎드려 울음을 터뜨렸다. 그녀는 흐느끼며 말했다.

"에릭을 낳을 때 산통이 참 괴로웠지만 그 아이가 겪은 고통에 비하면 아무것도 아닌 것 같아요. 고문을 당하며 죽어가는 자식을 보는 고통은 엄청난 충격이었어요. 지난 몇 년 동안 그 애를 일으켜 세우며 좋아지겠지 하는 희망을 버리지 않았지만 이렇게 끝나고 보니 그건 내가 헤쳐나갈 수 없는 일이었네요. 얼마나 무기력하게 느껴지는지. 그저 이나마 만져주는 게 도움이 됐을까 모르겠어요. 그래도 그것밖에 할 수 있는 일이 없었잖아요. 그저 곁에서 통증이 사라지게 해달라고 기도밖에 할 수 없었어요. 이제야 아프지 않겠군요."

오늘날 에이즈는 치료제의 개발로 불치병에서 만성질환으로 분류가 바뀌었다. 다행히 통증 조절을 더 잘할 수 있게 되면서 가장 극심한 통증도 누그러뜨릴 수 있어서 에릭과 같은 불행한 환자는 이제 찾아보기 어려워졌다.

많은 사람이 자신은 죽음이 두렵지 않지만 죽음의 과정에서 느껴야 하는 통증은 무섭다고 한다. 죽어가는 사람들의 가족과 친구들도 같은 생각을 한다. 사랑하는 사람이 고통스러워하는 모습을 지켜보는 일은 끔찍한 경험이다. 안타깝게도 통증은 생의 말기에 흔히 나타나는 동반자다. 통증이란 무언가 잘못됐다고 우리 몸 안에서 보내주는 경고 시스템이다. 속삭이듯이 조용하게 경고를 하기도 하고, 환자들 말에 따르면 "극심한 고통" 또는 "고문"이라고 표현하는 편이 더 맞는 경우도 있다. 통증이라는 신호는 처음으로 위험을 알려주는 경고이기 때문에 처치를 해나가는 데에 도움이 된다. 그러나 대부분의 경우 죽음이 가까워오면 이 경보음이 쓸데없이 자주 울린다. 어쩌면 경보 시스템이 제대로 작동하지 않는 상황에서 누전이 일어났기 때문인지도 모른다. 어느 누구도 장담할 수 없다. 어쩌면 죽음은 태어나는 것과 마찬가지로 그저 하나의 고통스러운 경험인지 모른다. 다행히 오늘날에는 태어날 때처럼 죽음의 과정에서도 통증을 완화하는 치료법이 있다.

통증을 어떻게 정의할 것인가

순전히 물리적인 차원에서만 보면 통증은 자극이 특정 신경 수용체로부터 신경을 통해 척추와 뇌로 전달되어 나타나는 증상이다. 이런 자극은 조직이 손상됐다고 메시지를 보내는 것인데, 통증에는 그러한 메시지 이상의 것이 있다. 우리의 뇌는 메시지가 뜻하는 조직의 손상을 해석하고 그 모습을 결정하게 되는데, 이때 신경을 통해 전달된 자극을 통증이라는 경험으로 받아들이게 된다. 얼마나 통증이 심한지 또 통증에 어떻게 반응하는지는 부분적으로는 통증에 대한 태도에 달려 있고, 더욱이 통증을 느끼는 것에 대한 두려움이나 과거의 경험과도 결부되어 있다. 또한 조직 손상이 어느 부위에, 왜 생겼는지에 따라서도 통증의 유형이 달라진다.

찌르는 것 같은 통증이 있는가 하면 뭉근한 통증도 있으며, 갑자기 느껴지는 통증과 만성 통증도 있다. 또한 통증이 지속되기도 하며 생겼다 없어지기도 한다. 짜증스럽게 만드는 통증, 아주 극심한 통증, 칼로 찌르는 것 같은 통증, 욱신거리는 통증, 미칠 것 같은 통증 등 그 정도나 양상도 다양하다. 뿐만 아니라 피부에서 느껴지는 통증이 있는가 하면 몸속 깊은 곳에서 느껴지는 통증도 있다. 좁은 부위에 국한될 수도 있고 온몸을 집어삼킬 것 같은 경우도 있다.

통증은 몸으로 느끼기도 하지만 감정의 문제이기도 하다. 급습해오는 통증이 있는가 하면 알아차리지 못하게 아주 천천히 잠식해 들어오는 통증도 있다. 통증만 나타날 수도 있지만 어떤 경우에는 메스꺼움과 공포감 등 다른 증상을 동반하기도 한다. 통증에 대한 반응은 통증의 종류만큼이나 다양하다. 어떤 사람은 통증이 느껴지는 즉시 도움을 청하지만 어떤 사람은 긴장된 얼굴 표정, 손이 경직되거나 갑자기 몸이 뻣뻣해지는 등 잘 알 수 없는 미미한 반응을 보인다. 어떤 경우에는 시끄러운 소리, 불빛, 맛없는 음식 또는 이전에는 별로 문제가 되지 않았던 일과 같은 여러 자극에 과잉 반응을 보이게 되면 그때 비로소 그 사람이 통증을 느끼고 있다는 사실을 알아차리기도 한다.

어떤 경우에나 통증은 그것을 느끼는 사람의 문제이므로 주관적일 수밖에 없다. 통증에 대해 더 많이 알게 되고 의료 시스템이 통증에 어떻게 반응하는지 잘 알게 될수록 더 효과적으로 소통하고 통증 조절에 참여할 수 있다. 통증을 겪는 사람만이 얼마나 고통스러운지 알고 있다. 질병이나 외상에 대해 사람들마다 모두 다르게 반응하기 때문에 절대로 다른 사람의 통증은 알 수 없다. 나의 눈을 통해서만 통증을 보게 된다. 그런 나의 눈은 통증과 통증을 참았던 나의 과거 기억이 만들어낸 결과다. 통증은 계량화할 수도 없고 '증명'할 수도 없기 때문에 언제나 실재한다고 생각해야지 통증을 과소평가해서는 안 되며 더욱이 절대로 무시해서는 안 된다.

통증이 삶을 유지할 수 없을 정도로 우리를 괴롭힐 때가 있다. 사망하기 전 마지막 몇 달 동안 신시아는 삶을 마감하려는 듯 누워 있는 시간이 점점 더 길어지면서 자기만의 세계로 빠져드는 듯했다.

죽음을 앞둔 사람들은 흔히 주변 사람들이나 일어나는 일에 관심을 보이지 않기 때문에 처음에는 신시아가 곧 눈을 감으려는 징조라고 굳게 믿었다.

신시아는 줄곧 통증이 없다고 우겼다. 그저 골똘히 생각하고 있는 것처럼 보였다. "단지 혼자 있고 싶어요."라고 해서 혼자 있도록 했다. 그런데 결국 침대에서 몸을 돌리려고 할 때 얼굴을 찡그리는 모습을 보게 됐다. 내가 "아픈가 보네요?"라고 묻자 신시아는 무덤덤하게 "아니요."라고 대답했다.

"신시아, 움직이려고 하면 아픈 것 같은데요."라고 내가 우기자 결국 몸을 돌리려고 하면 아프다고 시인했다. 그래서 돌아눕는 데 지장이 없도록 약을 처방해주면 어떻겠느냐고 물어보았고 그녀는 좋다고 했다. 몇 시간이 지나지 않아 신시아는 일어나서 몸을 이리저리 돌렸다. 그러고는 전과 달리 훨씬 정신이 또렷해졌으며 주변에 관심을 두게 됐다.

"조금씩 통증에 익숙해졌던 게 틀림없어요. 그다지 심하지 않은 통증이 있는 걸 알고 있었지만 잘 참을 수 있을 거라고 생각했어요. 이제 통증이 사라지고 나니 그 통증 때문에 내가 얼마나 진이 빠졌는지 알겠어요."

신시아가 보여준 통증에 대한 반응은 다른 사람들에게서도 그리 어렵지 않게 볼 수 있다. 사람들은 자신이 통증에 얼마나 신경을 쓰고 있는지, 치통이나 두통처럼 사소한 문제 때문에 필요한 일에 얼마나 집중하지 못하는지 제대로 알지 못한다. 심한 통증으로 꼼짝달싹하지 못하고 그래서 자기 자신에만 몰두하는 모습을 상상해보자. 암으로 인한 통증, 노화에 따른 변화, 죽음의 공포 등을 견뎌내기 위해 얼마나 엄청난 정신적 에너지를 쓰게 될지 상상해보라. 치통이 그 정도의 고통과 불편함을 준다면 살면서 가장 큰 신체의 어려움을 견디는 사람들에게는 과연 어떤 일이 일어날까? 그런 사람들은 어쩌면 자신이 통증을 견디고 있다는 사실조차 모를 수 있다.

죽음을 마주하는 과정에서 통증을 겪을 때

죽음이 언제나 통증을 동반하는 것은 아니다. 일부 말기 암 환자는 암 때문에 통증을 느끼지 않는다고 한다. 고령의 폐렴 환자는 죽을 때 통증을 느끼지 않을 수 있다. 호흡 기능이 떨어지면서 엄청난 불안을 느낄 수 있지만 적절한 약을 주면 통증과 불안은 문제가 되지 않을 수 있다. 사실상 폐렴이 생기면 대부분 통증 없이 빨리 죽기 때문에 흔히 내과 의사들은 폐렴을 "노인들의 가장 가까운 친구"라고 표현한다.

질병 때문에 생기는 신체의 통증은 막을 수 없어도 불필요한 통증은 예방할 수 있다. 효과적인 약물 치료법이 많고 질병으로 인한 통증을 줄여주는 데 그러한 약물을 사용할 수 있다. 어느 누구도 통증으로 고생해야 할 이유가 없다. 가능하면 통증 없이 지내는 것이 당연하다.

최신 개발된 통증 완화제를 사용해서 생활하면 고생할 필요가 없고 죽음을 눈앞에 둔 경우에라도 통증으로 고통을 겪지 않도록 해야 한다. 의료인이라면 통증을 조절하기 위해 있는 힘을 다해야 한다. 적절한 투약과 조치로 환자 대부분 통증을 느끼지 않고 지내게 할 수 있다. 미국 보건국의 의료 정책 연구부에서는 암 환자의 90퍼센트까지 통증을 조절할 수 있다고 발표했다. 그런데도 너무 많은 사람이 통증에 시달리고 있어서 안타깝기 그지없다. 암 환자의 42퍼센트가 적절한 통증 치료를 받지 못하고 있다는 사실이 확인됐다.

조만간 돌아가실 아버지를 집으로 모시고 왔을 때 나는 아버지가 통증에 시달리지 않게 해드리겠다고 약속했다. 내 회사에서 함께 일하는 의사들을 통해 다양한 약을 처방할 수 있었고 내가 의료인이기도 하고 아버지를 너무 사랑했기 때문에 반드시 아버지가 고통받지 않고 편안하게 돌아가시게 할 수 있으리라고 생각했다. 나름대로 지극정성을 다해 돌봐드렸는데도 몇 번인가 아무도 모르게 통증이 슬그머니 찾아와 아버지를 괴롭혔다.

아버지가 돌아가시기 이틀 전까지도 암이 전이되면서 생긴 복통을 소량의 모르핀으로 잘 조절하고 있었다. 그런데 밤늦게, 아버지 말씀에 따르자면 인생에서 가장 괴로운 통증이 급습하고야 말았다. 아버지는 그 통증에 너무 화가 난 나머지 온 힘을 다해 내 팔을 움켜쥐고는 애원하듯이 말했다.

"아프지 않게 해주겠다고 약속했잖니!"

간호사가 서둘러 주사를 놓자 몇 분 만에 진통 효과가 나타났지만 그 시간이 영원처럼 길게 느껴졌다. 참담하기 이를 데 없었다. 내 아버지도 제대로 돌보지 못하다니! 나는 오히려 통증으로부터 당신을 완벽하게는 지킬 수 없다고 아버지에게 약속했어야 했다. 다른 환자를 통해 배웠던 것을 나의 아버지께는 잊었던 것이다. 아무리 약효가 확실해도 또 아무리 강력한 진통제가 있어도 내 가족이 고통을 당할 수 있다. 아무리 절실하게 원해도 의사들이 죽어가는 사람의 통증을 모두 막을 수는 없다. 아무리 상황이 좋아도 피하지 못하는 순간이 있게 마련이다.

어쩔 수 없이 통증을 견뎌야 하는 경우도 적지 않다. 멕시코 티후아나의 암 전문 병원을 방문했던 자궁경부암 환자인 변호사 샐리는 치료가 먹혀들자 참으로 기뻐했다. 그렇지만 외래 진료차 방문했을 때 간호사가 이번에 시행한 검사에서 암이 재발했다는 결과를 알려줬다. 며칠 지나지 않아 재발한 암을 치료할 더 이상의 방법이 없다는 사실이 분명해졌다. 그녀에게는 이제 남은 시간이 별로 없었다.

남부 캘리포니아의 화창한 금요일 아침, 샐리의 상태가 급격히 나빠지고 있었다. 남편 매슈가 주치의에게 도움을 요청했지만 의사가 자리에 없다는 간호사의 답변만 돌아왔다. "아내 상태가 영 좋지 않아요."라고 애절하게 말했지만 간호사는 주치의가 없으니 응급실로 가라고만 되풀이할 뿐이었다. 샐리가 원하는 것은 가족들이 지켜보는 가운데 25년 동안 남편과 동고동락한 안방에서 죽음을 맞는 것이었다. 낯설고 약 냄새가 진동하는 병실에서 생의 마지막을 보내는 것은 꿈도 꾸지 않았다.

샐리는 금요일 내내 침대에 누워서 지냈지만 통증은 이루 말로 표현할 수 없을 정도였다. 그날 밤 자정이 조금 지나 남편 매슈는 다시 의사에게 연락해보기로 했다. 당직 의사가 전화를 받았는데 샐리의 주치의를 대신해서 환자를 보고 있다고 했다. 그래서 매슈는 "진통제를 처방해줄 수 있습니까?"라고 물었는데 당직 의사는 이런 경우에 어떻게 해야 하는지 잘 몰라서 검증되지 않은 약을 처방하기가 그리 내키지 않는다면서 이렇게 말했다.

"월요일에 환자와 함께 외래로 오시거나 한 시간 안으로 응급실에서 보도록 하지요."

샐리는 젊었을 때 남편 매슈와 함께 그 집을 사고 얼마나 흥분했는지, 또 얼마나 예쁘게 집을 꾸몄는지 모른다. 그리고 아이들을 키우고 친구들과 즐겁게 보냈던 자신의 집에서 임종을 맞고 싶어 했다. 가족들이 마음을 바꿔 응급실로 가자고 설득하자 샐리는 가족들에게 분명히 말했다.

"난 곧 죽을 거야. 그렇지만 구급차를 타고 병원에 가는 중에 죽고 싶지 않아. 차라리 여기서 죽을래."

다음 날 토요일 아침에 그녀는 집에서 세상을 떠났다.

샐리의 죽음은 피할 수 없는 일이었다. 그렇지만 그녀가 겪은 통증은 피할 수 있었다. 남편이 미리 배워서 몇 차례 진통제 주사를 놓아줬거나 간호사가 집에 들러 정맥주사로 진통제가 들어가도록 조처만 취했어도 통증을 피할 수 있었다. 종양내과 전문의가 샐리를 맡고 있었는데 샐리는 필요한 어떤 서비스나 투약 비용도 댈 수 있을 만큼 경제적으로도 윤택했을 뿐 아니라 염려하고 돌봐주는 가족이 있었다. 차로 30분 거리에 세계적으로 유명한 병원이 둘씩이나 있었지만 결국 샐리는 고통스럽게 죽어갔다.

샐리가 집에서 임종을 맞겠다고 했기 때문에 더 심한 고통을 겪을 수밖에 없었다. 현 의료 시스템에서는 죽음을 눈앞에 둔 사람에게 뭘 해줘야 할지 잘 모르는 의료인이 많다. 샐리가 MRI를 한 번 더 찍거나 수술을 받겠다고 했다면 간호사는 해야 할 일이 무엇인지 정확하게 알고 있었을 테고, 그래서 모든 과정이 아무 문제 없이 잘 진행됐을 것이다. 그렇지만 샐리가 집에서 평안하게 임종을 맞기를 원했다는 것이 문제였다.

만약 여러분이 이러한 상황에 있다면 간호사에게 분명하게 다음과 같이 설명해야 한다. 사랑하는 가족이 통증으로 인해 진통제가 필요하다고. 의사에게 그런 이야기를 하겠다고 주장해야 한다. 주치의가 자리에 없다면 주치의와 한 팀인 의사에게 요청하거나 해당 지역의 요양병원 또는 호스피스 기관의 치료를 받기 위해 연락처를 찾아야 한다. 이런 시설에서는 통증 관리를 전문적으로 해준다. (요양병원이나 호스피스 시설에서는 흔히 주치의에게 신속하게 전화를 걸 수 있고 주치의가 없다면 그런 응급 상황에서 바로 진료를 하는 의사가 있다.) 보호자는 "안 됩니다."라는 말을 순순히 받아들이지 말아야 한다. 물론 피할 수 없는 통증도 있다. 그렇다고 그냥 참고 있기만 해서는 안 된다.

어느 순간이든 통증을 겪을 필요가 없다

통증이 죽음과 마주하는 과정의 한 부분이기는 하지만 통증을 진압할 수 있는 진통제가 여러 종류 있다. 그러나 명민한 의사와 헌신적인 간호사 들이 근무하는 병원에서조차 여전히 죽음을 맞는 사람들이 제대로 진통제의 도움을 받지 못하고 있다. 규칙이 있다는 것이 문제다. 환자나 환자의 가족, 친지들은 간호사들이 이런저런 시간이 될 때까지는 더 이상 약을 줄 수 없다고 할 때 어리둥절해지고 맥이 빠진다.

비벌리라는 노부인은 병원의 조치에 너무 화가 나서 자신을 퇴원시키고 가정간호를 받게 하려고 준비하고 있던 내게 거칠게 토로하기도 했다.

"통증은 아무 때나 찾아오는 게 아니야. 내 암도 마찬가지고. 헌데 너무 엄격하게 시간을 맞춰서 진통제를 주고 있잖아! 통증이 네 시간마다 찾아온다는 법이 어디 있나? 약 기운은 다 떨어졌는데 새벽 3시가 될 때까지 30분을 더 기다리는 게 정말 지긋지긋해. 그때쯤 되면 내 인내심에도 한계가 있어요. 그렇지만 간호사는 다른 사람들 자세를 바꿔주느라 모두 바빠요. 도대체 환자를 돌보기는 하는 건가?"

간호사들이 환자를 돌보기는 한다. 그렇지만 환자의 감정을 이해하지 못하는 경우가 종종 있다. 그래서 통증의 정도를 계속해서 살펴보라고 하는 것이다. 환자가 느끼는 통증과 치료 효과를 지속적으로 추적해야 한다. 통증은 다음 기준에 따라 평가해야 한다.

- 규칙적으로 평가할 것.
- 새로운 통증은 매번 보고할 것.
- 주사용 진통제를 사용하는 경우에는 매 투약마다 투약 후 15~30분이 지난 후 평가하고 경구 진통제 사용 시에는 복용 후 한 시간 뒤에 평가할 것.

의료 기관 종사자는 환자가 느끼는 통증에 대해서 물어보아야 하고 환자의 반응이나 불만을 경청해야 한다. 『암의 통증 관리(Management of Cancer Pain)』[에이다 제이콕스(Ada Jacox) 외, 1994]에서 알려주는 통증 평가의 ABCDE 단계법은 다음과 같이 간단하다.

A. 규칙적으로 통증에 대해서 물을 것.
B. 통증과 통증을 완화해주는 요인에 대해서 환자와 가족이 말해주는 내용을 믿을 것.
C. 환자, 가족 그리고 현 상황에 맞는 다양한 통증 완화 방안을 선택할 것.
D. 근거를 가지고 적시에 협조해서 통증을 완화할 것.
E. 환자와 가족들에게 자율권을 줄 것.

의사들이 진통제를 사용하는 데 인색하고 환자의 통증에 냉담한 것 같다고 불만을 토로하는 사람들을 흔히 볼 수 있다. 의사들이 진통제를 덜 쓰려고 하는 데는 나름의 이유가 있다. 우선 환자의 통증에 대해서 충분히 알지 못하기 때문에 그럴 수 있다. 의과대학에서 통증에 대해 그리 많이 배우지 못하고 암이나 다른 병으로 인한 극심한 고통을 경험한 의사가 거의 없기 때문이다. 일부 의사는 환자라면 입술을 깨물며 통증을 참아야 한다고 믿기도 하고, 환자가 약을 구하려고 통증이 있는 척한다고 생각하기도 한다. 그러나 대부분의 경우 환자가 강력한 향정신성 약물에 중독될까 봐 진통제를 잘 쓰려고 하지 않는다. 또는 너무 많은 약을 쓰다가 법적으로 문제가 돼 고소당하는 것을 염려하기도 한다.

진통제에 중독될까 염려될 때

의사도 환자나 그 가족과 마찬가지로 환자가 강력한 진통제에 중독되는 것을 염려한다. 그렇지만 중독에 대한 그런 두려움은 대체로 근거가 희박하다. 실제로 진통제에 중독되는 사람은 약 1퍼센트 정도로 극히 일부라고 한다. 대부분의 암 환자는 모르핀, 코데인, 메타돈과 같은 마약성 진통제를 2주 이상 사용한다. 그중 극히 일부만이 약물 부작용에 의한 행동 장애가 나타나고 중독으로 인한 특징적인 심리적 의존 현상을 보인다.

이런 일은 병의 초기에 일어난다. 너무 이른 시기에 진통제를 복용하기 시작해서 그 약에 중독된 채 오랫동안 귀한 시간을 낭비한 사람이나 금방 진통제에 대한 저항이 나타나서 더 많은 양의 진통제를 더 자주 사용해야 하는 사람을 본 적이 있다. 집에서 죽음을 바로 눈앞에 두고 있었던 화가 케빈(35세)의 경우가 바로 그렇다. 케빈은 정말 삶을 사랑했다. 그의 그림을 보나 목소리를 들으나 그의 웃는 눈을 보면 얼마나 행복해하는지 알 수 있었다. 림프종 진단을 받았을 때 내게 이렇게 말했다.

"죽음이 찾아오면 억지로 떼를 쓰지는 않겠어요. 자연스럽게 진행되도록 내버려두겠습니다. 그렇지만 마지막 순간까지 온 힘을 다해 삶을 살 작정이에요. 가족과 친구들 그리고 내 반려견과 함께 보낼 수 있는 1분 1초를 낭비할 수 없잖아요!"

몇 달이 지나 케빈은 심한 만성 통증이 생겨 데메롤 주사를 맞게 됐다. 모르핀, 딜로디드, 타이레놀, 애드빌, 아스피린과 마찬가지로 데메롤은 단시간 작용하는 약이다. 케빈의 경우엔 데메롤을 선택한 것이 잘못이었다. 케빈은 데메롤을 끊을 수 없게 됐다. 데메롤을 쓴 다음부터 가족과 친구와 자신의 반려견에 거의 신경을 쓰지 못했다. 그저 시계를 쳐다본 채 1분 1분이 괴로울 정도로 몸과 마음을 잠식하는 통증을 느끼면서 다음 주사를 맞을 때만 생각했다. 어느 날 밤, 집에 있던 사람들이 갑작스러운 소음에 모두 놀라는 일이 벌어졌다. 가족들이 소음의 진원지인 부엌으로 들어가 보니 케빈이 땀을 뻘뻘 흘려가며 데메롤을 찾고 있었다. 아무리 찾아도 안 보이자 화가 나서 탁자와 의자를 박살내고 찻잔 받침대를 내던지고 서랍을 모두 빼서 바닥에 내동댕이친 것이다. 케빈은 가족들을 보자 바닥에 쓰러지면서 흐느껴 울었다.

“내가 어쩌다 이렇게 된 거지? 믿을 수가 없어. 이렇게 끝내고 싶지 않아…….”

미국약물중독학회는 “완화되지 않는 심각한 통증을 겪는 환자는 통증을 완화할 수 있는 방법을 찾는 데 집중할 것이다. 그런 환자들은 마약류를 구하려고 혈안이 된 것처럼 보일 수 있다. 그러나 그런 환자들은 마약류 자체를 사용하려고 한다기보다 통증 완화라는 목적에 사로잡혀 있다. 이런 현상을 ‘가성 중독(pseudoaddiction)’이라고 한다.”라고 설명하고 있다.

케빈은 이 가성 중독 증상에 시달린 나머지 그의 생애 마지막 시간이 엉망진창이 될 형편이었다. 다행히 즉시 데메롤을 끊고 장시간 작용하는 진통제를 사용하자 가족들과 함께 마지막 몇 주를 아주 잘 보낼 수 있었다(장기 진통제로는 모르핀 유도제인 엠에스콘틴, 록사놀, 메타돈이 있다).

약물 중독은 질병 경과의 초기와 중기에는 중요한 문제가 될 수 있다. 그렇지만 말기로 가면 덜 중요해진다. 수시간에서 수일, 수개월 정도밖에 남지 않은 환자가 진통제에 중독됐다 해도 문제가 되지 않는다고 생각하는 의사가 많다. 예기치 않게 치료되거나 계속 살 수 있다면 그때 약물 중독 문제를 해결할 방법을 궁리할 수 있다.

죽음이 임박한 상황에서 가족들이 계속 약물 중독을 두려워한다면 그것은 다가오는 죽음을 현실로 받아들이기보다는 일어나지도 않은 약물 중독에 골몰해 죽음을 부정하는 것으로 볼 수밖에 없다. 분명히 약물 중독은 심리적으로 우리의 삶을 방해하겠지만, 그렇다고 해서 통증을 조절하지 않은 채 있어서는 안 된다. 약물 중독을 염려해야 할 시점이 있고 환자를 편안하게 해줘야 할 시점이 있다. 이 두 상황을 혼동해서는 안 된다[러셀 K. 포트노이(Russell K. Portenoy)와 리처드 페인(Richard Payne), 『물질의 남용(Substance Abuse), 1992].

모르핀에 대한 두려움

어떤 환자는 약물 중독을 걱정하기보다는 오히려 진통제를 사용함으로써 기운이 소진되어 아무것도 할 수 없게 되거나 생각할 기력조차 남지 않게 될까 봐 걱정한다. 그렇지만 더 큰 문제는 통증을 치료하지 않는 것이다. 통증 그 자체 때문에 더 이상 생각이란 걸 못하기 때문이다. 온통 통증에만 신경을 쓰기 때문에 다른 것은 모두 잊어버리고 만다.

부동산업자 크리스토퍼(35세)는 림프종에 대한 전신적 항암 치료를 해오다가 효과가 없자 치료 마지막 단계에 접어들면서 모르핀을 사용하기로 결정했다. 그는 오랫동안 안정제 복용을 거부해왔지만 결국 통증이 굉장히 심해졌고 더는 참을 수 없었던 것이다.

모르핀은 경구 투여도 가능하고 일회 주사나 정맥주사로도 투여할 수 있다. 크리스토퍼에게는 정맥주사로 모르핀을 투여하는 방법이 가장 적절했다. 그가 처음 모르핀 주사를 맞게 될 때 온 가족을 불러 모았다. 부모, 형제, 사촌들 모두 차례로 그에게 작별 인사를 했다. 침대 옆에 걸어놓은 약물팩을 통해 모르핀이 한 방울씩 떨어지기 시작하자 모두의 눈에 눈물이 가득했다. 크리스토퍼는 깊이 숨을 들이쉬고는 지그시 눈을 감고 통증이 사라지는 것을 느끼는 것 같았다. 가족들은 모두 옆에서 조용히 그의 마지막을 지켜보고 있었다.

5분쯤 지나도 모두 미동도 없이 아무 말도 하지 않고 기침 소리도 내지 못하고 있었다. 그때 크리스퍼가 눈을 떴고 그의 얼굴에 당황한 기색이 역력했다.

"아니 내가 왜 아직 살아 있지? 지금쯤 죽었을 거라고 생각했는데."

마치 죽지 않아 실망이라도 한 것 같은 목소리였다.

"왜 그래요, 크리스토퍼?" 내가 그에게 물었다.

"모르핀 주사를 맞으면 모든 게 끝나서 죽는 줄 알았어요."

그가 풀이 죽어 대답했다. 모여 있던 사람들은 한편으로는 안심하면서도 크리스토퍼의 그러한 반응이 너무 우스워서 갑자기 모두 웃음보를 터뜨렸다. 그날 크리스토퍼는 세상을 떠나지 않았다. 그날의 '대단한 퇴장' 이후 상당한 기간 동안 잘 지냈다.

크리스토퍼처럼 모르핀을 이제 곧 사망할 사람에게 주는 약이라고 생각하는 사람이 많다. (어렸을 때부터 집안의 노인이 돌아가시기 전에 모르핀 주사를 맞는 것을 본 기억이 있기 때문에 모르핀과 죽음을 연관 지어 생각하는 듯하다.) 모르핀을 맞지 않으면 죽지 않을 거라고 생각한다. 하지만 모르핀은 생의 마지막 단계에서 아주 유용하게 통증을 완화해 주는 대단히 훌륭한 진통제다. 그러나 모르핀을 쓴다고 해서 그것이 바로 마지막 순간을 맞는다는 뜻은 아니다. 환자는 병으로 사망하는 것이지 모르핀 때문에 죽지는 않는다. 모르핀 사용에 주저하는 환자에게 많은 의사가 "한번 사용해봅시다. 더 이상 필요하지 않게 되면 끊을 수 있어요. 모르핀이 잘 듣지 않거나 환자분에게 맞지 않으면 다른 약으로 바꾸도록 할게요."라고 말한다. 나는 그런 의사들에게 진통제는 환자가 다루는 것이 아니라 의사가 다룬다는 사실을 상기해주려고 노력한다.

투약의 다섯 가지 규칙

통증을 완화하기 위한 약물 치료는 오해, 지식의 부족, 두려움, 적법성 등의 문제에 가려져 있다. 그래서 통증을 호소하는 환자가 도움을 요청할 때 의사와 간호사가 무슨 생각을 하는지 아는 것이 환자와 가족과 친지에게 중요하다.

의료인들은 수련을 받기 시작할 때 다음의 다섯 가지 투약 원칙을 배운다.

- 올바른 약물 선택.
- 올바른 환자 선택.
- 적정한 약물 용량.
- 적절한 투약 시점.
- 올바른 투약 방법.

올바른 약물 선택

비슷한 이름의 많은 약물이 진통제로 사용된다. 약마다 효능과 부작용이 모두 다르다. 그래서 일반인이 아닌 의사의 처방에 따라 진통제를 사용하는 것이 매우 중요하다. 의사가 아닌 사람이 진통제를 주면 위험한 까닭은 함께 복용하는 다른 약물과 진통제가 상호 작용을 일으키거나 통증의 유형에 맞지 않는 잘못된 진통제를 사용할 수 있기 때문이다. 만약 오래된 약이나 친구가 임의로 준 약을 복용하고 있다면 주치의에게 그 약을 보여줘야 한다. 그러면 의사가 그 약이 듣지 않을 이유를 설명해주거나 여전히 약효가 있는지 또는 안전한지를 확인해줄 것이다.

의료인이라면 여러 종류의 약물을 사용하면서 생기는 문제도 신경을 쓴다. 그렇게 해도 하루에도 여러 차례 서로 다른 종류의 여러 약물을 복용하고 있어서 실수가 일어날 우려가 점점 커지고 있다. 그래서 간호사들은 투약 전에 세심하게 약물 복용을 점검하고 처방된 약만을 투여하도록 훈련받는다.

올바른 환자 선택

환자와 가까운 친지들은 간호사가 반복적으로 환자의 이름을 묻고 손목에 차고 있는 명찰을 확인하는 모습에 당황하고 짜증을 내거나 '아직도 우리가 누구인지 모르는 건가?'라고 의아해한다. 간호사가 환자를 모를 리 없지만 엉뚱한 약을 다른 환자에게 투여하는 일도 일어날 수 있기 때문에 투약할 때마다 명찰을 확인하는 것이다.

적정한 약물 용량

부작용을 최소화하면서 약물이 효과적으로 작용하게 하려면 적정한 약물 용량을 투여해야 한다. 효과를 보이는 가장 낮은 농도에서부터 시작하는 것이 일반적이며 그 용량으로 충분하지 않으면 점차 용량을 늘려나간다. 약물의 용량을 결정할 때에는 통증의 원인, 환자의 일반적인 건강 상태, 병력, 통증 저항력, 체중을 모두 고려한다. 남용은 적법성 문제가 있기 때문에 많은 의사와 간호사 들이 과다 처방보다는 과소 처방을 선호하고 강력한 요청이 있어야 약을 더 처방하려고 한다. 통증 환자가 아닌 사람은 이런 처방 방식이 이해되겠지만 통증에서 벗어나게 해달라고 계속 요청하고 울면서 애원하는 심한 통증 환자라면 그것마저도 끔찍할 것이다.

적절한 투약 시점

대부분의 경우 진통제는 4~6시간 간격으로 투약한다. 어떤 진통제는 지속성 진통제로서 8시간 이상의 간격으로 복용하도록 할 수 있다. 또한 'p.r.n.(라틴어로 pro re nata)', 즉 '필요한 대로'라는 의미의 처방도 가능하다. 이 처방은 반드시 환자가 요구하고 환자가 통증이 있다고 말하는 경우에만 내려질 수 있다.

그런데 안타깝게도 진통제를 쓴다고 해서 몸으로 들어가는 순간부터 모두 다 들어갈 때까지 내내 통증이 완화되지는 않는다. '온 힘을 모으고 나서 힘이 빠지기 전 사이', 즉 중간 시점에 진통 효과가 가장 크다. 이 말은 진통제를 복용하고 나서도 한동안은 환자가 통증을 계속 느낄 수 있고 다시 약을 복용하기 전 어느 시점에 통증이 되돌아온 것처럼 느끼게 된다는 뜻이다. 이처럼 통증이 줄어들었다 다시 심해지는 것 때문에 통증 조절은 불규칙할 수밖에 없다. 그래서 이동식 정맥주사 펌프와 같은 새로운 기기가 진통제의 효과적인 혈중 농도를 유지하도록 지속적으로 진통제를 투입하는 데 사용된다.

통증이 시작된 초기에 조절이 가장 쉽고 통증이 가장 심할 때에는 조절이 제일 어렵다. 그렇기 때문에 통증이 너무 심해지기 전에 도움을 요청하는 것이 최선이다. 달리 말하자면 통증이 환자에게 영향을 주기 전에 통증에 조치를 취해야 하는 것이다.

최근에는 암으로 인한 지속적인 통증을 조절하기 위해서 24시간 단위로 투약하면서 필요에 따라 추가 처방을 하는 방식으로 진통제를 투여할 것을 권하고 있다(에이다 제이콕스, 『암의 통증 관리』, p.45). 이렇게 하면 진통제의 체내 농도를 일정하게 유지해서 통증이 재발하는 것을 막을 수 있다.

적절한 투약 방법

진통제에는 알약, 구강 서스펜션이나 혀 밑에 넣는 약물 등 경구용 약물이 있고, 근육이나 피하주사, 좌약, 피부 패치 또는 정맥주사 등 다양한 방법으로 진통제를 사용할 수 있다. 경구 복용이 가장 쉬운 방법인 것은 확실하다. 그러나 많은 경우에 환자가 약을 넘기지 못할 수 있다. 위에서 잘 흡수되지 않거나 오심(구토나 신물이 올라오는 증상), 구토, 변비 등 위장관 문제가 발생할 수도 있다. 게다가 연하

(삼키기) 장애가 있거나 병 때문에 이미 오심으로 고생을 하고 있기에 알약이나 물약을 넘길 수 없는 경우가 많다. 통증이 너무 심하면 정맥주사로 진통제를 투입한다.

마약성 진통제는 주사로 투약하는데 반복적으로 피부를 찔러야 해서 통증을 고르게 조절할 수가 없다. 진통제 주사를 맞은 뒤 약물이 체내에 축적되는 동안에는 통증이 없어지지만 간에서 약물 대사가 시작되면 통증이 다시 나타난다. 이런 이유 때문에 병이 진행되면 적은 양의 진통제를 오랫동안 몸 안에 조금씩 넣는 정맥주사가 가장 좋은 방법이 된다. 간혹 진통제를 정맥주사로 맞으면 앞으로도 계속 정맥주사를 맞아야 할 것 같고, 심하게 아픈 환자에게나 사용하는 방법이라고 생각되기도 하고, 활동에 제약이 생길 수도 있을 것 같아 거부하는 환자들도 있다. 그렇지만 곧 진통제 정맥주사가 얼마나 효과가 좋은지 잘 알게 된다. 물론 그래도 계속 주삿바늘을 찌르는 것은 싫어 할 수 있다. 일부 환자는 스스로 '펌프'를 사용해서 정맥으로 투여되는 진통제의 양을 조절한다. 내장된 안전장치를 사용해서 환자가 다른 사람에 의존하지 않고 스스로 통증을 조절하고 반응할 수 있다. 정맥주사를 선호하던 경향이 바뀔 수도 있다. 호스피스 기관에서는 정맥주사보다 혓바닥 아래나 피하, 경구 투약의 편리성을 선호하는 경향이 늘고 있기 때문이다.

통증을 완화하는 법

일상생활에서는 어떻게든 통증을 참아야 할 때가 있다. 그렇다고 해서 통증의 희생양이 될 필요는 없다. 나와 가까운 사람이 고통받는 모습을 무기력하게 보고만 있을 수도 없다. 그럴 때 환자와 환자 가족들은 다음과 같은 일을 할 수 있다.

- 통증에 대해서 명확하게 의사에게 이야기하라.
  - 통증의 유형: 칼로 쑤시는 것 같은, 뜨거운, 날카로운, 뭉근한, 바늘로 찌르는 듯한, 쑤시는 것 같은 아픔.
  - 통증의 정도: '가벼운', '중등도의', '심한' 등의 단어를 사용하거나 통증의 등급을 0에서 10까지로 나눈다. 이런 통증 등급을 사용하는 것은 통증을 평가하고 이야기할 때 효과적이다.
  - 정확한 통증 발생 부위: 구체적인 통증 발생 부위를 말하거나 지적한다.
  - 통증 발생 시기: 지속적으로, 간헐적으로, 식사 후에만, 몸을 돌릴 때, 갑자기, 슬그머니 등과 같이 통증이 나타나는 시점을 최대한 정확히 표현한다.

- 통증을 조절해달라고 요청하라. 어떤 약을 언제 왜 복용하게

될지 간략한 설명을 요구하라. 그렇게 해야 주치의가 통증을 어떻게 조절할지를 시간을 내서 생각할 뿐만 아니라 환자의 염려도 줄일 수 있다. 투약 횟수는 몇 번이나 되는지, 통증이 나타나는 시점에 맞추어 투약을 해주는지 여부를 물어보라. 진통제가 듣지 않으면 어떻게 될지도 물어보라. 약물 용량을 늘릴지 다른 약으로 바꿀지를 확인하라. 한밤중이나 주말에 통증이 조절되지 않으면 무엇을 할 수 있는지 물어보라.

- 담당 의사와 간호사에게 자신이 느끼는 통증에 대해 모든 것을 말해서 알려줘야 한다. 당신이 통증을 잘 참는지 그렇지 못한지, 과거에 어떤 진통제가 효과가 있었고 어떤 진통제는 효과가 없었는지 알고 있다면 의사와 간호사에게 모두 말해준다. 또한 통증이 생기면 곧바로 알리는 편인지 참는 편인지도 알려준다. 저명한 종양내과 전문의이자 에이즈 전문가인 제임스 톰스 박사에게 통증이 생겼을 때 어떻게 대처해야 하느냐고 물어보니 이렇게 말했다.
"나는 통증을 참으라고 권하지 않습니다. 통증이 생기면 주저 없이 빨리 담당 의사를 부르라고 환자들에게 이야기합니다. 만약 통증 완화를 원하는 환자의 입장을 담당 의사가 수용하지 않는다면 그렇게 해줄 의사를 찾으라고 합니다. 온 힘을 다해 환자를 돌볼 수 있는 의사를 찾아야 합니다. 그렇게 하는 것 자체가 실제로 통증을 많이 완화시켜주기 때문입니다."

- 괜찮은 척 입을 다물고 있어서는 안 된다. 통증이 있으면 불만을 말해야 한다. "안 됩니다."라는 말은 받아들이지 말아야 한다. 담당 의사가 부재중이라면 다른 의사를 보자고 해야 한다. 만약 환자가 통증을 조절하려는데 의사가 도와주지 않는다면 다른 의사를 찾는다. 통증을 간신히 견디는 상황이라면 다른 의사를 찾기가 훨씬 어렵겠지만 시도는 할 수 있다. 사람들이 당신을 좋아하지 않게 되더라도 걱정할 필요가 없다. 수동적으로 행동하면 통증을 완화하기가 어렵다.

- 통증과의 전쟁에서는 사전 대책을 세우고 단호하게 자신의 의사를 밝혀야 한다. 활발하게 말을 해야 한다. 아직도 마약성 진통제를 사용하는 데 눈살을 찌푸리는 의료인도 있고 단순히 경험이 부족해서 어떤 종류의 진통제를 사용해야 하는지, 진통제를 얼마나 줘야 통증이 완화되는지 모르는 의료인이 많이 있다. 당신이 환자이든 가족이 환자이든 통증이 있으면 크게 말하도록 한다. 강력하게 표현해야 한다. 필요하다면 통증을 어떻게 관리하면 좋을지 자문을 받겠다고 요청하라.

- 주말에는 현대식 의료 시스템이 원활하게 돌아가지 않을 수 있다는 점을 명심하라. 통증이 금요일에 찾아왔는데 담당 의사에게 전화하는 것을 미루다가 점점 심해져 토요일 한밤중

에 더 이상 참을 수 없게 되는 상황을 만들지 말라. 준비가 되어 있어야 한다. 담당 의사를 찾기 어려운 주말이나 밤에 벌어질 수 있는 상황에 대처한 통증 조절 계획을 마련하고 처방을 남겨달라고 요청하라.

- 약물 외에 통증 조절을 위한 또 다른 방법을 찾아본다. 기도나 명상도 좋다. 아름다운 해변에 있는 자신을 모습을 그려본다든지 푸른 하늘을 쳐다보는 등 시각화를 활용하는 사람도 있다. 또 엔도르핀이 통증을 없애버리기 때문에 자신의 몸 안을 머릿속에 그려보는 사람도 있다. 엔도르핀은 모르핀과 비슷하게 통증을 없애주는 효과가 있는 뇌에서 만들어지는 화학물질이다. 어떤 방법이든 통증 환자에게 효과가 있다면 가치가 있다. 이러한 다양한 방법을 다루고 있는 아주 좋은 책, 오디오 · 비디오 자료도 많이 나와 있다.

- 가능하면 가족들이 환자 곁에 함께 있도록 방법을 강구한다. 통증 때문에 환자는 혹독한 외로움을 느낄 수 있다. 환자 자신이 혼자가 아니라는 사실을 아는 것만으로도 도움이 될 때가 있다. 따뜻하게 손을 잡아주거나 사랑스러운 목소리를 들려주는 그 자체가 특효약이 될 수 있다.

사회복지사인 수전은 통증으로 괴로워하다 사망하는 사람들을 여러 차례 봤다. 그렇지만 자신의 어머니가 세상을 떠나는 순간만큼 감동적이고 긴 여운이 남는 삶의 마지막을 본 적이 없다.

수전의 어머니인 에스터는 대장암 환자였다. 75세였음에도 젊은 시절에 어떤 모습이었을지 짐작할 수 있을 만큼 골격이 대단한 분이었지만 마지막 몇 달 동안에 계속되는 통증을 겪었다. 그런데 이미 여러 달 고통받아 온 에스터는 역설적이게도 그 통증 때문에 인생 최고의 모습을 보여주게 된 것 같았다. 에스터는 열여섯 살 때 자신의 어머니가 암으로 돌아가시는 모습을 보았다고 한다.

수전은 에스터를 떠올리며 내게 말했다.

"어머니는 통증에도 불구하고 위엄이 있으셨어요. 정말 엄청나게 아프셨는데 아주 놀라웠어요. 결코 유머를 잃지 않으셨지요. 너무 아프다고 하시면서도 '나 같으면 익지 않은 과일은 사지 않을 거다' 라고 하셨거든요.

진통제 주사가 슬슬 효력이 다하기 시작할 때나 통증이 갑작스럽게 심해지는 순간이 가장 힘들었다. 수전으로서는 어머니의 통증을 없앨 도리가 없었다. 그래서 그저 어머니 곁에 함께 있었다. 이야기도 나누고 울고 웃기도 하면서 말이다. 결국 수전과 다른 식구들이 모두 어머니 곁에 둘러앉아 그녀가 절대 혼자가 아님을 확실하게 알 수 있게 말해줬다.

마침내 에스터가 수전에게 "얘야, 더 이상 통증을 견딜 수 없구나."라고 했고 수전은 "그래, 엄마. 이제 더 이상 참지 말고 편안하게 가세요."라고 말씀드렸다.

수전은 알고 있었다. 언젠가는 함께 있어주는 것밖에는 자신이 할 수 있는 게 아무것도 없다는 것을. 물론 어머니가 돌아가시지 않기를 바랐지만 더 이상 그렇게 고통스럽게 살아 계시는 것을 원하지도 않았다.

사랑하는 가족이 겪는 통증을 어떻게든 완화해보려고 최선을 다 했다면 이제는 그저 옆에 있기만 하면 된다. 울고 싶어 하면 울도록 해주면서 함께 울면 된다. 함께 우는 것이 눈물을 참는 것보다 낫다. 손을 잡도록 해주고 통증이 찾아오면 손을 꽉 움켜쥐도록 해준다. 같은 병실에 있는 다른 환자들을 놀라게 한다고 하거나 통증에 굴복하지 말라고 요구하지 말라. 아픈 환자가 소리를 지르도록 내버려두거나 적극적으로 소리를 지르도록 도와주거나 필요하다면 함께 소리를 질러주자. 할 수만 있다면 함께 웃어주자. 그러고도 정말 아무것도 해줄 것이 없는 마지막 순간에는 이렇게 말해야 한다.

"이제 통증을 어떻게 해볼 수가 없어. 없애버릴 수가 없네. 할 수 있는 것이라고는 여기 앉아 있는 것밖에 없어. 여기 이렇게 함께 있을게. 끝까지 손을 잡고 있을 거야. 절대 널 혼자 두지 않을게."

벌이 되어버린 통증

통증은 시끌벅적할 수도 있고, 조용할 수도 있고, 짧은 고문일 수도 있고, 자비일 수도 있지만 결코 벌이 되어서는 안 된다. 통증은 일종의 벌칙이라는 생각이 여전히 우리를 지배하고 있다. 아마도 '통증(pain)'이라는 단어가 벌칙이라는 의미의 그리스어 '포이네(poine)'에서 유래했기 때문인지도 모르겠다. 부모나 자녀나 친척이 고통스러운 죽음을 맞게 되면 그 가족들은 두려움에 휩싸인다. 사람들은 비통해하면서 "그 사람이 그런 고통을 받고 있는 것을 믿을 수가 없네요. 참 착하게 살아 왔는데." "그녀는 어느 누구한테도 못되게 군 적이 없는데 왜 그런 고통을 받아야 하는지 모르겠어요." "하나님이 어떻게 그러실 수가 있어요?" 라고 말할 것이다.

통증은 어느 누구의 잘못 때문에 생기는 것이 아니다. 수백 명의 죽음을 봤지만 통증은 그 사람이 선했느냐 악했느냐와 관련이 없다. 태어날 때에도 통증을 겪듯이 죽을 때에도 흔히 동반되는 것이 통증이다. 착한 사람이라고 누구나 잠자는 동안에 통증 없이 조용히 죽는 것이 아니다. 좋은 사람도 나쁜 사람과 매한가지로 고통을 받는다. 통증은 벌이 아니라 죽음과 마주하는 많은 사람들이 이 지구에서의 마지막 며칠, 몇 주, 몇 달 동안 겪어야 하는 삶의 한 부분일 뿐이다.

어머니에게 통증을 참아보라고 하지 않고 이제 떠나도 좋다고 한 수전은 그날 새벽 두 시에 병원으로부터 에스터에게 심장마비가 왔다는 전화를 받았다. 수전은 어머니가 더 이상 고통을 받지 않고 하늘나라로 가시게 되길 진심으로 바라면서 차를 몰아 병원으로 갔다. 그녀는 "다 잘됐다는 것을 알고 있었어요. 어머니께서 돌아가셨다는 것을 알았죠. 더 이상 통증도 고통도 없는 곳에 계시다는 것을 알고 있었어요."라고 했다. 여러 해가 지나 이제 수전도 50대에 접어들었는데 지금도 역시 눈물이 그렁그렁해서 말했다.

"보고 싶지 않은 적이 없어요. 그렇지만 어머니가 더 이상 아프지 않아서 좋아요."

통증에는 나름의 목적이 있다

통증은 일종의 윤활제와 같다. 통증으로 인해 사람들은 좀 더 부드러워지고 좀 더 동정심을 갖게 된다. 마리안느 윌리엄슨(Marianne Williamson)이 이런 이야기를 해준 적 있다. 저녁 식사 파티에 가게 됐는데 그곳에서 엄청나게 화를 내는 한 남자를 만났다고 한다. 거기 있던 모든 사람이 그 남자를 피하려고 했는데 실은 그가 얼마 전 암 수술을 받았다는 말을 들은 마리안느는 그의 옆에 함께 앉아 있기로 마음을 먹었다고 한다. 두 사람은 그날 저녁에 서로 이야기를 나누며 너무나 좋은 시간을 보냈고, 그가 화나 있기는 했지만 그의 마음을 마리안느가 잘 알고 있었기 때문에 서로 잘 통한다는 사실을 알게 됐다. 더욱이 6개월 전에 마리안느는 건강상의 심각한 문제로 겁을 먹고 무척 두려웠던 적이 있었기 때문에 그가 지금 어떤 상태인지 잘 이해했다. 그 남자를 피해 도망가기보다는 함께 있어주는 것이 자신의 책무라고 느꼈던 것이다.

통증을 겪어본 사람은 다른 사람의 두려움을 잘 이해할 수 있다. 돌보고 도와주고 싶은 연민이 생길 수 있다. 통증을 경험함으로써 삶에 대한 생각이 깊어지고 경험의 차원이 넓어진다. 사람들은 고통을 피하려고 애를 쓰지만 고통 때문에 다른 사람의 고통에 눈이 트이고 귀가 열리게 된다. 상처를 통해 우리는 다른 사람의 상처를 더 잘 이해하게 되는 법이다.

모든 통증은 나름의 목적이 있다. 그것이 죽음에 동반된 통증이어도 마찬가지다. 그 통증으로 인해 우리는 죽을 수 있게 된다. 통증은 우리가 몸이라고 부르는 이 옷을 더 이상 입고 있지 못하게 만든다. 사람은 몸과 정체성에 매달려서 가능한 생명을 붙들고 있으려고 한다. 강력한 힘에 밀려 떨어져 나가야만 우리가 알고 있는 모든 것에서부터 떠날 수 있다. 통증은 우리가 그렇게 생명에서 분리될 수 있도록 도와주는 강력한 힘이 될 것이다. 살겠다고 큰마음을 먹고, 있는 힘껏 싸우다가 육체적 고통이 극에 달하자 이내 결정을 바꾸는 사람들을 많이 봐왔다. 어떤 사람은 "다음에 어떤 일이 있을지 모르겠지만 틀림없이 이런 고통보다는 나을 거예요."라고도 했다. 그런 극심한 통증에 시달리는 사람에게는 죽음이 일종의 평안이 된다.

나는 내가 아끼는 사람들에게 고대 솔로몬 왕의 이야기를 들려주곤 했다. 왕은 자신의 조언자들에게 좋은 시절이나 나쁜 시절을 모두 견디는 데 무엇이 필요한지를 물었다고 한다. 많은 사람이 독약과 무기 등을 꼽았는데, 한 마술사만 달랐다. 그가 건넨 것은 소박한 반지였다. 그 반지 안쪽에는 "이 또한 지나가리니."라고 적혀 있었다고 한다.

사랑하는 가족이 고통에 시달리는 모습을 보고 있을 때 시간은 가장 느리게 지나간다. 끝날 것 같지 않고 도저히 참아낼 수 없을 것처럼 보여도 모든 통증은 결국 사라진다. 그러니 환자를 돌보는 당신이나 환자 자신이 고통을 조절하기 위해 할 수 있는 모든 일을 하라. 아무리 심한 통증이라도 눈물과 미소로 조절하면 오랫동안 견딜 수 있다. 그리고 기억하라, 이 모든 것도 결국엔 지나가리니.

PART 5

통증과 감정

사람은 누구나 통증에 대한
느낌과 감회를 자기 식대로
표현할 필요가 있다.

병원은 분노, 우울, 짜증, 불안, 적대감, 신경과민 그리고 두려움과 같은 부정적인 감정들로 꽉 차 있다. 이러한 감정이 생기는 대부분의 원인은 바로 통증이다. 질병에서 비롯된 육체적 통증과 그러한 육체적 고통을 악화하는 죽음에 대한 두려움에서 비롯된 심리적인 고통 때문에 부정적인 감정들이 생긴다. 환자들은 화가 나서 덤벼들거나 우울해져서 위축되는 반응을 보인다. 화는 운명에 저항하면서 도움을 애원하는 분노의 울부짖음이다. 우울증은 같은 고통에 대한 또 다른 형태로 반응을 보인다. 많은 사람이 즉시 통증을 완화할 해답을 신속하게 얻으려고 한다. 그렇지만 통증에서 빠져나오려면 그 통증을 관통하는 수밖에 없다.

화가 나 있고 통증이 심한데도 제대로 약물 치료를 받지 못하던 노인암 환자 비벌리는 의료진에게 통증이 예측한 대로 찾아오지도 않고, 그런 통증 때문에 계속 이렇게 사는 게 너무 비참하다고 불평했다. 의료진은 서로 속삭였다.

"조심해, 저 환자분. 아무 이유도 없이 우리를 방해할 거야."

비벌리는 의사들과 언쟁을 일삼고 간호사들에게는 고함을 지르고, 오더리들에게 모욕을 주거나 식판을 바닥에 내동댕이치고, 자원봉사자들이 눈물을 흘리게 만들었다. 사람들에게 얼마나 못되게 구는지 심지어 가족들도 되도록 병문안을 오려고 하지 않았다. 딸 역시 어머니가 하는 일이라고는 손주들에게 소리 지르는 것뿐이었기 때문에 아이들을 데려오지 않겠다고 맹세할 정도였다.

처음 비벌리를 찾아갔을 때 간호사들은 내게 그녀를 조심하라고 경고했다.

"정말 마녀 같다니까요."

나는 이런 경우를 여러 번 경험했다. 환자에 꼬리표를 붙이지 말라고 배우기는 하지만 의료인들은 간혹 환자에게 편견을 가지게 된다. 방금 전에 달갑지 않은 진단을 받았거나 통증이 있으면 기분이 나쁠 수 있을 것이다. 이유야 어찌 됐든 환자가 간호사의 뺨을 때렸다면 그 환자에게는 "화가 나 있고" "걸핏하면 불안해하는" "얼간이"라는 딱지가 붙는다. 인계받은 간호사들이 이 이야기를 들으면 가능한 한 그 환자를 피하려고 할 것이다. 그 환자가 '문제'의 인물이라는 사실을 알게 되면 의사는 되도록 짧게 형식적으로 환자를 만나려 하고, 그것만으로도 겁먹은 환자는 더욱더 속상해한다. 이런 악순환이 계속되어 환자는 외톨이가 되고 어느 때보다 겁을 먹고 화를 내고 만다.

어떤 환자는 화를 내기보다는 조용해지고 우울해한다. 사람들은 우울증이 삶을 포기한 증거라고 받아들이기 때문에 우울증에 걸린 환자를 꺼리는 경향이 있다. 의사나 간호사도 마치 나쁜 일인 양 "저 환자 우울해하고 있어."라고 속닥거리곤 한다.

생명을 위협할 만한 질병을 얻은 사람, 극심한 통증에 시달리며 익숙하고 사랑했던 모든 것에 작별을 고할 일을 곰곰이 생각하는 사람이 우울해지는 것은 지극히 자연스러운 반응이다. 그래서 의료인과 가족은 환자가 화를 내는 것도 염려해야 하지만 우울증 역시 조심해야 한다. 사람들은 우울증을 기피하면서 우울증에 빠져 있는 사람이 '기운을 차리도록' 도와주려고 애쓴다. 오히려 우울해하면 그대로 있게 해주고 인정해주고 시간을 줘야 한다. 주의 깊게 살펴보면서 자연스럽게 지나가도록 해주는 편이 더 좋다. 우울증을 '고치거나' 막을 수는 없다.

죽음을 앞둔 사람은 당연히 우울하다. 목숨이 오가는 위중한 병에 걸려 침대에 누워 있는 사람은 육체적 건강, 힘, 스스로를 돌볼 수 있는 능력 등 거의 모든 것을 잃은 상태다. 간호사가 소변 양을 측정하고 욕실을 드나들 때 도와주는데 이런 상황이 환자의 위엄을 훼손한다.

미래는 꿈도 꾸지 못한다. 아들이나 손주가 축구를 하고, 학교를 졸업하고, 결혼해서 자식을 낳고, 그 아이들을 결혼시키는 것도 보지 못한다. 남은 것은 느낌과 감정뿐이다. 화가 나고 두렵고 위축되고 우울하고 적대적이 되고 신경이 과민해지는 모든 현상이 환자에게 찾아온다. 따라서 그런 감정을 표현할 필요가 있다.

통증에 대한 두려움

어느 날 비벌리가 "새로운 통증이 찾아올 때마다 내가 무엇을 상상하는지 알 수 있겠어요?"라고 묻더니 이렇게 말했다. "매번 내가 왜 이런 고통을 받아야 하는지 참으로 알 수 없어 의아해하고 있어요. '암이 나빠지고 있는 걸까? 아니면 다른 암이 또 생긴 걸까?' '그도 아니면 다시 항암 치료가 듣지 않은 걸까?' '약의 용량이 떨어져서일까? 처방은 정확하겠지? 혹시 약에 내성이 생긴 건가?' '벨을 누르면 간호사가 올까? 간호사가 무언가 주기는 할지, 두 시간 기다려야 다음 약을 준다는 건 아니겠지?' '내 말을 믿기는 할까? 나를 그저 불평을 늘어놓는 사람으로 생각하는 것은 아닐까?' 이런 생각만 든다고요!"

통증이 생길 때마다 환자는 몸만 아픈 것이 아니라 그 이상으로 고통스럽다. 통증을 두려워하는 것은 자연스러운 반응이다. 의사가 통증을 완화해줄 수 없을까 두렵다. 통증을 장악하지 못해서 통증에 눌려 견딜 수 없게 될까 두렵다. 통증을 통제하지 못하게 될까 두렵다. 울게 될까 염려되고 겁쟁이 울보처럼 보일까 걱정스럽다.

임종을 눈앞에 둔 사람들을 돌보는 내내, 누구를 막론하고 어느 순간 두려움을 느끼지 않는 사람이 없다는 것을 알게 됐다. 통증은 스트레스다. 병원에 입원해 있는 것도, 생명을 빼앗아가는 병도 스트레스다. 이 세 가지를 합하면 결국에는 두려움밖에 남지 않는다. 그 두려움 때문에 통증은 더 심해진다.

통증과 두려움은 떼려야 뗄 수 없는 관계다. 불안이라고 부르는 경미한 두려움 때문에 안절부절못할 수밖에 없다. 불안하면 통증의 느낌이 더 강해져서 결국 명백한 두려움이 돼버린다. 통증도 있고 두렵기도 하다면 의사와 간호사는 약을 적게 쓰려고 하거나 두려움을 누그러뜨리기 위해 진정제 투여를 시도할 것이다. 환자가 아무리 많이 필요하다고 해도 의사들은 진통제를 더 주려고 하지 않을 것이다. 또는 환자의 상태는 감정의 문제이지 신체의 문제가 아니라고 생각해서 환자가 느끼는 통증을 과소평가할 수 있다.

담당 의사는 환자가 자신의 감정 그 자체를 논의하도록 노력해야 한다. 항불안제는 나름의 역할이 있지만 하나의 방법일 뿐이지 최선의 방법은 아니다. 의료진은 왜 통증이 생기는지, 어떻게 대처할지, 통증 조절을 위해 어떤 방법을 사용할지, 밤에 통증이 발생하면 어떻게 할지, 그러한 계획이 실패하면 어떤 상황이 되는지 그리고 다른 선택에는 어떤 것들이 있는지 등을 설명해줘야 한다. 즉 환자를 교육해서 통증에 대한 두려움을 줄이는 것이 최선의 방법이다. 상세하게 설명해주면 통증이 생겼을 때 환자가 혼자가 아니라는 점을 확실하게 알고 있기 때문에 불안이 줄어든다.

머리를 식혀주는 오락 활동 역시 불안과 두려움을 완화하는 데 도움이 된다. 사람들과 이야기를 나누고 라디오를 듣거나 텔레비전을 보거나 친구와 게임을 하거나 유행하는 우스갯소리를 재미있게 듣거나 하면 신경이 분산돼서 잠시나마 통증을 잊을 수 있다. 언론인 겸 작가인 노먼 커즌스(Norman Cousins)는 자신의 심각한 병을 스스로 치료하는 방법의 하나로 오래전에 방영된 코미디 영화를 보았다. 노먼의 목적은 스스로를 웃게 만들어 건강을 회복하는 것이었다. 이렇게 머리를 식혀주는 일이나 오락이 심리적 차원에서 통증을 악화시킬 만한 불안이나 두려움을 줄이는 작용을 하는 것인지, 아니면 통증을 차단하는 엔도르핀이나 그 밖의 다른 물질이 분비돼 몸에 작용하는 것인지는 확실히 알 수 없다. 아마도 몸과 마음에 동시에 작용하리라 생각된다.

통증을 줄이는 데는 호흡할 때 깊이 내쉬기, 기도, 명상, 시각화 등이 매우 도움이 된다. 심한 통증으로 고생하는 환자에게 "통증이 있는 곳을 느끼면서 깊숙이 호흡을 해보세요."라고 한 뒤 실제로 함께 해본 적이 있다. 그는 재빨리 이렇게 맞받아쳤다. "내가 야구 방망이로 당신 머리를 후려치면서 호흡하는 건 어때요?"

진심인지 그저 농담일 뿐이었는지 확실하지 않았지만 나는 "그렇게 해보세요. 그런데 방망이로 통증은 어떻게 처리할 생각이세요?"라고 물었다. 그는 방망이로 통증을 얼마나 세게 때릴지, 앞뒤 가리지 않고 어떻게 통증을 두들겨 패서 산산조각을 낼지 자세하게 설명해줬다. 실제로 그 연습은 통증을 줄이는 데 도움이 됐다. 환자는 기운이 없다고 느껴지는 상황에서도 어느 정도 힘이 생겼다고 했다.

통증 문제에서는 힘과 조절이 중요한 요인이다. 환자들은 자신의 건강, 몸, 생각하고 스스로를 돌볼 수 있는 능력을 잃을 것 같다고 느낀다. 그들은 무기력해지고 신체를 조절할 수 없게 될까 두려워한다. 그래서 교육이나 머리를 식히는 활동, 오락, 기도, 깊은 호흡, 명상, 시각화 등이 도움이 된다.

확신을 심어주는 것도 매우 중요하다. 나는 환자가 모든 것을 자유자재로 조절할 수 있다고 강조해주는 것이 가장 좋다는 사실을 알게 됐다. 환자가 자신이 겪고 있는 통증에 대해서 물어볼 때 종종 다음과 같이 말한다.

"이게 환자분이 복용하게 될 약입니다. 지금까지 다른 환자들에게서 효과가 상당히 좋았어요. 환자분에게도 잘 들을 것으로 확신합니다. 이 약으로 통증이 잘 조절되지 않거나 부작용이 있으면 다른 약도 많이 있습니다. 그리고 통증이 심해지면 용량을 늘릴 수 있어요. 여러 가지 방법이 있다는 뜻이지요. 어떤 일이든지 할 겁니다."

경우에 따라서는 몸과 마음의 고통과 싸우는 환자에게 교육을 하지도 못하고, 머리를 식히도록 해주지도 못하고, 확신을 심어주지 못할 때도 있다. 그저 내 손을 으스러지도록 잡게 놔둘 수밖에 없는 때가 있다. 그런데 바로 그렇게 하도록 해주는 것이 통증을 완화하는 데 대단히 효과적이다.

분노와 우울

마음에 상처를 입고 놀라서 스스로 생활을 조절하지 못하고 불운한 운명 앞에서 속수무책이 되면 가족, 친구, 의사와 간호사에게 달려들어 소리 지르고 때리고 모욕을 주고 사람들을 모두 밀어내는 환자도 있다. 이렇게 환자가 얼토당토않게 화를 내면 사람들은 으레 몸을 빼고 뒤로 물러나 서둘러 문제를 피하려 든다. 가족들은 잠시 왔다 가고 의사와 간호사는 꼭 필요한 일만 하려 든다. 이렇게 화를 내는 환자를 판단하거나 무시하기는 아주 쉽고, 환자가 왜 그러는지를 따져보는 것은 훨씬 어렵다.

화가 나 있는 환자들에게 왜 그렇게 미친 듯이 화를 내는지 이유를 물어본 적 있다. 처음에는 음식이 형편없다느니 직원들이 잘 돌봐주지 않는다느니 불평하는가 하면, 막 맞은 주사가 너무 아팠다거나 텔레비전 수신 상태가 엉망이라는 이유를 든다. 암 환자였던 비벌리도 비슷한 불평을 했다. 나는 온 마음을 다해 귀 기울여 비벌리의 불평을 들어주었고 화가 나는 문제를 계속 이야기해보라고 했다. 그러자 비벌리는 "내가 화가 나는 건 너무 상처를 받아서 그리고 모두가 나를 미워하기 때문이에요."라면서 울음을 터뜨렸다.

"나는 곧 죽을 거잖아요. 그래서 화가 나요. 정말 아무도 없잖아요. 나 혼자뿐이라서 화가 난다고요!"

몹시 화를 내는 사람에게 해줄 수 있는 최선의 배려는 이야기를 들어주는 것이다. 그리고 이때 그 사람이 느끼는 아픔과 두려움에 관해서 물어봐야 한다. 그들을 위해 무엇이든 해주고 싶다고 말해주면 좋다. 병을 낫게 해주거나 고통을 없애주거나 두려움을 잠재워줄 수는 없지만 그들의 이야기를 들어줄 수는 있다. 다른 사람이 내 이야기를 들어주는 것만으로도 통증이 줄어들 수 있다. 그렇게 하면 거의 대부분 화를 잠재운다.

통증 때문에 화를 내는 것이지 당신 때문에 화를 내는 것이 아니라는 사실을 기억하라. 공교롭게도 당신이 화를 낼 적합한 목표물이 됐을 뿐이다. 이 점을 이해할 수 있다면 환자와 함께함으로써 고통을 없애는 것을 도와줄 수 있다. 그렇지만 당신이 환자에게 처음 다가갈 때 그가 당신을 밀쳐내려고 할지 모른다. 그러면 내버려두되 당신이 먼저 환자를 밀쳐내서는 안 된다. 그 상태에서 헤어질 수도 있지만 여전히 연결돼 있을 수도 있다. 잠시 쉬었다가 다시 돌아가 보라. 직접 찾아갈 수 없다면 전화를 걸도록 한다. 환자와 함께할 수 있고 화내는 것을 이해할 수 있고 이야기를 들어줄 수 있다면 그것이 바로 환자를 돕는 길이다.

화를 내는 것은 사회적으로 금기시된다. 그렇지만 여러 연구에 의하면 화를 내는 환자들이 더 오래 산다는 사실이 확인됐다. 그런 환자들이 더 오래 사는 이유가 감정을 표출하기 때문인지 통증 조절과 처치를 더 많이 요구하기 때문인지는 경우에 따라 다르겠지만 분노가 행동을 유발한다는 것은 누구나 알고 있다. 또한 화를 내면 주변의 세상을 조절할 수 있다. 부적절하고 폭력적이거나 다른 사람을 학대하는 정도의 심한 분노가 아니라면 도움이 될 때도 있기에 그런 분노는 억눌러서는 안 된다.

우울증에 빠진 환자들은 많은 경우에 일상생활을 중단하고, 통증이 느껴질 때에 별로 말하지도 않고 보려고도 하지 않는다. 이런 상태에서는 환자가 그다지 불평하지 않기 때문에 의사와 간호사는 통증이 나아졌다고 생각하고 진통제 용량을 적게 처방하기도 한다. 오늘날의 의료 시스템에서는 불평하는 시끄러운 환자에게는 약을 주지만 조용히 있는 환자에게는 약을 주지 않는다. 병에 걸리거나 통증이 있을 때 슬프고 우울해지는 것은 자연스러운 반응이다. 우울증에서 벗어나는 방법은 슬픔을 헤쳐나가는 것이다. 건강을 잃고 움직일 수 없는 상황을 안타까워하는 시간을 보내면서 이제는 매일같이 통증과 싸워야 할지도 모르는 상황을 슬퍼하는 것이다.

그런데 우울증에서 벗어나고 싶어도 그렇게 할 수 없을 때에는 항우울제를 복용할 필요가 있다. 항우울제를 사용하면 아주 심한 우울증에서 벗어나는 데 도움이 된다. 또한 항우울제는 통증을 조절하는 수단의 또 다른 보조제로서 통증의 역치를 높이는 데 유용하다.

우울증 치료는 균형의 문제다. 조절되지 않는 우울증이 삶의 질을 떨어뜨리지만 않는다면 슬픔은 죽음을 맞는 과정에서 생길 수 있는 적절하고 자연스러운 현상이라는 사실을 인정해야 한다. 우울증은 지지와 심리 치료, 항우울제 투여를 복합적으로 적용함으로써 적절하게 조절할 수 있다. 환자가 담당 의사와 함께 자신에게 필요한 최선의 방법을 찾을 수 있다.

모든 감정은 적절하다

통증에 시달리는 환자를 지켜보는 일은 무척 불편하다. 타인이 고통받고 있는 모습을 보고 싶은 사람은 없으니 그런 상황에 처하면 누구나 당황한다. 환자가 '적절한' 방식으로 괴로움을 표현하지 않기 때문에 주변 사람들은 당황할 수 있다. 또는 환자가 통증에 점잖게 반응하거나 좀 참아주거나 아니면 통증이 진짜라는 것을 알 정도로 넌지시 말하기를 원할 것이다. 환자가 소리를 지르고 막말을 하거나 난처한 상황을 만들고 주변을 방해하는 것은 분명히 누구도 원하지 않는다. 그런데 괴성을 지르고 야유를 퍼붓는 것이 통증 환자의 정상적인 반응이다. 나는 극심한 통증에도 환자가 비명이나 고함을 지르지 않을 때 훨씬 더 놀란다. 그렇지만 우리 의료인들은 자기가 느끼는 '나쁜' 감정을 표현하지 않도록 철저하게 훈련받아 왔다.

환자를 돌보는 가족, 의사와 간호사는 환자가 자신이 느끼는 통증에 대해 말하는 것을 좋아하지 않을 수 있다. 그러나 어찌 됐건 환자가 느끼는 통증이므로 그 느낌과 감정을 환자의 방식대로 표현할 권리가 있다. 생명을 위협하는 고통스러운 질병으로 고생하고 있다면 화가 나고 우울하고 짜증이 나고 분노가 치밀고 겁이 날 것이다. 어떻게 느끼든지 다 옳고 그렇게 느끼는 것이 당연하다.

혹은 아무런 느낌이 없어도 괜찮다. 내 친구이자 의사였던 조지프는 삼촌이 폐, 골, 췌장에 암이 생겼다는 사실을 알고 난 후 내게 전화를 해서는 “굉장히 마음이 흔들릴 줄 알았는데 아무런 느낌이 없네. 삼촌에게 이 상황을 정확하게 이야기해주는 것밖에는 내가 할 수 있는 일이 없군. 내게 삼촌은 정말 중요한 사람인데 어떻게 아무런 느낌이 없을 수 있지? 이해가 되지 않아.”라고 말하기도 했다.

우리에게 감정이 엄습했을 때에 그 감정이 느껴지는 것이지 느껴야 한다고 생각해서 느끼는 것이 아니다. 조지프는 다른 사람을 잘 돌보고 자애롭다. 어쩌면 충격에 빠졌을지 모르고 입원해 있는 삼촌을 찾아가서는 다른 반응을 보였을지 모른다. 아니면 ‘나쁜’ 기분이 너무 불편해서 그런 기분을 스스로 받아들일 수 없었는지도 모른다. 나는 조지프에게 마음에 준비가 되면 울 것이고 마침내 그렇게 울게 될 때가 가장 적절한 시점일 거라고 말해주면서 조지프가 삼촌을 얼마나 사랑했고 안타까워했는지 상기해줬다.

무관심하고 부정하며 위축돼 아무것도 하지 않는 것은 모두 일시적으로 나타날 수 있는 반응이다. 적절한 때가 되면 이전과는 달리 또 다른 감정을 보여줄 것이다. ‘적절한’ 감정을 찾아내기 위해 여러 감정을 걸러내기보다는 여러 감정이 밀려오게 그저 내버려두는 편이 더 낫다. 조지프의 감정 상태에 관해서 엘리자베스 퀴블러 로스 박사와 이야기를 나누었는데 그녀는 간단하지만 단호하게 말했다.

“그 사람의 감정은 그 사람 거예요. 판단하려 하지 말고 그대로 두세요.”

나는 엘리자베스 퀴블러 로스 박사가 세상을 뜨기 전 몇 년 동안 얼마나 고통스럽게 지냈는지를 잘 알고 있다. 죽을 준비가 돼 있었지만 바로 위독해지지 않았고 그렇다고 병세가 호전되지도 않았다. 친구 입장에서 나는 로스 박사의 감정을 그대로 받아들이고 이야기를 들어주고 함께 있으려고 노력했다. 읽을거리, 좋아하는 음식을 가져가기도 했고 좋은 친구로 지냈다. 그녀는 아직도 자신이 살아 있는 것은 어떤 목적이 있기 때문이라는 말을 종종 하곤 했다.

어떤 경우에는 감정이 지나쳐서 감당하기 힘들 때가 있다. 사랑하는 사람이 조금씩 죽어갈 때 당신이 계속 곁을 지킬 수 없을 것 같다면 잠시 쉬면서 도움을 청해도 좋다.

도움을 받을 곳은 놀랄 정도로 많다. 생명을 위협하는 심각한 질병에 걸린 환자나 암 환자를 지원해주는 커뮤니티 그룹이 있을 뿐 아니라 가족, 친구 그리고 주변의 중요한 사람들을 도와주는 단체도 있다. 병원의 교목, 신부, 랍비, 사회복지사는 아주 훌륭한 인적 자원으로 그들에게 언제든지 물어볼 수 있다. 담당 의사나 치료사 역시 환자가 겪는 감정적 스트레스를 해결하는 데 도움을 줄 수 있다.

어쩔 줄 몰라 하는 사람들은 흔히 이렇게 말한다.

"재낵스나 안정제를 먹어볼까 하다가 그래서는 안 된다고 결심했어요." "학생 때 먹어봤던 약은 먹고 싶지 않아요." "재미로 약을 먹지는 않아요."

약물은 복용량뿐만 아니라 처방하기에 적절한 시점을 아는 것도 중요하다. 그래서 죽음에 대처한다는 것은 그때그때 여러 약물 중에서 적절한 종류와 양을 사용하는 것이라고 해도 과언이 아니다.

약물 중독 병력이 없다면 감당하기 어려운 슬픔과 불안을 느끼는 순간에 적절한 약물을 통해 도움을 받는 것이 옳다.

충격이 커서 아무런 느낌이 없어도 괜찮다. 너무 화가 나고 분노가 폭발할 정도고 슬프고 미칠 지경이거나 도움이 필요하다면 그런 상태도 역시 괜찮다. 어떻게 느끼든지 다 괜찮다.

상실이라는 고통

감정적 고통은 육체적 고통만큼 견디기 힘들다. 너무나 사랑하는 사람과 더는 아무것도 느낄 수 없을 거라는 영원한 이별보다 더 가슴 미어지는 일은 없다. 세상에 그런 슬픔을 치유해 줄 수 있는 묘약은 없다.

상실이 주는 고통은 날카롭고, 자제력을 잃게 만들며, 마음속에서 톱니바퀴 모서리가 찌르는 것처럼 아프다. 죽을 것 같고, 감정은 무뎌지고, 즐거움은 모조리 사라진다. 아무것도 할 수 없게 만들어 살아갈 의지마저 빼앗아간다. 상실이 주는 아픔이 어떤 모습이든지 그 아픔은 너무나 심하다. 죽음이 다가오고 있다면 알고 있었던 사람, 사랑했던 사람, 아꼈던 사람들 모두에게 어떻게 작별인사를 해야 할지 그 방법을 찾아야 한다. 죽음을 눈앞에 둔 사람 곁에 있게 되는 경우에는 그 사람을 잃는 아픔을 극복할 방법을 찾아야 한다.

육체적 고통은 쉽게 알아챌 수 있다. 어떤 여성이 팔에서 피를 흘리며 방으로 들어온다면 누구든지 하던 일을 멈추고 그 사람에게 필요한 것을 해주려고 관심을 집중할 것이다. 그렇지만 정서적 고통은 알아채기가 훨씬 어렵고, 더욱이 그 고통이 '오래된' 경우에는 이해하기가 훨씬 더 어렵다. 주변에서 누군가 자신의 친한 친구가 몇 년 전에 교통사고로 죽었다고 이야기한대도 진심으로 귀담아듣게 되지는 않는다. 하지만 만약 그 무서운 일이 일어났던 때로 돌아가 친구에게 어떤 일이 벌어졌는지 알 수 있다면, 우리는 새롭고 더 깊어진 차원에서 그의 마음을 이해할 수 있을 것이다.

임종 자리에서 상담을 할 때마다 상실의 고통이 얼마나 큰지, 그리고 얼마나 표면화되는지 알게 된다. 그럴 때 내가 해줘야 할 말은 "얼마나 마음이 아프신지 잘 압니다."일 뿐이다. 그러면 그들은 이야기하기 시작한다. 어떤 사람들은 짧게 이야기하고 다른 이야기로 넘어가 버리기도 한다. 뭔가 피하려 하는 것 같고 밝히지 않은 사실이 남아 있다는 느낌이 강하게 들면 나는 원점으로 돌아가 다시 말할 것이다. 그러나 대개는 새로운 주제로 넘어간다. 아픔이 너무 크고 감당하기 어려운 경우도 있어서 그럴 때에는 한 번에 조금씩만 건드릴 수 있기 때문이다.

고통에서 벗어나려면 고통을 통과하는 수밖에 없다. 직면하지 않겠다고 고집을 피우거나 회피한다면 반드시 겪어야 할 일을 뒤로 미루는 것이고, 슬픔은 커질 뿐이다. 고통을 피하고 싶고 느끼고 싶지도 않겠지만, 부정한다고 해서 사라지는 것은 아니다. 미룰 수는 있겠지만 그것은 문제를 지연하는 것일 뿐이다. 어떤 일이 일어나면 열린 마음으로 정직하게 겪어내는 것이 훨씬 좋다. 육체적 통증이든 마음의 고통이든 누군가에게는 그 아픔을 털어놓도록 해야 한다. 다른 사람의 손을 잡고 울어도 좋다. 고통의 강렬함 때문에 놀랄 수도 있다. 마치 벽에 낀 손가락을 빼낼 때처럼 무지막지한 통증이 몰려올 수도 있다. 하지만 당신은 살아남을 수 있다. 극복하고 앞으로 나아갈 수 있다. 중요한 것은 어떤 일이 일어나든 그 아픔에서 도망치지 말아야 한다는 점이다. 우리는 생각보다 강하고, 감당하지 못할 만큼 많은 고통이 주어지는 일은 결코 없기 때문이다.

베리 퍼킨스는 남편 앤서니를 영원히 떠나보내고 나서 내게 이렇게 이야기했다.

"그이가 세상을 떠난다는 것을 알고 나니 우리 아이들과 함께 누렸던 그 많은 아름다운 순간을 이젠 잃는다는 게 너무나 마음 아팠어요. 내게는 아주 큰일이었죠. 언제나 애들에게는 멋진 일들이 일어났거든요. '무슨 일이 일어난 거지? 그이는 어디 간 걸까? 왜 우리하고 함께하지 않는 거지? 이 모든 것에 고마워하고 애들을 행복하게 해주지 않는 걸까?' 하는 생각만 들었죠. 이제는 그이가 정말로 떠났다는 걸 알아요. 신을 믿고 앤서니가 더 좋은 곳에 가서 잘 지내고 있으리라 믿어요. 사후에 어떤 일이 있는지 모르지만 다 좋다는 것, 그리고 신의 계획이 있다는 걸 믿고 있어요. 하지만 그 전엔 분노를 다스리기 위해서, 용서하기 위해서, 이 엄청난 상실감을 극복하기 위해서 엄청 노력해야만 했죠. 내가 이런 이야기를 하는 게 사람들에게 도움이 된다면 좋겠네요. 사람들마다 슬픔을 다루는 각자의 방식이 있을 테니 아픔을 이겨낼 방법을 반드시 찾아야 해요. 그러지 않으면 그 아픔이 나중에 당신을 집어삼킬 테니까요."

만일 모든 노력을 했음에도 상실의 고통과 직면하지 않으려고 뒤로 미루거나 부정하고 싶다면 당신 자신을 용서하라. 지금은 더 이상 어떤 것도 느끼고 있지 않거나, 스스로 놓아 버리지 못하고 있다면 그냥 그렇게 하도록 하라. 당신은 혼자가 아니다. 나중에 당신의 아픔이 찾아올 것이고 그때 그 아픔을 견뎌내면 된다.

부모를 잃은 아이들은 여러 해 동안 자신의 아픔을 드러내지 않기도 한다. 우리는 죽음이 주는 아픔을 완전히 없애버리지 못한다. 만약 그 아픔을 충분히 경험한다면 상실의 고통과 직면했을 때 치유 불가능한 상처를 입지 않도록 예방할 수 있다.

통증을 넘어서

어느 날 오후 '골칫거리 환자'로 낙인찍힌 비벌리 부인과 이야기를 나눈 적이 있다. 뼈를 파괴하는 암에 관해서, 통증에 대한 두려움에 관해서, 죽음에 관해서 이야기를 했다. 이미 사용해본 적이 있는 근육주사, 정맥주사, 생체 피드백, 침 등 무엇이 하고 싶은지 의논을 했다. 자신은 미시시피 강변 시골 마을에서 자라 집안은 물론 그 동네에서 여자로는 처음으로 대학을 다녔고 "마을에서 제일가는 멋쟁이" 행크와 결혼했다고 했다. 결혼 생활 20년 동안 가족을 이루고 집을 장만했으며 사업도 일궜다. 남편 행크가 죽자 비벌리는 남편을 "강으로 데려와서" 미시시피 강에서 가능한 가까운 곳에 묻었다.

나와 비벌리가 함께 보낼 수 있는 시간이 끝나갈 때쯤 되자 그녀는 자신이 죽어가고 있다는 사실에, 또 그렇게 일찍 남편을 잃은 데 대해서 화를 내고 분노를 표현했다. 진정으로 남편을 보고 싶어 했으며 다시 볼 수 있기를 간절히 바라고 있었다. 나는 어찌 되든 어떤 식으로든 남편을 다시 볼 수 있다고 그녀에게 말해줬다. 그녀의 분노 아래 감춰진 두려움에 대해서 이야기를 나눴다. 그녀는 지금 견디고 있는 통증이 치료되지 않을까봐 무섭다고 했다. 그러고 나서 죽음의 슬픔에 대해서 말했다. 대화를 하면서 분노는 잦아들었고 멋있었던 삶의 추억이 되살아나면서 자신을 돌봐줬던 많은 사람을 다시 생각하게 됐다. 비벌리는 자신이 그렇게 화가 나는 것이 당연할 뿐만 아니라 화를 부적절하게 표현하면 그녀에게 몹시 필요한 사람들을 쫓아버린다는 사실을 깨달았다.

나는 병원 스태프들에게 무슨 일이 있었는지 말해줬다. 그들은 비벌리를 '고통받고 있는 여성'이 아니라 '고통스러운 존재'로 인식하고 있었다. 그래서 비벌리가 그렇게 화를 내는 것은 의료진을 향한 것이 아니었음을 확실히 알려줬고, 통증에 시달리는 환자로 봐주면 더 이상 '골칫거리'가 되지 않을 거라고 장담했다.

화와 두려움이 사라지자 비벌리는 덜 외로워했다. 시간이 지나 가족들이 전화를 걸어왔을 때 비벌리는 전화를 해줘서 얼마나 기뻐하고 있는지 가족들에게 알리려고 진심을 다해 노력했다. 그날 오후 가족들이 자기를 만나러 오기로 했다면서, 가족들 만날 생각을 하니 너무 기대가 된다고 했다. 다음 날 가족들과의 만남이 어떠했는지 알아보러 잠시 비벌리에게 들렀는데, 비벌리는 흥분해서 "어제 행크를 보았어요. 손녀 웃는 모습이 행크와 똑같아요. 그 애가 웃는 모습에서 남편을 봤어요."라고 기쁘게 말했다.

PART 6

영성의 필요성

우리는 누구나 영성을

추구할 필요가 있다.

그리고 자신만의 방식대로 죽음에 대한

느낌과 감정을 표현할 필요가 있다.

영성을 추구하는 것은 평화와 안정을 누릴 수 있는 곳을 찾는 일이다. 많은 사람이 생의 마지막 장에 접어들면 그런 곳을 찾기 시작한다. 종교나 각자 나름대로의 방식으로 또는 두 가지 방식으로 동시에 영성을 추구할 수 있다. 어떤 방식을 선택하든 심지어 그것이 '잘못된 방식'이라고 생각돼도 당사자의 선택을 존중하고 지지해줘야 한다. 이 마지막 탐험은 죽음을 앞둔 사람을 위한 일종의 통과의례인 것이다.

로널드와 셜리는 45년 전에 결혼해서 두 사람이 모두 60대 중반에 이르기까지 일생의 대부분을 함께 살아왔다. 로널드가 은퇴하고 얼마 되지 않았을 때 두 사람을 만났는데 부부는 교회를 더 자주 나가고 여행을 하고 뒷마당에 채소밭도 일구며 지낸다고 했다. 그러나 얼마 지나지 않아서 이 행복한 은퇴 생활에 문제가 생겼다. 로널드가 운동을 하거나 조금만 격하게 움직여도 숨이 차고 피곤해져서 20년 만에 처음으로 병원을 찾게 된 것이다.

안타깝게도 그들에게 나쁜 소식이 찾아왔다. 로널드의 심장동맥에 이상이 있어서 몇 주 안으로 혈관 세 군데에 우회수술을 하지 않으면 안 되는 상태였다. 부인 셜리는 수술 예후에 관한 이야기를 듣고 매우 놀랐고 사랑하는 남편이 죽을 수도 있다는 사실 때문에 무척 두려웠지만 그 와중에도 '작은 선물'을 받게 됐다고 말했다. 수술이 진행되는 동안 대기실에 함께 앉아 있을 때 셜리가 내게 말했다.

"이번 일로 둘이 함께 우리의 지난 삶을 되돌아봤어요 여태 한 번도 이야기한 적이 없는 일들에 대해서 대화를 나누고 서로의 행동에 대해 용서를 구하기도 했죠. 서로를 용서하고 인생이란 이런 것이라고 받아들이고 우리가 겪었던 모든 일에 감사해했답니다. 로널드는 자신의 삶이 언제라도 끝날 수 있다는 사실을 깨달으니 지금껏 품고 있었던 모든 원한을 버리고 싶다고 했어요. 사람들을 모두 용서하고 싶다고 했죠."

내가 "로널드가 그렇게 종교적인 줄은 몰랐네요."라고 하자, 셜리는 "그이는 집을 정리 정돈하고 처분하고 싶어 했어요. 삶을 즐기면서 내면의 평화를 추구하고 싶다고요."라고 대답했다.

다행히 로널드는 별 문제 없이 우회수술을 무사히 마쳤다. 곧 회복해 이전보다 더 활기차게 활동했다. 부부는 개를 한 마리 사서 산책을 다니고 텃밭을 일구고 교회에서 자원봉사 활동도 열심히 했다.

요세미티와 옐로스톤 등의 공원으로 여행을 떠나 자연과 인생을 만끽했다. 그리고 꾸준한 종교 생활을 통해 셜리의 말을 빌리면 "바보 같은 방식이 아니라 분노와 원한을 버린다는 뜻에서" 영성을 찾는 노력을 계속해나갔다.

여러 해가 지났는데 로널드와 셜리는 여전히 잘 지내고 있었다. 어느 날 저녁 로널드에게 다음 주말에 만나자는 전화를 했더니, 이제 막 저녁 식사를 하려던 참이었으니 식사 후 곧 다시 전화를 하겠다고 했다. 약 20분 후 로널드는 식탁에서 일어나 셜리에게 좀 더 식사를 하겠느냐고 물었고 셜리가 괜찮다고 하자 부엌으로 들어갔다. 그런데 접시를 내려놓는 순간 갑자기 심장마비가 왔고 그 자리에서 쓰러지고 말았다. 잠시 뒤에 셜리가 부엌으로 들어갔다.

"부엌문을 여는 순간 알았어요. 그이가 죽었다는 것을요. 바로 911에 전화하고 주저앉아 있는데 로널드의 영혼이 가슴속에 스며드는 걸 느낄 수 있었어요. 그이가 이제 평안하다는 걸 알았지요. 그렇게 있자니 눈물이 쏟아졌지만 그이에게 우리가 처음 만났을 때 얼마나 신났었는지 이야기해줬어요. 얼굴을 쓰다듬으며 우리가 만난 것을 얼마나 감사해하는지 속삭였죠. 지금까지도 부엌에서 로널드가 세상을 뜬 그때를 생각하면, 그이가 자신의 삶을 열심히 돌봤고 대부분의 경우 평안했다는 것을 알기에 마음이 편해요. 그리고 무엇보다 평화롭게 삶을 마감했기에 마음이 놓여요."

또 어떤 이들은 그리 전형적이지 않은 방식으로 마음의 평안을 얻는다. 월터와 매리언은 결혼한 지 37년째 된 부부로 월터는 소설가고 매리언은 회계사였다. 두 사람은 캘리포니아 샌타크루즈 외곽의 작은 마을에서 아들 셋을 두고 살고 있었다. 부부는 한 번도 떨어져 살아본 적이 없었는데 매리언은 15년 동안 산호세의 한 회계 회사에서 일했고 월터는 집에서 글을 써왔다.

어느 날 월터가 각혈을 했다. 서둘러 검사를 했는데 폐암 진단을 받았다. 일주일 후 시행한 수술은 잘 진행돼 종양은 완전히 절제됐다. 그러나 언제든 재발할 수 있다는 것을 월터는 잘 알고 있었다. 일생 처음 그는 무엇을 해야 할지 확신할 수 없었다. 뭔가 할 일이 있는지도 확실히 알 수 없었다. 하지만 지금까지 쭉 건강식을 먹었고 매일 아침 해변에서 조깅을 해온 월터였다. 그는 그저 앉아서 암이 재발하기를 기다리고 싶지는 않았다. 월터의 소설을 여러 권 편집해준 한 친구가 영성 상담을 해주는 사람에게 자문을 구해보라고 조언해줬다. 월터는 친구의 권유에 놀라서 “영성 상담? 뭘 하는 사람인데? 심리학자? 사회복지사? 목사? 수정 구슬을 들여다보는 건가? 향을 피우고 영혼과 소통하는 그런 거?”라고 물었다. 소개해준 친구는 “그런 게 아니야. 그 사람은 학위가 있는 것도 아니고 어떤 종파에 속해 있지도 않아. 그저 영적인 면에서 상담을 해줄 뿐이지.”라고 대답했다.

호기심이 많은 월터는 그 영성 상담사를 방문하기로 약속을 잡았다. 두 사람은 월터의 상태가 어떤지 이야기를 나누었고, 월터는 자신의 삶이 어떠한지 그녀에게 이야기했다. 영성 상담사는 월터가 생각해본 적 없는 질문을 던졌다. ‘여기에 왜 존재하는지 이유를 알고 있는가? 남은 인생이 얼마나 되는지 그 시간 동안 무엇을 하고 싶은지 알고 있는가? 당신은 이 세상에 무엇을 남기고 싶은가?' 그러면서 영성 상담가는 다음과 같이 설명했다.

"지금까지 당신은 당신 밖의 세상을 보면서 살아왔어요. 이제는 당신의 내면을 들여다볼 시간이에요."

이 모든 과정이 월터의 마음속에 울림을 일으켰다. 그리고 상담사에게 읽어야 할 책과 생각해봐야 질문들을 알려달라고 부탁했다. 실제로 어떻게 명상을 하는지도 보여달라고 했다. 시간이 지나면서 월터는 명상하고 영성에 관한 책을 읽는 데 더욱 매진했다. 매일 아침 최신 뉴스를 보느라 신문과 잡지를 읽던 아침 두 시간과 뉴스를 보던 저녁 두 시간을 명상과 영적 독서에 할애했다.

그런데 아내인 매리언은 점점 어리둥절해졌다. 결국 그녀는 남편에게 말했다.

"여보, 당신답지가 않아. 신문도 안 읽고 뉴스도 안 보다니. 당신은 뭔가 변화를 원하나 본데, 내가 보기엔 완전 딴사람으로 살고 싶은 것 같아. 영혼이 어쩌고저쩌고 하는 이런 일에 빠지지 않고도 걱정할 게 넘쳐나지 않아? 당신은 심각한 병이 있는데 이런 속임수 같은 짓에 시간을 쓸 수는 없잖아."

이때 월터의 반응은 매리언을 더 놀라게 했다.

"당신도 나하고 함께해볼 생각 없어?"

매리언은 그런 월터의 제안을 무시하면서 "난 내가 보고 느낄 수 있는 것만 믿을 거야."라고 답해줬다.

아내의 이런 강한 반대에도 불구하고 월터는 꾸준히 영성을 탐구해갔다. 그런 그의 영성 추구는 시간이 흘러 어느 순간 삶의 한 방식이 됐다. 겉보기에는 전과 다르지 않았지만 오랜 시간 동안 그의 마음을 차지하고 있던 경제적인 문제와 사회적인 지위에 관한 것들을 내려놓게 됐다. 결국 월터는 좀 더 평온하고 포용할 수 있는 내면을 갖게 됐다. 이런 사실들을 아내에게 이야기하자 매리언은 말했다.

"좋아, 이제 당신의 갈 길을 알게 됐으니 상담사를 만나지 않고 책도 그만 읽고 명상도 하지 않고 이 모든 이상한 일을 하지 않을 수 있겠네. 나는 당신이 이전처럼 살았으면 좋겠어. 사람들이 어떻게 생각할지도 걱정된단 말이야."

월터가 대답했다.

"여보, 이제 이렇게 사는 것이 내 삶이야. 이렇게 살면 앞으로 일어날 일을 잘 대처할 수 있어. 그렇다고 내 삶이 위협을 받는다는 뜻은 아니야. 우리의 신앙과 배치되는 것도 아니고, 내 삶에서 당신을 배제하고 싶지도 않아. 난 당신도 생각을 달리해서 조금이라도 나와 함께해주면 좋겠어. 그리고 다른 사람들이 어떻게 생각하는지는 관심 없어. 지금 나는 인생의 새로운 영역을 개척하는 거라고. 중요한 건 내가 어떻게 느끼는가야. 나는 이런 삶의 방식이 우리가 헤어지지 않고 더 가까워지는 길이 되길 바라."

시간이 흐르면서 매리언은 점점 더 깊어지는 남편의 영성에 관해서 월터는 물론 세 아들들과도 많은 이야기를 나눴다. 아들들은 아버지가 무엇을 하려는지 금방 이해했다. 결국 매리언은 그런 모든 것이 남편에게 도움이 된다는 사실을 깨닫기 시작했다. 1년쯤 더 지났을 때 매리언이 내게 말했다.

"남편이 영적인 삶을 살고 있어서 이제는 나도 기뻐요. 처음에는 '한번 그러다 말겠지, 그 정도면 괜찮아' 라고 생각했어요. 그런데 그이가 계속 그렇게 지내니까 당황했죠. 암 때문에 우리 삶이 이미 달라졌는데 더 이상의 변화는 원하지 않았거든요. 그렇지만 월터가 이전보다 더 행복하고 마음이 훨씬 평화로워졌대요. 내게 중요한 건 오직 그것뿐이거든요."

생명을 위협하는 병을 앓고 있는 사람들은 흔히 월터처럼 몸과 마음이라는 영역에서 영성의 영역으로 옮겨 갈 준비를 한다. 그러면서 자신의 삶을 점검해본다. 평생 벗어나지 못했던 것들, 다시 말해 돈, 지위, 아름다움, 재산 같은 것에 대한 미련을 버리게 된다. 좀 더 정확하게 말하자면 사랑, 용서, 평화와 같은 것을 추구하기 때문에 그런 것들은 더 이상 중요하지 않다.

사람들은 인생의 시간 대부분을 외면적인 것을 좇느라 써버리고 결국 병에 걸리거나 나이가 들어서야 내면을 들여다보게 된다. 그때서야 비로소 자신의 본성, 정신, 영혼을 점검하기 시작한다. 생이 끝나가면서 자신의 삶을 뒤돌아보고 다음에 어떤 일이 있을지 질문을 던지며 영성을 추구하는 것은 낯선 개념이 아니다. 누구든지 언젠가는 죽는다는 사실을 알게 됐을 때부터 인류는 이처럼 영성을 추구해왔다. 나의 생이 끝나가고 있음을 느낄 때 하게 되는 근원적인 질문이라면 다음과 같다.

- 이제 어디로 가게 되는가?
- 내가 해야 할 일을 다 마쳤는가?
- 병으로 몸이 망가져도 나는 온전한가?
- 나라는 존재는 어떤 형태로든 영원할 수 있을까?
- 지금 제일 중요한 문제인 평온을 어떻게 하면 얻을 수 있을까?
- 나는 진정 어떤 존재인가?
- 단순히 물리적인 몸 이상의 그 무엇인가?
- 영원히 살아 있을 영혼이라는 것이 정말 존재할까?

나는 그렇게 믿고 있다. 웨인 다이어(Wayne Dyer) 박사는 저서『당신의 신성한 자아(Your Sacred Self)』(1992)에서 "우리는 영적인 경험을 가진 인간이 아니라 인간적인 경험을 가진 영적인 존재다."라고 했다. 영혼은 육체가 더 이상 기능을 하지 않게 된 후에도 계속 살아갈 인간 존재의 특수성을 결정짓는, 영원히 계속될 우리 자신의 일부다. 방금 사망한 사람을 자세히 들여다보면 생명 에너지의 근원이 몸을 떠났다는 것을 느낄 수 있다. 그 에너지, 생의 원동력이 바로 영혼 또는 정신이라 불리는 것이다. 어떤 이들에게는 영혼이 존재의 핵심이고 또 어떤 이들에게는 신이 핵심이다. 그리고 생이 끝나감에 따라 사람들은 영원히 지속되는 영혼을 탐구하기 시작한다.

출생이 시작이 아니라 그저 계속되는 하나의 현상이듯이 죽음 역시 끝이 아니라 계속되는 현상이다. 몸은 이생에서 입고 있는 옷과 같아 몸의 형태로 이 세상에 왔다가 돌아가게 될 것이다. 그렇지만 영혼은 에너지이기 때문에 사라지지 않는다. 아인슈타인이 지적했듯이 에너지는 결코 만들어질 수도 없어질 수도 없다. 과거에도 현재에도 미래에도 언제나 한결같을 뿐이다.

'영성'이라는 단어를 사람들마다 다르게 받아들이고 있다. 영성을 더 높은 힘이나 더 깊은 자아를 인식하는 것으로 보기도 하지만 많은 사람이 신과의 조우로 받아들인다. 또 어떤 이들에게는 애정 어린 일들을 의미하기도 한다. 꽃이나 아이스크림 같은 애정의 대상이 아니라 사랑의 실천이나 사랑의 감정들 말이다.

영성을 추구하다는 것은 인생에서 겪는 어려운 일들을 사랑을 통해 평화로운 방식으로 바라보고 해결하려 한다는 뜻이다. 나를 욕보이는 사람이 없고 내 돈을 빼앗길 일도 없고 내 차 앞에 다른 차도 없는 산꼭대기에 앉아서 영적인 사람이 되기는 쉬운 일이다. 그러나 사람들이 죽고, 범죄를 저지른 자가 응징을 받지 않고, 동료들이 괴롭히고, 내가 바라는 것을 이룰 수 없는 세상에서 평화를 찾는 것은 전혀 다른 이야기다.

영적 화해의 다섯 단계

우리가 살아가는 모습은 각자의 신념 체계에 따라 달라진다. 사람들은 흔히 교육을 받으면 좋은 직업을 갖게 되리라고 믿는다. 돈을 모으면 굶주리지 않고 안전하게 지낼 수 있다고 믿는다. 올바른 식생활과 규칙적인 운동을 하면 건

강해질 수 있다고 믿는다. 약과 의료 기술로 질병을 치료하고 의사들이 우리의 목숨을 구해주리라고 믿는다. 그렇지만 아무리 유능하고 돈이 많고 건강한 사람이라도, 의사가 아무리 훌륭해도 영원히 살 수 없다는 사실을 알게 됨에 따라 어쩔 수 없이 이러한 신념은 약해진다. 죽음을 눈앞에 두면 가족, 친구, 재산, 지위, 기술, 사회 자체를 남겨놓고 떠나야만 한다는 현실을 깨닫는다. 그때가 되면 이 세상에는 규칙적인 변화와 이유가 있다는 사실, 모든 일이 일어나는 데에는 나름의 원인이 있다는 사실 그리고 우리의 삶이 의미가 있었다는 사실을 믿고 싶은 마음이 드는 게 당연하다. 우리가 알고 있었던 것을 모두 놓아버리지 않으면 안 될 때, 신념이 있다면 모든 일이 목적이나 의미 따위는 없다는 두려운 생각에서 벗어날 수 있다.

사랑과 평화라는 영적인 가치 안에서 평안과 믿음을 가질 수 있다. 특히 삶의 마지막 순간이 다가옴에 따라 그러한 영성은 삶에 의미와 질서를 부여한다. 철학이나 기술은 그런 귀한 것을 줄 수 없다. 다른 모든 것이 우리를 떠나야 할 때에도 영성과 신념은 남는다.

엘리자베스 퀴블러 로스 박사는 죽음과 대면하게 된 사람은 부정, 분노, 타협, 우울, 수용의 다섯 단계를 겪는다고 기술했다. 영성을 추구하는 과정에서도 비슷한 단계를 밟는다. 영성을 탐구하고자 하는 순수한 열망이 커지면서 표현, 책임, 용서, 수용, 감사의 다섯 단계를 경험한다.

서른이면 달라질 줄 알았다

이동귀 지음 | 값 16,000원

왜 난 쉽게 상처받을까?
관계에서 상처받는 섬세한 사람들의 공감 이야기

서른이란 바뀌어야 할 의무가 아닌, 바뀌지 않을 자유가 주어지는 때라는 희망의 메시지를 통해 자기다움을 포기하려는 모든 노력과 시도에서 벗어나 나와 타인의 차이를 인정함으로써 내 인생의 전문가는 오직 나뿐이라는 것을 깨닫도록 이끈다.

심연

배철현 지음 | 값 17,000원

하루 10분, 나를 깨우는 짧고 깊은 생각

이 책은 주옥같은 28개의 아포리즘과 서울대 배철현 교수의 깊이 있는 해석이 더해진 인문 에세이로, 고독, 관조, 자각, 용기로 이어지는 자기 성찰의 4단계를 제시한다. 매일 아침, 인생의 초보자가 되어 이 책을 읽다 보면 삶에의 열정과 용기를 얻을 수 있을 것이다.

신의 위대한 질문

배철현 지음 | 값 28,000원

인간의 위대한 질문

배철현 지음 | 값 24,000원

서울대 종교학과 배철현 교수가 던지는
궁극의 화두!

대통령은 없다

월러 R. 뉴웰 지음 | 박수철 옮김 | 값 18,000원

대통령이라면 갖춰야 할 10가지 조건은 무엇인가

대통령의 자격은 무엇인가? 역사는 어떤 대통령을 선택했는가? 이 책은 우리나라와 유사한 대통령제 정치 시스템을 200년 넘게 유지해온 미국의 역대 대통령에 대한 치밀한 평가를 내림으로써 대통령이 갖춰야 할 10가지 조건을 일목요연하게 제시한다. 이제 우린 어떤 대통령을 선택할 것인가.

애프터 유

조조 모예스 장편소설 | 이나경 옮김 | 값 16,000원

"내가 사랑에 빠진 순간, 그는 영원히 천국으로 떠나버렸습니다."

출간 즉시 베스트셀러에 오른 루이자와 윌의 두 번째 이야기. 누구보다 가슴 아픈 사랑을 했던 루이자가 윌을 잃은 슬픔에서 벗어나 용감한 삶을 향해 나아간다. 사랑의 본질을 통찰력 있게 그리는 로맨스의 여왕 조조 모예스가 세상에 없는 사람을 그리워하는 진한 그리움과 새로운 삶을 향해 나아가는 가슴 뜨거운 용기를 아름답게 엮어냈다.

니시우라 사진관의 비밀

미카미 엔 장편소설 | 최고은 옮김 | 값 14,000원

일본 660만 독자가 열광한
『비블리아 고서당 사건수첩』 미카미 엔, 2년 만의 신작!

백 년이 넘는 세월 동안 수많은 사람들의 삶을 기록해온 니시우라 사진관. 그곳에 남겨진 사진을 정리하면서 밝혀지는 비밀을 그린 소설. 미카미 엔은 '사진은 그 자체만으로도 하나의 이야기'라면서 언젠가는 오래된 사진관 이야기를 쓰고 싶었다고 밝혔다.

매직 스트링

미치 앨봄 장편소설 | 윤정숙 옮김 | 값 16,000원

"한 사람의 연주는 누군가의 인생을 바꿔요. 가끔은 온 세상까지도!"

『모리와 함께한 일요일』로 전 세계를 사로잡은 미치 앨봄의 감동 걸작. 엘비스 프레슬리, 비틀스, 듀크 엘링턴…… 음악계의 모든 스타들보다 찬란하게 빛났던 프랭키 프레스토의 평생에 걸친 화려한 일대기가 감동적으로 펼쳐진다.

부산행

NEW(넥스트엔터테인먼트월드) | 값 18,000원

전대미문의 비주얼이 펼쳐지는 신감각 스크린셀러!

탄탄한 시나리오를 바탕으로 리얼한 영화 스틸 이미지를 풍성하게 곁들여 영화의 박진감 넘치는 연출과 숨통이 조이는 긴장감, 완벽한 영상을 비주얼 노블로 새롭게 담아냈다. 연상호 감독 특별 인터뷰, VFX before&after, 아트 워크, 촬영 현장 이미지 등 특별한 부록으로 소장 가치를 한층 더 높였다.

빨강머리 앤이 하는 말

백영옥 지음 | 값 16,000원

추억 속 빨강머리 앤의 웃음, 실수, 사랑과 희망의 말들!

삶의 한가운데에서 기대를 잊고 실망에 지쳐가는 우리에게, 웃음과 위로를 찾아주는 빨강머리 앤이 하는 말! 백영옥은 유년시절의 추억에 깊이 새겨졌던 앤의 사랑스러운 말들을 다시 불러와, 일상 속 작은 행복을 아낌없이 누리는 법을 제안한다. 새로운 시작은 바로 곁에서 우리를 기다리고 있다고 전하는 책. 출간 즉시 베스트셀러!

빨강머리 앤이 하는 말 다이어리 북

백영옥 지음 | 값 16,000원

『빨강머리 앤이 하는 말』 15만 부 돌파 기념
스페셜 만년 다이어리 북 출시!

작가 백영옥이 우리 곁에 다시 가져온 추억 속 빨강머리 앤의 사랑과 희망의 이야기가 다이어리 속으로 들어왔다. 미소와 찡함을 나눌 수 있는 사랑스러운 앤의 말들과 함께 나만의 이야기로 페이지를 채워가는 다이어리 북이다.

마음청소

우에니시 아키라 지음 | 민경욱 옮김 | 값 14,000원

고민과 불안을 씻는 88개의 마음테라피!

처음의 설렘을 되찾는 감정청소, 대화청소, 관계청소, 좌절청소!
밀리언셀러 작가 우에니시 아키라가 제안하는 하루 7분, 인생을 바꾸는 21일 프로젝트. 이 책을 활용해 매일 마음 상태를 체크하고, 안내에 따라 작은 것에서부터 마음청소를 실천한다면 내일부터 일상이 변하기 시작할 것이다.

침묵의 기술

조제프 앙투안 투생 디누아르 지음 | 성귀수 옮김 | 값 15,000원

신중한 침묵이 있고 교활한 침묵이 있다!

말의 과잉시대, 침묵으로 말하라! KBS 〈TV책〉 선정 도서. 250년이 지난 지금도 끊임없이 재해석되는 '침묵론'의 대표 고전이다. 14가지 침묵의 필수 원칙, 10가지 유형의 침묵을 통해 자기통제의 수단이자 처신의 수단이 되는 '적절한 침묵'에 대해 구체적으로 제시한다.

표현

많은 사람이 분노 때문에 자신의 육체가 '사라진다'는 개념을 받아들이지 못한다. 사람이기 때문에 누구나 판단하고, 미워하고, 다른 사람을 비난하고, 분노하고, 어리석기 짝이 없게 행동한다. 그렇게 해도 괜찮은 때도 있지만 괜찮지 않은 때가 더 많다. 치유를 생각한다면 그런 것은 중요하지 않다. 치유되려면 금기시하는 것을 이겨내고 감정을 표현해야만 한다. 어머니가 나보다 언니를 더 사랑하는 것 같아 보일 때 언니를 질투한다고 말해서는 안 된다고 배웠을 것이다. 그렇지만 이제는 나를 대하는 태도 때문에 아버지가 밉다고 몸서리치며 말해볼 때가 됐다.

사람들은 자신의 '흉측한' 감정을 표현하면 벌을 받을 것 같아서 두려워하지만 사실은 그 반대다. 화를 풀면 마음의 평화라는 보상이 따라온다. 반드시 어머니나 아버지에게 미워한다고 이야기할 필요는 없다. 대신에 믿을 만한 친구에게 이야기하거나 허공에 대고 털어놓거나 베개에 대고 소리를 지르면 된다. 일단 그렇게 하면 분노에 찬 생각들이 사라지기 시작한다. 당신을 노예처럼 구속하던 미움이 사라진다. 어이없고 억울한 일이 있었다면 신에게 그 이유를 고백할 수도 있다. 그런데 신에 대한 분노가 문제를 일으키는 경우가 흔하다. 나는 각기 다른 종교를 가진 여러 사람과 일을 해왔는데 종종 신에게 화가 날 때 화를 내도 되는지 허락을 구하며 이렇게 말한다.

"어머니가 그런 극심한 고통에 시달리다 이 젊은 나이에 돌아가시게 됐는데 왜 신은 아무것도 도와주지 않죠?" "신이라면서 어떻게 우리 아버지가 연금을 사기당하게 두는 건가요?" "신이 있다면 어떻게 아내와 세 아이를 두고 이렇게 고통스럽게 죽도록 내버려둘 수 있을까요? 신이 그리도 잔인하고 냉담할 수 있는 겁니까?"

신에게 화를 낸다는 것은 절대 있을 수 없는 일이라고 생각하는 사람이 많다. 그렇지만 자신의 감정을 인정하지 않으면 치유될 수 없다. 나는 죽음을 앞둔 사람이 자신의 분노를 말로 표현하도록 도왔고, 심지어는 야구 방망이로 침대를 내리쳐서 분노를 표현하도록 한 적도 있다. 신은 우리가 사랑하기 위해서 자신의 감정을 표현하고 발산할 필요가 있다는 것을 충분히 이해한다.

환자라면 자신이 앓고 있는 질병을 두고 부정적인 감정에 사로잡혀 옴짝달싹 못할 수도 있을 것이다. 마리안느 윌리엄슨은 저서 『사랑의 기적(A Return to Love)』(1992)에서 자신이 앓고 있는 병에게 편지를 쓰는 방법을 소개하고 있는데 나와 함께 일하는 사람들 중에 그 방법이 대단히 효과적이라고 하는 사람이 많다. 그런 방법을 참고해서 글을 쓰면 깊은 내면의 영적 자아를 만나는 데도 도움이 된다.

내 환자들이 "암에게" "백혈병에게" "에이즈에게" 편지를 쓴 적이 있다. 그 편지를 통해 환자들은 병에 대한 자신의 분노를 말하고 자신에게 일어난 일에 대한 감정을 털어놨다. 어떤 이들은 질병에게 떠나라고 했지만 어떤 이들은 함께 잘 지내보자고도 했다.

책임

흔히들 생명을 위협하는 병에 걸리면 삶의 질에 대해 다시 생각해보게 된다. 달리 말하자면 병으로 인해서 사람들은 자신의 행동과 생각과 생활에 책임을 다할 수 있게 된다. 그들은 병 탓을 해서는 안 되고 죽음에 이른다고 해서 그것이 실패를 뜻하지 않는다는 사실을 알고 있다. 또한 살면서 생긴 모든 일에서 자신이 일정 역할을 했다는 것도 이해하고 있다.

어느 날 갑자기 발견된 췌장암 때문에 살날이 얼마 남지 않은 하비는 '책임'에 대해서 새로운 눈을 뜨게 됐다.

"내게 무슨 문제가 생기면 나는 다른 사람들 탓을 하곤 했어요. '전처 때문에 결혼 생활이 망가졌어.' '말썽꾼 동업자는 자기밖에 몰라.' '친구라는 인간이 나를 배신하다니!'라고 말하곤 했지요. 그렇지만 이제 내게 일어났던 모든 나쁜 일을 쭉 돌아보니 한 가지 공통점이 있다는 것을 알게 됐어요. 바로 나! 그 모든 일에 내가 관여돼 있었던 거예요. 아내는 우리의 결혼이 원만하도록 노력하지 않고 도망갔고, 동업자는 이기적인 작자였죠. 친구라고 해서 늘 내 생각 같지 않았던 것은 분명합니다. 그런데 그 사람들을 선택했던 것은 바로 나였어요. 그건 말이지요, 단순히 그 사람들의 잘못이 아니라는 뜻이에요. 내가 결혼에 실패한 것이고, 내가 최고의 동업자도, 좋은 친구도 아니었던 거죠. 그리고 내 인생은 내가 책임을 져야 한다는 것을 알게 됐어요. 희생양인 것처럼 살고 싶지 않고 원망만 하다가 죽기는 더 싫습니다."

하비는 다른 사람들의 잘못 때문이라고 탓하지 않고 자신에게 일어난 모든 일에 자신이 책임을 지는 법을 배우게 됐다.

용서

병이 전신으로 퍼지고 심장이 더 이상 뛰지 않으면 결국 우리의 사고 능력도 멈추게 된다. 그렇게 우리의 싸움, 억울한 일들, 모든 판단이 끝난다. 싫건 좋건 더 이상 현실에 존재하지 않기 때문에 다툼은 끝날 것이다. 죽어가는 사람은 이 모든 것을 직관적으로 이해하기 때문에 만나는 사람 모두에게 용서를 구한다. 용서한다는 것은 잘못된 행동을 받아들인다는 뜻이 아니다. 미움과 상처의 굴레에서 벗어날 수 있다는 뜻이다. 15년 전에 나를 속인 누군가를 용서할 때에는 사람들의 마음을 아프게 한 것이 괜찮다고 말하려는 것이 아니라, 당신이 실수한 것을 이해한다고 말하려는 것이다. 나도 실수하고 우리 모두가 실수를 저지른다. 용서하면 더 이상 그 한 번의 실수로 당신이나 우리의 모든 관계를 규정하는 일은 없을 것이다.

용서하지 못하는 것은 속을 드러낸 상처와 같다. 사람들은 온전한 개체로서 죽음을 맞고 싶기 때문에 자기 자신과 다른 사람을 용서한다. 용서의 힘이 얼마나 강력하게 작용하는지 곁에서 목격할 때마다 놀라움을 금치 못한다. 나는 30년 동안 말을 나누지 않던 두 자매가 그들 중 한 사람이 죽음을 눈앞에 두게 됐을 때 30년 전에 일어났던 어떤 일에 대해 마침내 서로 용서함으로써 둘도 없는 친구가 되는 모습을 봤다. 종교를 버리고 결혼한 아들을 저버렸던 부모가 자식과 다시 만나는 모습을 보기도 했다. 이 가족은 아버지에게 병이 생겼다는 것을 알고 나서야 비로소 함께할 시간이 얼마 남지 않았다는 것과 화해할 수 있는 유일한 길은 용서뿐이라는 사실을 깨닫게 됐던 것이다.

나는 용서가 얼마나 강한 힘인지 마하트마 간디와 한 힌두인의 감동적인 이야기를 듣고 다시금 깨달았다. 1940년대 인도는 영국으로부터 독립을 준비하고 있었다. 이때 일어난 종교 전쟁에서 한 힌두인이 무슬림 손에 아들을 잃었다. 비탄에 빠진 힌두인이 역시 힌두인인 간디를 찾아가 "내 아들을 죽인 무슬림을 어떻게 하면 용서할 수 있을까요? 그 사람에 대한 원한이 이토록 깊은데 어떻게 다시 마음의 평화를 찾을 수 있을까요?"라고 물었다. 그러자 간디는 그 사람에게 고아가 된 무슬림 남자아이를 데려와 아들로 키우면 어떻겠느냐고 제안했다. 원한을 이길 수 있는 것은 용서뿐임을 일깨워준 것이다.

사람들은 자신에게 해를 입힌 사람을 용서하면 그 사람의 잘못된 행동을 용납했다고 받아들일까 봐 염려한다. 그러나 용서는 나 자신을 위해서 하는 것이며 그렇게 자신을 용서하면 불행의 원인이었던 지긋지긋한 싸움을 청산할 수 있다. 나는 용서하기를 주저하는 이들에게 자신을 벌주는 것은 우리가 할 일이 아니라고 말해준다. 그러면서 미움의 홍수 속에서 허우적대다 죽고 싶으냐고 묻는다. 한 사람의 마지막 행동은 그를 사랑하는 사람들의 뇌리에 남을 또 하나의 기억이 될 것이다. 세상을 떠나는 마당에 미움과 원한을 품고 가려는 사람은 별로 없다. 누구나 친절하고 유쾌한 사람으로 기억되길 바랄 것이고 그럴 수 있다.

다른 사람을 용서하는 것만큼 스스로를 용서하는 것은 영적 성장의 중요한 부분을 차지한다. 대부분의 사람은 사소한 것이든 대단한 일이든 자신이 잘못한 모든 일을 기억하면서 과연 자신이 용서받을 수 있을지 걱정하고 결국에는 스스로에게 엄격하게 군다. 나는 그런 사람들에게 자신을 용서할 수 없을 것 같다면 신이나 어떤 강력한 존재에게 도움을 청해야 한다고 말해준다. 용서받지 못한 채 세상을 떠날 수도 있지만 그것은 하나의 선택이다. 물론 그렇게 죽는 경우도 있으나, 많은 사람이 용서를 통해 내적 평화를 얻는 쪽을 택한다.

수용

병실에 누워 죽어가는 자기 아버지의 어깨를 부여잡고 "아버지! 병과 싸우세요! 싸우시라고요! 평생 그랬듯이 이 병과 싸워 이기셔야지요!"라고 외치던 마흔둘이 된 건장한 은행가가 생각난다. 많은 사람이 흐느껴 울며 "이렇게 젊은데 어떻게 죽을 수가 있어요?" "너무 좋은 사람인데 이렇게 죽어야 하다니 불공평해요!"라고 말했던 것을 기억한다. 오늘날은 기술의 발달로 망가진 물건을 쉽게 고칠 수 있는 세상이 됐다. 그래서일까? 사람들은 우리 모두가 언젠가 '끝이 나도록' 정교하게 설계됐다는 사실을 잊고 있다. 그 끝에 도달하면 고칠 것이 없어진다. 낙관주의와 불굴의 정신은 좋지만 어느 시점에는 그 낙관주의가 상황을 부정하는 결과를 초래한다. 불굴의 의지가 필요한 상황에서는 환자 스스로 기꺼이 싸우는 것이 중요하다. 그러나 우리 모두 어느 시점에는 싸움을 멈추어야, 즉 더 이상 죽음을 적으로 취급하지 말아야 한다. 포기하는 것이 아니다. 말이 가려는 방향으로 타고 가는 것처럼 일어나고 있는 일을 수용하는 것이다. 일단 죽음의 마지막 과정이 진행되면 아기가 산도를 빠져나오는 것을 산모가 막을 수 없듯이 죽음의 과정도 우리가 멈출 수 없다.

그렇게 죽음을 수용했다고 해서 죽음을 좋아할 필요는 없다. 흔히 사람들은 무언가를 받아들인다는 것이 그것을 좋거나 호감을 느낄 만한 것으로 만드는 것이라고 생각한다. 그러나 나는 감정은 소유할 수 있고 일어나는 일은 수용할 수 있다고 생각한다. 죽음을 앞둔 사람이 정직하게 "나 죽고 싶지 않아."라고 말하면서도 자신이 죽어가고 있다는 사실을 받아들일 수 있다고 믿는다.

삶이 끝난다는 사실을 받아들이는 것은 영적 성숙을 향한 과정에서 가장 어려운 일일 것이다. 특히 영적으로 '미성숙'할 때는 죽음을 수용하기 어렵다. "그 사람 너무 젊었는데." "그 여자, 절대 포기하지 말았어야 했는데." 또는 "절대 해서는 안 되는 일이 너무 많았어." 등등 사람들은 마치 그들의 삶이 불완전했다는 듯이 말할 것이다. 한발 떨어져 지켜보는 입장에서는 그렇게 보일 수도 있다. 백혈병으로 죽어가는 다섯 살짜리 어린아이나 유방암으로 쓰러져가는 서른다섯의 젊은 여자가 완벽한 삶을 살았다고 한다면 수긍하기 어려울 것이다.

그러나 모든 삶은 완벽하다. 삶이 완벽하기 위해 필요한 조건은 오직 두 가지뿐이다. 바로 탄생과 죽음이다. 가족, 직업, 적정한 삶의 기간이 없다면 완벽하지 않다고 할지 모르지만, 좋든 싫든 탄생과 죽음이 삶을 규정한다. 열여덟 살의 낭성섬유증(Cystic Fibrosis, 유전자 결함에 의한 희귀질환) 환자가 역시 같은 질환을 가진 열일곱 살 환자와 결혼했는데 그녀는 자신의 삶이 완벽했다고 느낀다고 했다. 한편 암으로 투병 생활을 한 열두 살 소년은 어른이 되는 것을 꿈꾸지 않는다고 했다. 자신은 그런 것을 계획해본 적이 없다고 말이다. 그런가 하면 서른다섯 된 낭성섬유증 환자는 "이 병을 앓으면서는 20대를 넘기기가 어려운데 나는 여러 해 더 살았다는 것 잘 알고 있어요."라고 말한다. 사람들이 원하는 것은 참으로 많다. 시간이 좀 더 있었으면, 기회가 더 많이 주어졌으면, 여러 가지 경험을 더 많이 했으면 등등. 그렇지만 그런 바람이 충족되지 않았다고 해서 삶이 불완전했다는 의미는 아니다.

감사

자신의 감정을 표현하고 모든 것에 책임을 지며 자신과 타인을 용서하고 지금 일어나고 있는 일을 받아들이면 영적인 여행에 들어선 사람은 자신의 삶에서 최고의 시절과 심지어 최악의 시절까지도 깊이 감사하게 된다.

최악의 시절을 고마워하다니! 하지만 바람피운 남편 때문에 고생한 적 있다는 한 여성 환자는 부부가 함께 보냈던 좋았던 시절과 자식들에게 고마워한다고 말했다. 사업을 시작하고 얼마 되지 않아 1만 달러 사기를 당한 적이 있는 어느 여성 환자는 "1만 달러로 교훈을 얻었으니 고맙지요. 내 친구들은 훨씬 나중까지도 그런 교훈을 얻지 못하고 더 심하게 당했거든요."라고 말했다. 마크(42세)는 열다

섯에 사고로 실명했고 지금 림프종으로 죽어가고 있지만 여전히 세상의 색을 기억하고 있다면서 파란색이 제일 좋다고 했다.

"태어날 때부터 시각장애를 가진 사람들이 있지요. 그 사람들은 파란색을 모르잖아요. 그런 걸 생각하면 너무 감사하죠. 파란색을 마음속으로 그려볼 수 있으니까요."

에이즈로 몸이 깡마르고 황폐해진 아들 에릭(32세)을 곧 떠나보내야 하는 그의 어머니는 그렇게 예쁜 아들을 주신 것에, 또 서른두 해 동안 함께 있게 해준 데에 신에게 감사 기도를 올렸다.

표현, 책임, 용서, 수용, 감사. 이 모든 과정을 통해 화해가 이루어질 수 있다. 수많은 사람이 이 단계를 거쳐 영적 성숙의 길에 들어선다. 그리고 그렇게 해서 얻은 평화는 영혼의 치유제가 된다.

영성이 우리에게 주는 선물

건강한 사람들은 암이나 다른 몹쓸 병에 걸린 사람이 자신은 '선물'을 받았다고 말하면 대부분 매우 놀란다. 물론 병이 선물일 수는 없다. 그렇지만 우리가 기대하지 않았던 좋은 것들을 누리게 해준다. 무엇을 경험하느냐에 따라 마음이 더 넓어지기도 하고 다소 좁아지기도 한다. 생명을 위협하는 병을 맞닥뜨리게 되면 사람들은 누구나 자신의 인생을 뒤돌아보고 부정적인 생각들을 떨쳐버리고 사랑, 용서, 감사, 평화를 떠올린다.

영성은 어느 누구도 되돌려달라고 하지 않는 선물이다. 나는 여러 해 동안 나이와 배경을 불문하고 생명을 위협하는 병을 경험한 모든 사람들과 그 선물을 함께 나눠왔다. 다음은 그들이 남긴 메시지다.

"생명이 위태로워지자 삶 자체가 선물이었다는 것을 알게 됐어요. 삶이 내게 빚진 것이 아니라 진정한 선물을 준 거예요."

"죽음에서 평화를 발견했기 때문에 살아가는 게 두렵지 않아요. 이제 내게 삶은 죽을 때까지 즐길 모험인 거죠."

"삶은 살아볼 만하다는 걸 알았어요. 너무 심각하게 받아들일 필요가 없더라고요."

"나 자신에게서 새롭고 더욱 독창적인 정체성을 발견했어요. 그건 내가 이룩한 것에 의해서가 아니라 나라는 사람에 의해 정해지는 것이지요. 나는 존재만으로도 완전한 인간(human being)이지 무엇인가를 이뤄야만 완전해지는 인간(human doing)은 아니거든요."

"업적이나 실패를 가지고 스스로를 규정하지 마세요. 대단했든 형편없었든 삶에서의 그 모든 순간은 그저 그때뿐입니다. 내가 업적이나 실패 자체라고 할 수 없고, 그것들이 스스로를 규정하지도 못합니다."

"나는 지금 이 순간 바로 여기에 살고 있어요. 더 이상 미래를 기대하지도 미래로부터 숨으려고도 하지 않아요."

"부정적인 생각을 흘려보내면 지금 여기에서 사랑과 행복을 발견하게 됩니다."

"나 자신이 참으로 특별한 존재라는 사실을 알게 됐어요. 나처럼 이 세상을 보고 경험한 사람은 어디에도 없었고 앞으로도 없을 겁니다. 백만 년이 지나도 나와 똑같은 사람은 결코 없을 거예요."

"무엇이 정말 중요한지 이제 알아요. 그래서 내가 맺은 인연을 더욱 소중히 생각하게 됩니다. 우리에게 무엇이 진짜이고 무엇이 중요한지 서로 대화를 나누죠. 서로를 더 많이 알아가고 있어요. 사랑하는 사람들과 더욱 가까워지고 있습니다."

"삶의 목표를 찾았어요. 남은 시간 동안 무엇을 하고 싶은지 결심이 섰습니다. 내 인생에 의미가 있는 일과 내 심장이 노래하도록 만들어주는 일을 할 겁니다. 그리고 글을 쓰고 자원봉사를 하고 연기도 하고 부모가 되겠어요."

"이제 난 더 이상 삶의 노예가 아닙니다."

"나 자신과 다른 사람들을 용서했어요. 스스로가 더 좋아졌고 다른 사람들과 더 큰 사랑으로 맺어지고 있어요."

"드디어 평화를 찾았습니다."

목숨을 위태롭게 하는 병에 걸리면 많은 사람이 이런 선물을 받는다. 병에서 회복된 사람들은 이런 선물이 죽음을 앞둔 사람을 위한 선물일 뿐만 아니라 살아 있는 사람들에게도 선물이라고 했다. 영국의 극작가이자 소설가인 조지 버나드 쇼(George Bernard Show)는 『인간와 초인(Man and Superman)』(1903)에서 살아 있는 사람이 영성을 찬양할 수 있음을 보여줬다.

이것이 바로 삶의 기쁨이다. 전능한 존재로서 자기 자신이 깨달은 목적을 위해 사용되는 존재. 이 세상이 자기를 행복하게 만들어주지 않는다고 투덜대는 어리석고 이기적인 불평불만 덩어리가 아니라 자연의 힘이 되는 것. 내 삶은 전 인류의 공동체에 속하며 살아 있는 동안 내가 무엇을 하든 세계 공동체를 위해 그것을 하는 것이 나의 특권이라고 생각한다.

내가 세상을 뜰 때 온전히 소진되기를 소망한다. 열심히 일하면 할수록 더 많이 산 것이 되기 때문이다. 나는 삶 그 자체를 누리고 있다. 삶은 내게 '잠깐 타오르는 촛불'이 아니다. 삶은 잠깐 동안 쥐고 있는 활활 타오르는 횃불이다. 나는 그 횃불이 다음 세대에 전해지기 전에 최대한 밝게 타오르게 하고 싶다.

1973년, 어머니가 뉴올리언스의 한 병원에서 무의식 상태로 계셨을 때 간호사였던 사촌 누나 실비아가 보스턴에서 방문한 적이 있었다. 실비아 누나, 나 그리고 아버지는 로비에 모여 두 시간마다 허락되는 10분간의 환자 면회를 기다리고 있었다. 누나는 며칠을 머물면서 어머니와 시간을 보내고 돌아갔다. 몇 년이 지난 후, 나는 누나에게 물어봤다.

"누나는 간호사였으니 어머니가 돌아가실 걸 알고 있었겠네?"

"그럼. 잘 알고 있었지."

"그런데 왜 우리에게 말해주지 않았어?"

"네가 물어보지 않았잖아. 게다가 이모가 곧 돌아가시겠다는 말을 하려 해도 너와 이모부가 그런 얘기를 할 마음의 준비가 돼 있지 않다는 걸 너무나 잘 알겠더라. 그래서 그런 문제를 너하고 이야기하는 것은 내 몫이 아니라고 생각했지."

물론 누나의 말이 옳았다. 마음의 준비가 돼 있지 않은 사람에게 사랑하는 사람이 죽어가고 있다고 말해주거나 작정을 하고 임종 문제로 대화하려는 것은 우리가 할 일이 아니다. 받아들일 준비가 돼 있는 정보만을 줄 수 있고 그 정보는 받아들이는 사람의 영적 수준과 이해의 깊이에 따라 달라진다.

우리는 저마다 자기 방식과 속도에 따라 영성을 찾는다. 무언가를 수용한다는 것은 영성을 발견하는 다른 사람의 속도를 수용한다는 뜻이기도 하다. 그 속도가 너무 빠를 수도 있고 너무 느릴 수도 있다. 그렇지만 그 과정을 방해하지 않는 것이 중요하다. 실비아 누나는 아버지와 내가 최선을 다해서 견디고 있다는 것을 잘 알고 있었고 현명하게도 방해하지 않기로 했다. 우리 두 사람이 어머니의 상태에 대해서 제대로 알려는 마음이 생기면 먼저 물어보리라는 것을 잘 알고 있었던 것이다. 옛말에도 있듯이 알고자 하는 마음의 준비가 되면 누군가 나타나 알아야 할 것을 말해준다.

영성의 한계

앞서 언급한 적 있는 동료 로버트가 최근에 내게 "새로운 혹이 발견됐어. 당장 항암 치료를 시작해야 하고 아마도 수술도 받아야 할 것 같아. 다 나았다고 생각했는데. 영적으로 내가 공부가 덜돼서 그런 걸까?"라고 물었다.

어떤 사람들은 영적으로 충분히 성숙하면 병을 완치할 수 있다고 믿는다. 그런데 그건 기적이지 영성이 아니다! 영성이 병을 치유하지는 않는다. 영성이란 죽음을 앞두고 있으면서도 나 자신을 찾고 다른 사람들과 그리고 삶과 다시 연결되는 것이며 평화를 찾는 것이다. 로버트의 경우를 비춰볼 때 우리가 배울 수 있는 교훈은 모든 것을 있는 그대로 받아들여야 한다는 것이다. 로버트가 잘못한 일은 아무것도 없다. 그저 생각한 대로 일이 풀리지 않았을 뿐이다.

내면의 평화를 찾고 자신과 다른 사람을 용서하고 조용히 마음을 가라앉히면 몸에도 도움이 된다. 그렇다고 영성이 병을 낫게 해주지는 않는다. 그리고 병에 걸렸다는 것이 어떤 잘못을 했다는 의미는 아니다. 진정한 영성이란 잘못을 탓하고 잘못을 찾아내는 것과 관련이 없다. 진정한 영성은 사랑에 연결돼 있고, (당신이 존재한다고 믿는다면) 신에게 연결돼 있으며, 몸이나 건강 또는 질병을 넘어서 자신의 가장 순수한 그 어떤 영역에 닿으려는 것이다.

영적인 죽음

죽음과 마주하는 사람에게 영성은 특별한 매력이 있으며 영성으로 인해 많은 사람이 편안하게 생을 마무리한다. 그렇지만 평화롭고 고요하게 죽음을 대면하는 일이 언제나 쉬운 것은 아니다. 다음 편지를 보면 그 길이 얼마나 어려운지 그러나 궁극적으로 얼마나 보람이 있는지 알 수 있다. 빌이라는 필명으로 쓰인 이 편지를 함께 읽어보자.

친구들에게

6개월쯤 전에 입원해 있으면서 내가 곧 죽을 거란 사실을 확실히 알게 됐어. 에이즈에 암에 폐렴에, 이 모든 것이 내 목숨을 앗아가려고 덤벼드는 듯했지. 그때는 죽어서 지옥에 갈지 모른다는 생각과 정말 그렇게는 되고 싶지 않다는 생각에 너무 두려웠어. 그런데 그런 일은 벌어지지 않았고 그때 이후로 모든 것이 내게는 귀한 선물이 됐어. 그리고 놀랍게도 치유되기 시작했지. 몇 달 동안 약물 치료를 받았고 또 몇 달 동안은 전인적 치료(통증 치료뿐만 아니라 정신적 · 육체적 치료를 병행하는 것-옮긴이)를 받았으며 또 그다음 몇 달은 나의 영성을 깨우기 위해 수련했어. 그리고 마침내 나는 자유로워졌지.

나의 연인이 든든하게 지지해줬고, 영성 가이드, 명상 파트너, 여러 달에 걸친 모임, 좋은 친구들의 지원 그리고 내 마음속에서 일어난 많은 일이 나를 평화롭게 해줬지.

그 여러 달 동안 내게 치유란 몸을 낫게 하는 과정이었고, 그것을 위해 최선을 다했다는 사실이 뿌듯해. 몇 달 동안 건강도 상당히 좋아졌고 기운도 차리게 됐어. 그때는 나의 치유력으로 병을 없앨 수 있다고 확신에 차 말하기도 했지. 물론 여전히 그런 치유력을 믿고는 있지만 몸 상태가 건강을 낙관했던 내 생각을 부정해야 할 정도로 나빠지고 보니, 이제는 다가오는 죽음과 육체의 유한함을 받아들여야 한다는 것을 알게 됐어. 또한 자기 연민이란 죽음이 유약함이나 실패를 뜻하는 것이 아니라, 마음 깊이 나 자신을 느끼는 것이었음을 알게 됐어. 결국 모든 것이 궁극적으로 나 자신을 받아들이는 과정이었던 것 같아. 이 모든 과정을 신에게 감사하고 있어.

쉬운 일은 아니었어. 수도 없이 눈물을 흘렸고 화가 나고 혼란스러웠어. 그렇지만 이런 고통에서 벗어나는 유일한 길은 그걸 견디고 통과하는 것임을 알았지. 정말 어려웠지만 결국 알게 됐어…….

지난 6개월 동안 회사를 새로 시작했는데 회사에서 내 사진으로 달력을 만들었어. 나는 이 공동체 안에서 에이즈를 좀 더 널리 알리는 일을 해왔어. 가족, 친구, 연인과 더 가까워졌고 이 모든 것에 감사하고 있어. 가장 중요한 것은 나 자신을 받아들이게 됐다는 거야. 그게 가장 큰 선물이야.

그리고 결국 나는 치유됐어. 곧 내 몸은 애벌레처럼 나에게서 떨어져 나가겠지만 나는 아름답고 완벽한 한 마리 나비가 되어 훨훨 날아갈 거야. 내가 어디로 가게 될지 정확하게 알고 있다고 말하려는 것이 아니야. 그렇지만 그곳은 빛과 사랑이 가득하리라는 것은 알 수 있어.

열린 마음은 죽음이라는 비극보다 더 위대한 축복이지. 그러니 모두 함께 이 사실을 편안한 마음으로 받아들여주길 바라.

사랑하는 빌

빌은 이 편지를 쓰고 며칠 뒤 세상을 떠났다. 그는 두려움을 직면했고, 영성으로 평화를 되찾았으며 그 안에서 죽음을 맞았던 것이다.

PART 7

죽음을 대하는 어린아이들의 자세

아이들도 가족이 죽음을 맞을 때

참여할 필요가 있다.

그리하여 죽음의 과정을 이해할 필요가 있다.

아이들은 어른을 본보기 삼아 흉내를 낸다. 그래서 어른은 언제나 아이들을 가르치고 있는 셈이다. 아이들은 다정한 어른에게서 사랑을 배우고 즐거움을 아는 어른에게서 유머를 배운다. 어른이 두려워하면 아이들도 두려움을 알게 된다. 그런데 많은 어른들이 죽음을 보고 죽음에 대해 말하고 생각하는 것이 아이들에게 해롭다고 믿기 때문에 아이들이 죽음에 '관심을 기울이지 않도록' 하려고 한다. 좋아하는 이모가 아파서 거의 돌아가시게 되면 아이들을 방에서 내보낸다. 어른들은 아이에게 이모가 갑자기 사라진 이유를 말해주지 않는다. 말해주더라도 "주무시러 갔다."라든지 "더 좋은 곳으로 가셨다."고 에둘러서 이야기한다.

말기 환자나 그 가족들을 상담해보면 가끔 아이들을 위한 죽음 교육의 문제가 불거진다. 가족 중에 누군가 죽음을 앞둔 경우에 대부분이 전혀 준비가 돼 있지 않았다. 당뇨 증세가 있었던 쉰여섯의 전기 기사 프랭클린이 처음으로 경험했던 죽음이 바로 그런 사실을 분명하게 보여준다.

"할머니가 주무시러 갔다고 했지만 언제 일어나실지는 아무도 이야기해주지 않으려고 했어요. 그리고 장례식을 치르는 동안 차 안에서 기다리게 했습니다. 겨우 다섯 살이었지만 모든 것을 상세하고 완벽하게 기억하고 있었어요. 제가 아홉살 때 어머니가 결핵으로 돌아가셨는데 정말이지 어머니가 너무 보고 싶었고 인사도 하고 싶었지만 그렇게 하도록 허락해주지 않았습니다. 나를 빼고 모두가 줄지어 관에 누워 있는 어머니에게 인사를 했어요. 그러고는 내게 말했지요. '너한테는 이렇게 하는 편이 더 나을 거야. 나중에 어른이 되면 이해하게 될 거다.' 그래서 내가 알 수 있었던 것은 죽음은 무시무시한 것이고 할머니나 어머니에게 인사를 해서는 안 된다는 것이었죠. 그렇게 계속해서 죽음의 본모습을 숨기려고 했으니 내가 어떻게 죽음이 삶의 자연스러운 한 부분이라는 배울 수 있었겠어요. 어른들은 자신들이 옳다고 생각하는 것을 했을 뿐이지요. 그러나 만약 죽음을 그처럼 무시무시한 일로 다루지 않았다면 나중에 전 죽음의 존재를 두려워하지 않았을 겁니다. 심지어 할머니나 어머니의 묘지에 갈 수도 없었거든요. 죽음과 관련된 것이나 죽어간다는 것 또는 죽은 것을 생각만 해도 마비되는 듯해요. 내 딸애는 죽음이 무엇인지 좀 더 잘 알게 되면 좋겠어요."

우리는 아이들에게 봄이 가면 여름이 오고 그다음에는 가을과 겨울이 온다고 가르치지 않는다. 살아 있는 존재는 모두 죽는다는 사실을 아이들이 이해할 수 있도록 도와주고 있지 않다. 봄은 반드시 겨울로 이어지고 모든 살아 있는 것은 결국 죽을 수밖에 없다는 사실을 이해하지 못하는 아이들은 상실을 경험했을 때 그것을 헤쳐나가기가 어렵다. 사랑하는 사람이나 반려동물은 물론 자기 자신이 결국 죽으리라는 사실을 아이들이 깨닫도록 돕는 것이 얼마나 잔인한 일인지 모른다. 그렇지만 반대로 그것은 사랑의 선물이기도 하다.

우리가 아이들을 죽음으로부터 막을 수 있다거나 아이들이 죽음을 모르리라고 믿는 것만큼 바보 같은 일도 없다. 내 또래의 어른들에게 있어 죽음에 관한 최초의 기억은 대부분 어릴 때 봤던 애니메이션 〈밤비(Bambi)〉(1942)일 것이다. 엄마 사슴이 사냥꾼의 총에 맞아 죽자 밤비가 슬퍼하는 장면을 보면서 우리는 죽음을 인지하기 시작했다. 어린아이들에게 죽음은 아주 중요한 역할을 한다. 아기가 옆방에 있는 어머니를 보고 싶어서 울 때에는 떨어져 있는 것이 슬퍼서 운다. 아기들이 처음 배우는 놀이 가운데 하나가 '까꿍'이다. 양손으로 얼굴을 가렸다 떼면서 '까꿍' 하며 노는 이 놀이에서는 앞에 있었던 사랑하는 사람이 갑자기 사라져버린다. 심리학자의 연구에 의하면 아기들은 실제로 놀이 상대가 일시적으로나마 눈앞에서 사라졌다고 믿는다고 한다.

영국에는 전래동요 〈링어링어 로지(Ring-a-ring o'roses)〉를 부르면서 원을 그리며 노래하고 춤을 추다가 신호에 따라 웅크리는 놀이가 있다. 사실 이 노래는 과거 흑사병 유행기에 시신이 길에 널려 있는 광경을 본 아이들이 부르기 시작한 죽음의 시다. 초반 몇 구절은 다음과 같다.

"Ring around the rosy / Pocket full of posies / Ashes, ashes! / We all fall down(장밋빛으로 물든 / 약초 가득한 주머니 / 에취! 에취! / 우리는 모두 쓰러져요)."

"로지(rosy)"는 흑사병 때문에 울긋불긋해진 몸을 가리키고, "꽃다발(posies)"은 흑사병을 막기 위해 미친 듯이 주머니에 꽉 채우고 다녔던 꽃을 말한다. 그렇지만 아이들이 수백 년 전에 이 시를 읊기 시작했을 때 모두 "쓰러져버린(all fall down)" 그 사람들은 다시 살아나지 못했다. 그러는 사이에 오늘날의 아이들은 또 다른 죽음 관련 놀이를 하고 있다. 텔레비전의 쇼나 영화, 비디오게임에서 쉽게 죽음을 보고 있다. 아이들에게 보여줄 수 있는 게 정말 이것들 뿐일까?

아이들에게 어떻게 죽음을 설명해줄까

다이앤은 내게 "나는 죽는다는 게 뭔지 잘 몰라요."라고 했다.

"다섯 살 때 자동차 사고로 엄마가 돌아가셨어요. 엄마가 아주 건강한 모습으로 외출했는데 얼마 있다가 엄마가 더 좋은 곳으로 갔기 때문에 다시는 돌아오지 않는다는 거예요. 나는 엄마가 있는 좋은 곳에 함께 있고 싶었어요. 그런데 이모가 자동차 사고 이야기를 하는 걸 듣게 됐죠. 그래서 자전거를 타고 우리가 살고 있던 언덕 꼭대기로 올라갔다가 다시 있는 힘을 다해 빨리 달려서 언덕 아래 담벼락을 받아버리려고 했어요. '죽음'이 뭔지 몰랐지만 정말로 그렇게 해서 엄마가 있다는 그 좋은 곳으로 가려고 했던 거예요. 다행히도 잔디밭으로 굴러 떨어져서 발목만 삐었지만요."

어른들이 좋든 싫든 아이들은 죽음에 대해서 듣는다. 사랑하는 사람이 죽기 전에, 그 상황이 감정적으로 문제를 일으키기 전에 죽음이 무엇인지 아이들에게 설명해주는 것이 최선이다. '삶에 관한 사실들'을 말하는 데 표나 슬라이드를 사용할 필요는 없다. 그저 나무에서 죽은 잎이 떨어지고 시든 꽃이 지는 것을 예로 들면서 죽음의 개념을 설명할 수 있다. 아이들은 초록색 잎이 노랗게 됐다가 갈색으로 변하는 것이나 색색의 꽃이 자라 활짝 피었다가 죽는 현상은 빨리 이해할 수 있을 것이다. 숲에서 죽은 새를 우연히 보게 됐다면 새에게 생명이 있었다는 것 그렇지만 결국 모든 존재는 죽는다고 설명할 수 있다. 이 지구 위에서 그 새의 시간은 다한 것이다. 새의 가족은 죽은 새를 그리워하겠지만 그것이 바로 삶이라고 죽음을 설명할 수 있다. 모든 것이 봄, 여름, 가을, 겨울이라는 네 계절을 거치듯 자연스러운 과정의 일부라고 말이다.

수족관의 죽은 물고기를 가지고 아이들에게 장례 절차를 가르칠 수도 있다. 뒷마당에 그 물고기를 묻고 싶어 하면 도와주자. 그러면서 영혼이 떠나간 후에도 '몸'을 존중하는 모습을 보여주자. 만약 당신이 아이를 떼어놓고서 변기에 물고기를 넣은 뒤 간단하게 물을 내려버리면 죽음이란 애지중지했던 것이 아무 이유 없이 그저 사라져버리는 것이라고 가르치는 셈이 된다. 그러나 만약 죽어 있는 물고기를 활용해서 죽음을 이야기하고 긴 안목으로 죽음을 생각해보고 아이가 물고기의 죽음을 애도할 수 있도록 한다면 아이에게 슬퍼하는 법과 죽음이 삶의 한 부분임을 가르칠 수 있다.

낙엽이나 물고기의 죽음 같은 자연 현상은 아이들에게 질병을 설명하는 데에도 도움이 된다. 만약 벳시 이모가 암에 걸렸다면 그 암이 대단히 심각한 병이라는 것을 설명해준다. 아이의 이해력에 따라서 그 정도에서 그칠 수도 있고 벳시 이모가 나무 둥치의 초록색 이파리 같지 않을 거라고 설명할 수도 있다. '이모가 아프기 때문에 간신히 나무에 매달려 있는 노란색 이파리와 같다, 의사 선생님이 이모를 낫게 해주려고 애쓰고 있다, 그렇지만 '갈색 이파리'가 되어 나무에서 떨어질 수도 있다'고 설명해줄 수 있다.

병에 걸려도 사람들마다 다르게 보인다고 차근차근 설명하자. 아이들이 다음에 자기가 감기에 걸리면 죽을지 모른다고 생각하거나 몸살이 난 엄마가 곧 죽을까 봐 무서워하지 않도록 심각한 병과 단순한 병을 구분할 수 있도록 설명해주는 것이 중요하다. 호러스 삼촌이 암으로 죽었지만 할아버지는 암이 있어도 회복돼 아주 잘 지내고 있는 상황을 말해줘도 좋다. 이렇게 하면 암이나 기타 여러 병에 걸려도 언제나 회복될 수 있다는 희망이 있다는 것을 알기 때문에 두려움을 가라앉히는 데 도움이 된다.

이런 이야기를 아이들과 하기 어려울 수 있다. 대면하고 싶지 않은 고통스러운 기억을 떠올리게 할 수도 있다. 불필요하게 아이들을 놀래킬까 염려도 될 것이다. 대답할 수 없는 질문을 아이들이 할까 걱정이 되기도 한다. 그럴 때에는 "미안하지만 나도 잘 모르겠구나." 라고 말하면 된다. 사람이 죽으면 하늘나라에 간다고 믿고 있다면 그렇게 말하라. 죽은 후에 무슨 일이 벌어지는지 모른다면 모른다고 말하면 된다. 죽음에 대해서 이야기할 때, 특히 답을 모르고 있을 때에는 정직하게 열린 마음으로 말하면 된다.

죽음에 직면한 아이들

가족 중에 누가 죽으면 아이들은 당연히 어리둥절해하고 놀란다. 그런 경우에는 아이들에게 사랑한다고 말해주고 너희를 잘 돌봐주리라고 확실히 알려줘야 하며, 비록 가족 중 한 사람이 죽기는 하지만 그 사람이 아이의 마음속에 영원히 남아서 잊히지 않을 거라고 말해준다. 또한 모든 사람이 한꺼번에 죽지 않는다는 사실도 확실히 알려줄 필요가 있다. 아이들 입장에서는 작년에 존 삼촌이 죽고 올해는 벳시 이모가 죽어가고 있으니 곧 엄마 아빠도 그렇게 될까 봐 무서워할 수 있다. 그럴 때는 벳시 이모는 나이가 많고 엄마 아빠는 젊어서 오래 살 거라고 설명해줄 필요가 있다. 또한 삶은 계속된다고 안심시킬 필요도 있다. 우리 모두 벳시 이모를 사랑했고 아주 많이 보고 싶겠지만 이모가 아프기 전과 같이 삶은 계속된다는 것, 늘 그랬듯이 곧 아침, 점심, 저녁을 먹고 다시 일하고 공부하러 가야 한다는 것, 전처럼 공원에도 가고 친구도 만나게 되리라는 것, 벳시 이모가 돌아가셔서 슬프지만 매일매일의 우리 삶이 완전히 바뀌지는 않으리라는 점을 잘 설명해줘야 한다.

사랑하는 사람이 병에 걸리면 어떤 일이 일어날지 아이들이 이해할 수 있도록 나이에 따라 설명해서 알려주는 것도 중요하다. 할머니께서 위독하시면 생활 패턴이 한동안 달라질 테고 병원에서 보내는 시간이 많아질 것이며 올해 산에서 보내기로 한 휴가 계획을 취소할 거라고 명확하게 알려준다. 왜 자기들과 시간을 보낼 수 없는지 알고 싶어 하면 "할머니하고 함께 있어야 할 시간이 많지 않아. 지금은 불공평해 보일지 모르지만 엄마는 지금 할머니하고 더 오래 있고 싶구나. 너하고 보낼 시간은 앞으로도 많지 않니?"라고 말해줘야 한다.

마이클 랜던은 자녀들과 함께 직접적이고 솔직하게 죽음을 맞기로 결정했다. 열여섯 살이었던 아들 크리스토퍼는 당시 자신의 경험을 이렇게 이야기했다.

"아버지가 병으로 돌아가시게 됐지요. 아무도 그 사실을 숨길 수 없었고 우리가 모르게 할 수 없었어요. 아마 그렇게 하려고 했겠지만 잘 안 됐던 것 같아요. 나는 아이들이 죽음을 모르게 하려는 것에 찬성하지 않습니다. 내 기억에 아버지는 그 문제에 대단히 책임감을 느끼고 아주 솔직하고 정직했습니다. 여덟 살 먹은 여동생이 아버지의 상황에 너무 놀라고 혼란스러워한 적이 있었습니다. 아버지가 우리를 불러서 함께 침대에 앉았습니다. 동생이 아버지에게 '아빠 죽는 거예요?'라고 물었고 아버지는 '그래.'라고 했어요. 동생은 '언제?'라고 다시 물었는데 아버지는 '어쩌면 내일.'이라고 했습니다.

너무 직설적인 답이었지요. 아버지는 둘러말하지 않았어요. 휴가도 외박도 없다고 하셨습니다. 그러고 나서는 우리에게 '너희를 사랑한단다. 그리고 너희 주변에 있는 사람은 모두 너희를 사랑한단다. 그러니 너희는 아무 문제 없을 거야.'라고 하셨어요.

아버지는 언제 죽을지 알고 있었습니다. 다음 날 방으로 우리 모두를 불렀어요. 몇 번 더 의식이 또렷해진 순간이 있었고 갈 준비가 됐다고 말씀했습니다. 그 말을 하고 나서 우리에게 나가도 좋다고 했고 우리는 모두 아버지에게 작별 인사를 했습니다. 아버지는 우리가 보는 데서 죽고 싶지 않았던 것 같아요. 우리가 나간 뒤 몇 분 후에 돌아가셨거든요."

질병, 죽음, 임종에 관해서 아이들에게 말해줄 때에는 정직하고 단순하게 그리고 간략하게 말해야 한다. 그리고 더 이야기하기 전에 아이들의 반응을 살펴보도록 한다. 아이들이 설명에 만족스러워하면 그것으로 좋다. 그렇지 않고 심란해하고 질문을 하면 더 많은 정보를 알려준다. 아이들에게 "아버지가 아프신데 심각한 상태고 우리도 아버지를 염려하고 있단다."라고 말하고는 잠시 멈추어 반응을 살핀 뒤 그다음 이야기를 해야 한다. 아이가 "알았어요."라고 대답하고는 놀러 나가면 그 정도가 그 아이에게 당장 필요하고 알고 싶은 수준이다. 그렇지만 "아빠가 죽는 건가요?" 또는 "얼마나 아픈데요?"라고 물으면 좀 더 알고자 하는 것이다. 아이들이 묻지 않고 이해할 수 없는 내용을 굳이 알려주려고 하지는 마라. 그리고 들을 마음의 준비가 돼 있지 않으면 어떤 것도 밝히지 마라. 조금만 말해주고 반응을 지켜본다. 더 필요하면 아이들이 질문할 것이다.

아이들은 죽음에 가까워진 사람이 가족의 모든 관심을 받고 있기 때문에 샘을 낼 때도 있다. 특히 형제자매가 아플 때에는 그렇다. 그러다가 아픈 형제가 죽고 나면 죄의식을 느낀다. 때로는 "동생이 아픈데 어떻게 영화 보러 갈 생각을 할 수 있는 거니?"라고 소리를 지르는 어른들이 있는데 이는 아이들의 무의식에 심한 죄책감을 심어주는 행위다. 어쩌면 영화 감상은 제일 마지막에 하려던 것이고 그 밖에 축구를 하고 친구들과 놀러 가려고 했는지도 모른다. 아이들은 영화와 죽음의 상대적 중요성을 배운 적이 없다. 이럴 때는 딜레마를 설명해줌으로써 아이들을 가르칠 수 있다. 너도 어려운 시간을 보내게 될 것이라고 말해주고, 영화를 보고 싶겠지만 동생이 지금 아프다고 설명해준다. 가족으로서 어려운 선택을 하지 않으면 안 된다는 것을 설명해주야 하는 것이다.

어른들은 자신도 모르게 죽어가는 사람을 이상화(理想化)하지 않도록 주의해야 한다. 응접실에 모인 친척들이 죽어가는 불쌍한 데비가 얼마나 멋진지 이야기를 나누고 있는 동안 동생인 마크는 혼란스러워진다. 누나가 자기 머리카락으로 매듭을 묶어서 괴롭히기도 하고, 자기 책을 훔쳐 간 적도 있는데, 즉 누나는 완벽하지 않은데 친척들이 데비 누나를 띄우는 바람에 자신도 친척들이 기대하는 높은 수준을 맞춰야 한다고 생각하게 될 것이다. 특히 죽음과 마주한 아이를 볼 때에는 그 아이의 완벽한 점만 보려는 유혹을 느낄지 모르지만 누구나 죽음을 앞두고 있다는 사실을 명심하는 편이 더 좋다.

어른들이 표현하는 죽음에 대한 아이들의 생각

어른들이 아이들에게 진실을 말하지 않으면 아이들은 더 나쁜 상황을 상상할 것이다. 많은 사람이 좋은 뜻으로 거짓말을 하거나 완곡하게 말하는데 이런 것들이 얼마나 강력한 영향을 미치는지 인식하지 못하고 있다.

- 데비 누나가 잠자러 간 거라고 하면 아이들은 자러 가는 것을 무서워하게 된다.
- 하느님이 벳시 이모를 데려갔다고 하면 아이들은 잔인한 신이 좋은 사람을 낚아채 간다고 믿을 수 있다.
- 죽은 뒤엔 어둡고 아무것도 없는 곳에 가게 된다고 하면 아이들은 어두운 것을 무서워하게 된다.
- 그 사람은 착해서 신이 함께 있고 싶어 했다고 하면 아이들은 착한 사람이 되기를 두려워한다.
- 아빠가 아주 먼 여행을 떠날 거라고 하면 아이들은 아빠가 자기를 버렸다고 믿을 수 있다〔캐슬린 매큐(Kathleen McCue)

와 론 본(Ron Bonn), 『중환자 부모를 둔 아이를 돕는 방법(How to Help Children Through a Parent's Serious Illness)』, 1994].

어른들이 두 종류의 메시지를 아이들에게 보내면 아이들은 그 어느 때보다 놀라고 혼란스러워할 위험이 있다. 아빠가 모든 것이 아름다운 하늘나라로 가셨고 그곳에 아빠가 있어서 너무 행복하다고 말하면서 울고 있다면 무언가 잘못됐다는 것을 알아차릴 것이다. '아빠가 멋진 곳에 있는데 엄마는 울지?' 하고 말이다. 이럴 때는 다음과 같이 말해주는 편이 더 좋다.

"아빠가 하늘나라로 가셨어. 정말 멋진 곳이기는 하지만 아빠가 많이 보고 싶네. 하늘나라로 가셔서 기쁘기는 하지만 우리하고 함께 있으면 더 좋을 거야. 아빠도 우리하고 더 오래 있기를 바랐는데."

아이들은 보고 직접 해보면서 배운다. 엄마가 돌아가시려고 하는데 아이를 엄마 방에서 내보내면 아이들은 죽음은 끔찍하고 알 수 없는 것이라고 배우게 된다. 아이들의 나이와 감정 상태를 고려해서 가능한 아이들이 임종에 참여하도록 해야 한다. 어린아이를 엄마 방으로 데려가서 "자, 엄마 발을 주물러드리자." 또는 "물잔에 물을 떠올래?" 또는 "엄마를 안아드려봐."라고 말해보자. 이렇게 하면 아이들이 죽음을 좋아하게 되지는 않지만 죽음을 받아들이고 사랑하는 엄마의 마지막 순간까지 함께할 수 있다는 것을 아는 데 도움이 된다. 아이들은 어떻게 돌봐줘야 하는지, 어떻게 도와줘야 하는지, 어떻게 사랑하는 것인지, 죽음을 어떻게 다뤄야 하는지 아무리 작은 것이라도 배우게 될 것이다.

미국의 석유 사업가 진 폴 게티(Jean Paul Getty) 가문의 에일린 게티(Aileen Getty)는 1985년에 에이즈 바이러스 감염 사실이 알려졌다. 엘리자베스 테일러의 전 며느리인 에일린에게는 열한 살, 열두 살인 두 아들이 있었다. 나는 에일린에게 두 아들이 어머니의 죽음 과정에 '함께하도록' 허락했는지 물어봤다.

"우리 아들들과 내내 함께했어요. 내가 넘어지면 아이들이 일으켜 세워줬어요. 내 튜브를 아이들이 바꿔준답니다. 내 침대에서 자면서 튜브며 다른 것도 모두 해줘요. 아이들이 어머니를 자랑스러워합니다. 나는 아이들이 앞으로 여러 해 기억을 안고 살아가는 데 반대하기 때문에 아이들이 어떤 일이 일어나든지 그대로 이 과정을 헤쳐나가도록 도우려고 해요. 내 어머니가 돌아가시게 됐을 때에는 무슨 일이든 어머니와 함께 해결해볼 기회가 없었어요. 그냥 살아야 했어요. 그리고 어른이 되어 최선을 다하고 있지요. 아이들이 내 병을 알고 내게 어떤 일이 일어날지도 잘 알고 있어요. 잘 모르면 더 많은 것을 상상하고 새로 만들어내기 때문에 아이들에게 말해줍니다."

악성 흑색종으로 죽음을 눈앞에 둔 마흔아홉 살의 광고 회사 대표가 병으로 회사를 접게 되자 열 살 아들이 사무실 정리를 도왔다. 대표는 내게 이렇게 말했다.

"이러면 아들애가 살면서 올바른 식견을 가지고 일을 해나갈 수 있을 거라고 생각했어요. 그리고 살면서 내게 일이란 어떤 의미가 있었는지, 삶의 의미는 무엇이었는지 그리고 죽음에 관해서 마음을 터놓고 함께 이야기를 나눌 수 있을 것 같았습니다. 오랫동안 아들에게 삶을 어떻게 시작하는지 가르쳤는데 이제는 삶을 어떻게 마무리해야 하는지 가르쳐주고 싶네요."

아이들의 애도를 돕기

어린아이들은 자연스럽게 자기도취에 빠지게 되는데 그럴 때 즐겁지 않은 사건이 일어나면 흔히 그것이 자기 책임이라고 믿는다. 할아버지께서 많이 편찮으셔서 모두 울고 조심조심 말하고 있으면 할아버지의 병이 자기 탓이라고 진짜로 믿을 수 있다. 아이들은 자기가 할아버지를 화나게 만들었기 때문에 또는 지난번 할아버지께 갔을 때 말을 듣지 않았기 때문에 할아버지가 아픈 거라고 생각할 수 있다. 어려운 처지의 어머니가 매일같이 "너 때문에 내가 죽을 지경이구나."라고 말했는데, 어느 날 갑자기 세상을 떴다고 해보자. 그 아이에게 어떤 일이 일어나겠는가?

누군가를 죽게 '만들었다'는 죄책감에 자신을 고문하는 일은 아이들에게만 일어나지 않는다. 호스피스 기관의 간호사인 재닛은 10대 때 일어난 일 때문에 평생 치료를 받아왔다. 어느 날 밤 운전을 해서 외출하겠다는 재닛이 아버지와 말싸움을 하다가 화가 나서 재닛이 "아빠는 죽어버려!"라고 했는데, 얼마 되지 않아 아버지가 정말 심장마비로 돌아가신 것이다. 절대로 아버지가 죽기를 바란 것이 아니었고 그저 아버지가 화를 낼 때 하던 말이 생각나서 그렇게 말했을 뿐이었다. 그 말이 어떤 결과를 초래할지 전혀 알지 못한 채 말이다. 아이들이 대개 그렇듯이 재닛 역시 성숙하지 않았기 때문에 화가 났을 때 했던 생각과 아버지의 죽음이 별개라는 점을 구분하지 못했다.

엄마의 병이나 이모의 죽음이 아이 탓이 아니라는 점을 설명해주는 것은 어른들 자신에게도 중요하다.

아이들의 애도를 도와주는 네 단계

콜린은 말기 신장 질환을 앓고 있다. 과거 그가 자유롭게 돌아다닐 수 있었을 때 열두 살 먹은 아들과 여덟 살짜리 딸을 데리고 돌아가신 아이들의 할아버지 묘지를 찾은 적이 있다.

"아이들을 아버지 묘지에 데려가고 싶었어요. 할아버지를 기억하고 내가 우는 모습을 보여주고 싶어서요. 애도하는 모습을 보고 애도가 무엇인지 이해할 수 있었으면 했어요. 제가 아니면 달리 아이들이 배울 길이 없어서요."

자전거 타는 법이나 피아노 치는 법을 배우듯이 아이들은 애도가 무엇인지도 배워야 한다. 우리가 아이들의 모델이다. 그래서 아이들은 어른들을 보고 애도하는 법과 자신의 감정을 표현하는 법을 배우게 된다. 우리가 애도하고 슬퍼하는 것을 자녀들이 보도록 해야 한다. 엄마가 우는 모습을 보면 아이들이 당황할 것이다. 그렇지만 엄마가 곧 울 거라는 사실을 알고 있는데 방 밖으로 쫓겨나면 훨씬 더 당황한다.

베리 퍼킨스는 가족들에게 애도 기간이 필요하다고 생각했다. 남편 앤서니가 세상을 떠났을 때 두 아들은 10대에 불과했다. 앤서니의 죽음 이후 베리와 자녀들은 다른 가족과 마찬가지로 이제까지 해오던 일을 계속해가려고 노력했다. 다행히도 베리는 직관이 대단히 뛰어난 사람이어서 무언가 잘못돼가고 있으며 애도 기간이 필요하다는 것을 알고 있었다. 그녀는 내게 말했다.

"가족으로서 휴일은 우리에게 아주 중요했어요. 하지만 그가 떠난 후엔 휴일마다 폭격 맞은 듯 커다란 구멍이 나서 앤서니의 부재를 느끼지 않을 수 없었어요. 그렇지만 다시 그런 휴일을 보내기 위해 노력했어요. 문자 그대로 '계속해나갈 수 있다'고 생각했지요. 늘 해오던 대로 했을 뿐인데 이전에 하던 대로 할 수 없다는 것을 금방 알게 됐어요. 그저 너무 어려운 일이고 슬프다는 것을 깨달았어요. 처음 맞은 크리스마스는 그냥 그렇게 지냈어요. 잘해낼 수 있을 거라고 생각했기 때문이죠. 두 번째 맞은 크리스마스에는 나무를 세우고 일주일이 지나서야 첫 장식을 달았지요. 우리에게는 슬퍼할 시간이 필요했어요. 그때 아이들은 애써 행복해하기보다는 제대로 충분히 슬퍼하며 지낼 필요가 있었던 거예요. 우리 모두 '잘 알겠지? 이런 일을 몇 년은 하지 말고 지내도록 하자. 그러고 나서 다시 함께 새로운 전통을 만들어보자.'라고 했어요."

베리는 자신과 아이들이 슬플 때에는 즐거운 듯 휴일을 보내서는 안 된다는 것을 알고 있었다. 무엇이 옳은 일인지 알고 있었다. 이렇게 해서 그녀는 아이들에게 자신의 감정을 존중하는 법을 가르쳤다. 잠시 쉬고 어느 정도 치유되자 베리와 가족들은 다시 휴일을 보낼 수 있게 됐다. 전과 다른 전혀 새로운 방법으로 말이다.

더 어린 아이들에게는 삶이 계속된다는 사실을 보여주기 위해서 휴일을 계속 휴일답게 지켜나가는 것이 중요했을 수 있다.

어른들은 아이들에게 자신의 감정을 드러내지 말고 묻어두라고, '어른처럼 행동하라고' 또는 '다 자란 듯이' 행동하라고 가르치려 든다. 유감스럽게도 그것은 애도를 위해서는 그다지 효과적인 방법이 아니다. 표면으로 다시 터져 올라올 감정을 꾹꾹 억누르는 것에 불과하다. 아이들이 제대로 슬픔을 이겨나가도록 돕기 위해 어른들이 할 수 있는 네 단계를 살펴보도록 하자.

1. 무슨 일이 일어났는지 또는 일어나고 있는지 이해시키고 그 의미가 무엇인지 알도록 도와준다. 아이들에게 진실을 말해준다. '이모가 돌아가셨다. 더 이상 만날 수 없게 될 것이다. 이모가 심한 병이 있었다'는 식으로 말이다. 그리고 그 병의 이름을 말해준다. '모든 병이 다 이모의 병처럼 심각하지는 않다. 다른 사람들은 모두 건강하고 곧 정상적인 생활로 돌아갈 것이다. 이모가 돌아가셨지만 모두 이모를 영원히 기억하고 사랑할 것이다'라고 말해준다.

2. 아이들이 슬퍼하는 것을 도와주거나 현재와 미래에 다가올

상실에 대한 아이들의 감정을 표현하도록 한다. 아이들에게는 확인이 필요하다. 자신의 감정이 적절한지 알 필요가 있다. 다음과 같이 말해준다.

"할아버지가 돌아가셔서 화가 나 있는 거 이해해. 나도 화가 나. 엄마가 할아버지를 돌보느라 작년에 우리가 함께 재미있는 일을 할 수 없어서 네가 무척 화가 나 있는 것도 알고. 너하고 더 오래 보내고 싶었지만 할아버지를 돌보지 않으면 안 됐단다. 너 역시 할아버지가 돌아가셔서 슬픈 것도 알고 있어."

당신의 우는 모습을 아이가 보게 함으로써 아이들에게 울어도 괜찮다고 가르친다. 화를 내도 괜찮다고 알려준다. 죽음에 당황하지 않는 것 같다면 그것도 괜찮다고 말해준다. 죽은 사람과 가깝지 않았다면 당황한 듯이 보이려고 할 필요가 없다.

3. 삶은 계속된다는 사실을 아이들에게 가르쳐준다. 엄마가 할아버지의 죽음에 엄청나게 당황해서 다시 일하러 가지도 않을 것 같지만 3일 휴가 동안 기운을 차리면 다시 일하러 갈 것이며, 슬프면 며칠 쉴 수도 있지만 그러고 나서는 다시 학교에 가야 한다는 것을 아이들에게 알려준다. 슬픔이 오래갈 수도 있고 늘 할아버지가 보고 싶겠지만 삶은 계속되고 할아버지는 우리가 계속 살아가기를 바라실 거라고 말해준다.

4. 공식적으로든 비공식적으로든 아이들이 돌아가신 분을 기념하도록 도와준다. 함께 촛불을 켜거나 시간을 내 이야기하고 기도를 하거나 좋아하는 그림을 내건다.
새넌과 어린 아들은 남편의 생일과 크리스마스에 꽃을 들고 묘소를 찾는다. 빈센트는 자신의 아들이 차 사고로 사망한 친구의 꿈을 기리기 위해 음주 운전을 반대하는 어머니들의 모임에 수표를 적어 기부하도록 한다. 돌아가신 할아버지의 생일이 돌아오면 엘리스의 가족은 오래된 앨범을 꺼내서 쭉 살펴본 뒤 가장 마음에 드는 할아버지의 사진을 한 장씩 고르고 그 사진에 관해서 대화를 나눈다. 이처럼 소소하지만 중요한 행위들을 통해 상실을 겉으로 드러내고 감정을 표현하는 것이 좀 더 쉬워진다.

아이들의 작별 인사

아이들이 놀라거나 산만해질 수 있어서 장례식에 참석시켜서는 안 된다고 하는 사람이 많다. 아이들을 장례식에 참석시킬지 말지를 결정할 때에는 장례식을 결혼식, 졸업식 등 다른 공식적인 행사와 똑같이 생각해야 한다. 장례식에서 당신이 해야 할 일이 많아서 아이에게 신경을 쓸 수 없을 것 같으면 믿을 만한 사람이 아이를 돌보게 한다. 그렇지만 아이들에게 다음 세 가지 사항을 알려주면 일반적으로 장례식에서 아주 훌륭하게 행동할 것이다.

- 미리 준비할 사항: 어떤 일이 일어날지, 어디에 앉아 있게 될지, 얼마나 오래 걸릴지 설명해주고, 사람들이 울지도 모른다고 말해둔다.
- 도와줄 일: 아이가 놀라거나 슬퍼할 때 편하게 해줄 사람이 있다는 사실을 확실히 알려준다. 장례식에서 할 일이 많거나 너무 슬픈 나머지 아이에게 신경을 쓸 수 없을 듯하면 도와줄 사람을 미리 찾는다.
- 장례식 후에 할 일: 무슨 일이 있었는지, 그 의미가 무엇이었는지, 무슨 생각을 했는지 서로 이야기한다. 아이들이 상실과 예식에 관해 잘 이해할 수 있도록 도와준다.

최근에 마티의 장례식에 다녀왔다. 마티(82세)는 호숫가에 살며 아주 열심히 일하던 어부였다. 어린 손자녀가 많았는데 그 아이들에게 낚시를 가르치고 '물을 읽는 법'과 '물고기의 마음속으로 들어가는 법'을 즐겨 가르쳤다. 관이 땅속으로 내려가려 하자 두 살에서 열 살 사이의 아이들이 모두 할아버지의 관 쪽으로 뛰어 모여드는 광경을 보고 적잖이 놀랐다. 무슨 일이 일어나는지 아이들은 이해할 수 없을 거라고 우려하던 사람들은 뛰어오는 아이들을 말리려 했다. 그렇지만 아이들의 부모는 아이들도 할아버지의 관이 내려가는 광경을 보는 편이 좋다고 말했다. 관이 내려가자 다섯 살도 되어 보이지 않는 한 아이가 다른 아이에게 "오 근사해. 할아버지가 릴에 감겨 내려가시네!"라고 말했다. 아이들이 실제 생활에서 일어나는 일과 죽음의 예식에서 벌어지는 일을 뒤섞어 생각하는 경우가 종종 있을 수 있다.

부모의 죽음

내가 죽어가고 있고 그래서 내 아이가 홀로 남게 된다고 생각해보자. 그렇다면 부모로서 훨씬 심각한 두려움을 느끼게 될 것이다. 당뇨 합병증으로 죽음을 눈앞에 둔 전기기사 프랭클린은 내게 자기 딸이 다 자랄 때까지는 살 수 있게 해달라고 열심히 기도해왔다고 했다. 그는 "평생 딸을 보호해왔지만 내가 죽으면 딸을 위해 무엇을 할 수 있겠어요?"라고 혼잣말을 했다.

같은 두려움을 느끼는 당신에게 세 가지를 권하고 싶다. 당신이 얼마나 심하게 아픈지, 병명이 무엇인지 그리고 어떤 일이 일어날지를 자녀들에게 말해주는 것이 좋다. 묻지 않으면 그 이상의 더 많은 정보를 알려주지 않아도 된다. 아이들이 스스로의 페이스에 맞춰 질문하도록 기다리는 게 낫다. 병세가 좋아질 것 같지 않다면 앞으로 누가 어떻게 아이들을 돌보게 될지 설명해줘야 한다. 그리고 아이들에게 당신이 조만간 죽더라도 아이들의 기억에 영원히 남을 것이고 함께한 시간을 영원히 잊지 않을 것이며 사랑은 영원할 것이라고 말해준다.

로이스와 남편 루스는 아홉 살 아들에게 엄마의 유방암을 설명해줬다. 암이 무엇이고 얼마나 심각한 상황인지를 잘 일러줬다. 암으로 죽는 사람들이 있지만 수술로 제거하면 엄마는 괜찮을 것 같다고 이야기해줬다. 엄마가 암으로 죽을 것 같지는 않아 보인다고 말이다.

자녀들에게 편지를 쓰거나 영상을 만드는 부모도 있다. 세상을 뜬 뒤에도 부모는 아이들 삶의 한 부분으로 남는다. 프랭클린은 좀 더 직접적인 방식으로 딸의 삶에 함께하기로 결정했다. 침대에 꼼짝없이 누워 있게 되기 전에 자신에 관해 몇 개의 영상을 찍었다. 첫 영상은 딸이 데이트를 시작할 때를 위한 것이었다. 두 번째는 대학 생활을 시작할 때를 위한 것이었고, 세 번째는 결혼을 앞뒀을 때, 네 번째는 부모가 될 때, 또 하나는 아버지가 보고 싶을 때를 위해서 만들었다.

그중 하나의 영상에서 그는 딸에게 이렇게 말했다.

"지금 네가 이 영상을 보고 있다는 걸 그리고 아마도 나를 보고 싶어 하리라는 사실을 알고 있단다. 나도 널 얼마나 그리워하는지 궁금할 거야. 네가 보고 싶지. 내가 죽어가면서 제일 힘들었던 것은 너를 혼자 두고 가는 거란다. 너를 떠나지 않으려고 노력하고 노력하고 또 노력했어. 내가 그러듯 너도 가끔 나를 생각할 거라고 생각한다. 학교에서나 친구들과 바쁘게 지낼 때면 아무런 이유 없이 네 마음속으로 들를 테니 그 순간에는 내가 너를 생각하고 있다는 사실을 알아다오. 살다 보면 외로울 때가 있겠지만 결코 혼자가 아니란다. 나는 언제나 네 마음 가까이에 있을 거야."

사람들은 자녀에게 남긴 말이 영원히 그들을 평안하게 해주기를 원한다. 그리고 그 말이 떠나는 사람의 삶과 죽음의 모습을 상징적으로 보여주기를 바란다. 지금 우리가 가르쳐주는 것을 통해서 아이들은 상실이 무엇인지 알게 되고, 이 앎이 여러 세대에 걸쳐 영향을 미칠 것이다. 우리는 많은 시간을 들여 아이들에게 삶을 가르치고 있다. 역시 죽음이 무엇인지 알도록 도와줌으로써 아이들에게 사랑하는 사람이 마지막 순간을 맞을 때 어떻게 그 사람을 돌봐야 하는지를 알려주고, 상실과 죽음과 관련된 올바른 신념을 세울 수 있도록 도와주며, 사랑하는 사람에 대한 추억을 어떻게 기리는지 보여줄 기회로 만들 필요가 있다.

PART 8

죽음의 모습

우리는 모두 죽음의 과정을

이해할 필요가 있다.

또한 어떤 질문에도 정직하고 충실한

대답을 들을 필요가 있다.

1970년대 말에는 집에서 죽음을 맞기 위해 병원에서 퇴원할 때 의사와 간호사가 상당한 시간을 들여서 환자의 가족에게 오리엔테이션을 해주고 준비를 시켰다. 약물 복용법, 의료 기기 사용법, 집에서의 안전 문제 등을 가르쳐줬다. 의료팀의 일원이 "가족을 만나서 환자가 사망할 때 어떤 일이 일어나는지 말해줄까요?"라고 물으면 누군가가 "곧 가족들 나름으로 잘 알게 될 거예요."라고 대답한다.

죽음의 과정에서 어떤 일이 일어나는지 알고 있든 모르고 있든 죽음이라는 현상은 일어난다. 그렇지만 나 자신이 죽음을 직면하고 있든, 죽음을 앞둔 사람을 돌보고 있든 무슨 일이 일어나는지 알 권리가 있다.

죽음에 대해서 우리는 이야기도 듣고 글도 읽고 그림이나 영화에서 보기도 하지만 실제로 죽음의 순간을 목격하는 일은 흔하지 않다. 환자를 치료하고 사망을 선고하는 의사조차 그렇다. 죽음을 직접, 그것도 여러 번 보게 되는 사람은 별로 없다.

'평범한' 죽음을 기술하기란 어렵다. 모든 삶이 그러하듯이 모든 죽음 역시 저마다 특별하기 때문이다. 여러 사건이 정확하게 순서에 따라서 일어나지 않는다. 이제 설명하려는 일들 중 일부는 일어날 수도 있고, 일부는 아닐 수도 있다. 이런 일련의 사건이 임종을 알려주기도 하지만 죽음을 앞둔 경우가 아니어도 일어날 수 있다. 그만큼 죽음과 관련해서는 확실한 것이 별로 없다.

죽음의 모습을 조사하면서 의사인 친구에게 사람이 죽을 때 몸에 어떤 일이 일어나는지 알 수 있는 문헌에 관해서 물었지만, 그 친구는 모르겠다고 하면서 자신조차도 생의 마지막 시점에 대해서는 한 번도 공부해본 적이 없다고 했다. 나는 당연히 의학 교과서에는 죽음의 과정이 자세하게 기술돼 있으리라 생각했으나 그렇지 않았다. 그래서 두 군데 의과대학 도서관 사서의 도움을 받아 컴퓨터로 수천 권의 책을 검색해봤다. 내과학, 일차 의료, 노인학, 집중 치료, 호스피스 의료 관련 도서를 찾아봤지만 그 어디에도 죽음의 과정이 기술돼 있지 않았다. 제목을 보건대 죽음의 과정에서 나타나는 신체 변화를 조사한 것으로 추정되는 책을 몇 권 발견했지만 그 책들은 16세기나 17세기에 쓰인 것들이었다. 간호학 교과서에서도 죽음에 관한 정보는 대단히 제한적이었다. 간호사들은 상당히 빈번하게 죽음을 대하기 때문에 정식으로 준비해야 하리라 생각했으나 정보가 거의 없어서 매우 놀랄 수밖에 없었다. 설령 죽음을 기술한 책이 있다 해도 자세히 길게 쓰여 있지는 않았다. 인체 시스템이나 장기의 기능 부전에 대한 주석 정도가 죽음과 관련해서 기술해놓은 전부였다. 죽음을 맞이할 때의 심리를 다룬 책은 셀 수 없이 많지만 몸의 변화는 간과하는 듯했다. 죽음의 과정에서 일어나는 몸의 변화를 아는 사람들은 대부분 가까운 사람이 죽는 모습을 보고서야 알게 되는 것 같았다.

이 장에서는 죽음에 가까워진 사람의 몸에 어떤 일이 일어나는지를 살펴보려고 한다. 내부에서 일어나는 생화학적인 사건을 말하려는 것이 아니다. 사람이 죽을 때의 모습, 내는 소리, 느낄 수 있는 감촉, 냄새에 관한 것을 기술하려고 한다. 이런 내용이 불편할 수 있으므로 꼭 읽을 필요는 없다. 알고 싶지 않다면 다음 장으로 넘어갈 것을 권한다.

자다가 죽음을 맞고 싶다는 희망

평온하게 또는 잠을 자다 세상을 뜨는 경우는 아주 드물다. 아마도 신화에서나 나올 정도일 것이다. 실제 죽음은 훨씬 더 가혹하다. 많은 경우에 죽음을 맞는 사람은 종말을 향해서 싸움을 하는 듯 보인다. 마치 여러 해 동안 엮여 있었던 몸과 마음이 서로를 떠나보내고 싶어 하지 않는 것처럼. 이런 모습을 보는 가족도 몹시 고통스러울 때가 있다. 그런데 그런 분투가 끝나는 순간, 방 안에 있는 사람 대부분은 이제 죽은 이의 몸과 마음이 각자의 길을 떠났고 평화가 찾아왔다고 느낄 것이다.

죽음은 엔진, 조립 라인, 거대한 보일러로 가득 찬 공장의 문을 닫는 것과 같다. '정지' 스위치가 눌렸다고 모든 것이 갑자기 조용해지지는 않는다. 천천히 공장이 서면서 기계가 삐걱거리며 굉음을 낸다. 사고나 심장마비, 갑작스러운 외상으로 급사하는 경우가 아니라면 우리 몸은 대부분 그런 공장과 같아서 공장 문이 닫힐 때처럼 삐거덕거리는 굉음을 낸다. 그렇게 단계적으로 축소되는 과정이 자연스러운 현상이라는 사실을 기억하기란 쉽지 않다. 시인이자 작가인 딜런 토머스(Dylan Thomas)의 글을 빌려 이야기하자면 우리는 점잖게 죽음으로 걸어 들어가지 못한다. 죽음을 맞을 준비가 아주 잘되어 있다고 생각되더라도 쉽게 삶을 포기하지 못한다. 토머스의 글에 있듯이 "빛이 꺼져가는 데 분노하고 또 분노한다(Rage, rage against the dying of the light)".

죽음은 출생과 마찬가지로 원초적인 현상이다. 시끄럽고 황망하며 언제나 대단히 진정하다. 우리는 이 진정(眞正) 안에서 평화와 존엄을 찾을 수 있다.

죽음의 순간에 찾아오는 평화

죽어가는 사람을 집어삼킬 듯한 몸부림을 흔히 '고통의 단계'라고 부른다. 많은 사람이 마지막에는 고통스러워 보이기 때문이다. 그런데 연구에 따르면 삶의 종말에는 통증을 차단해서 고요와 기쁨을 가져다주는 특별한 호르몬인 엔도르핀이 몸에서 나온다고 한다. 임사 체험을 한 사람들에게 아주 고통스러워 보였다고 이야기하면 실제로 자기는 평화로웠다고 한다.

몸이 견딜 수 있는 중력을 'Gs'라고 부른다. 한 우주인이 자신의 Gs가 얼마나 되는지를 정하는 테스트에 참가했다고 한다. 육체적으로 벌을 받는 것 같은 이 검사에서 한계 지점을 넘으면 의식을 잃는다. 이런 상황은 모의 임사 체험에 가깝다. 어떤 느낌이었느냐고 물어보니 고통스러워 보였을 테고 극심한 신체적 충격을 견디고 있었지만 실제로는 아주 행복했다고 한다.

증명하기 어려운 현상이지만 많은 외상 근로자에 관한 보고에 따르면 그 말이 사실인 것 같다. 비가 오는 어느 날, 나는 동트기 전 이른 아침에 차를 몰아 출근하고 있었다. 길에 차가 별로 없었다. 별다른 이유 없이 내 앞에서 달리던 스테이션 왜건이 제어되지 않으면서 큰 나무를 들이받았다. 달려가서 문을 열어보니 한 번도 본 적이 없는 너무나 끔찍한 모습을 목격하게 됐다. 20대 후반의 여성이 피범벅이 돼 있었고 온몸이 짓이겨져 피부색을 알아볼 수 없는 지경이었다. 무엇인가가 계기판에서부터 삐죽 나와 있는 것이 보였다. 그

것이 오른쪽 엉덩이를 찌르고 있는 듯했다. 알고 보니 다리 위 뼈가 몸통에서 떨어져 나와 계기판에 끼인 것이다. 그녀는 숨 쉬기가 대단히 힘들어 보였다. 영원인 듯했지만 겨우 1, 2초였을 것이다. 차에서 그녀를 빼낼 수가 없고 그녀가 죽으리라는 것을 직감했다. 길 건너편 집에서 911을 불렀다는 소리가 들렸다. 구조 차량이 올 때까지 그녀와 함께 있는 것밖에 할 수 있는 일이 없었다.

함께 있으면서 '너무 젊구나. 얼마나 심하게 다친 걸까' 그런 생각을 했다. 뒷자리에 아기 장난감과 의자가 보여 '이 젊은 엄마는 아기가 자라는 걸 못 보겠구나' 싶었다. 그녀는 무슨 일이 일어났는지 깨달은 듯했다. 모든 것을 잃게 될 텐데 표정은 고요했고 화도 내지 않았다. 평화롭게 죽음을 따라갔다.

죽음과 관련해서는 어떤 단언도 하기 어렵지만 나는 사람들이 평화롭게 죽는다고 믿는다. 몸과 영혼이 분리되는 광경이 살아 있는 우리 눈에는 고통스러워 보이지만 죽음을 맞이한 사람에게는 그렇게 힘든 일이 아니라고 확신한다. 공장의 기계가 천천히 작동을 멈추듯 몸은 신음하고 삐걱거리지만 내면은 평화롭다.

죽음의 원인들

사망의 원인으로는 고령, 말기 질환, 치명적인 외상 등이 있다. 우리 몸의 시스템과 장기는 도미노처럼 차례차례 무너진다. 어떤 순서를 밟느냐는 기저 질환이나 외상 그리고 그 사람의 건강 상태, 이전에 앓았던 병, 의학적 치료 등에 따라 다르다. 순환 시스템이 망가지고 뇌에서 더 이상 생명 유지 시스템을 조정할 수 없게 되고, 한두 개의 장기가 투쟁을 포기하면서 조직이 충분한 산소를 받아들이지 못하면, 몸 전체 시스템이 파괴되고 여정의 마지막 단계로 접어든다.

병이 몸의 어디에서 시작되든, 몸의 어느 부위에서 처음으로 또는 가장 심하게 통증이 생기든 결국 심장이 뛰지 않고 숨을 쉬지 않아야 죽는다. 뇌와 호흡계와 순환계의 기능이 비가역적으로 정지된 상태를 사망이라고 정의한다. 그렇지만 이런 정의에 해당하는 상태인데도 불구하고 죽지 않기도 한다. 예를 들어 멎어버린 심장에 전기 '충격'을 가하면 다시 심박동이 돌아온다. 물에 빠져서 호흡이 멎은 경우에도 심폐소생술로 되살릴 수 있다. 심한 외상과 광범위한 출혈로 순환계 기능이 멈출 수 있지만 수혈이나 기타 여러 방법으로 이 문제를 해결할 수 있다. 뇌는 산소 없이 몇 분은 버틸 수 있으므로 빨리 산소를 공급하면 영구 손상을 막을 수 있다. 사망에 이르려면 뇌, 폐, 심장의 기능이 더 이상 원래 상태로 돌이킬 수 없게 돼야만 한다.

죽음이 찾아오는 순간

사랑하는 사람이 상태가 나빠지고 있을 때에는 친구들과 가족이 여러 날 곁을 함께 지킨다. 직장도 가야 하고 아이들도 돌봐야 하지만 임종이 가까워지면 그래도 곁을 지키려고 한다. 언제 임종을 할지 확실히 알 수 있는 방법이 없지만 몇 가지 흔한 징후가 보이면 죽음이 임박했음을 알 수 있다.

40대 후반인 캐시는 불행하게도 에이즈에 걸렸다. 본래 정부 기관의 전문가로 일했던 그녀는 이제 고통받는 사람들의 권리를 찾아주고 에이즈 연구와 치료에 재정적 지원을 더 하도록 로비하는 활동가가 됐다. 사람들은 그녀의 활력에 놀랐지만 유머를 잃지 않는 모습이 훨씬 더 인상적이었다. 삶을 바라보는 시각이 독특하고 풍자적이어서 모든 그룹에 힘이 됐다.

나를 포함해서 그녀의 가족과 친구들이 병상에 모였다. 임종이 임박했다는 것을 알고 있었지만 마지막이 몇 분, 몇 시간, 며칠 후가 될지는 아무도 모르고 있었다. 주말을 넘기지 못할 듯했지만 월요일 아침에도 다들 병상을 지키고 있었다. 일하러 가야 하고 아이들도 학교에 보내야 했기에 자리를 떴다가 점심시간에 다시 모였다. 그때에도 캐시의 상태에는 변화가 없었다.

캐시가 좋아하는 피자를 주문해놓고 병상에 둘러앉아 그녀에게 말도 하고 손도 잡아주며 캐시도 우리의 마음도 편안해졌다. 그런데 갑자기 캐시의 상태가 나빠졌다. 호흡이 불규칙적으로 깊어지고 힘들어하면서 전과 달리 훨씬 더 눈에 띄게 애를 썼는데 임종이 임박했다는 것을 알리는 듯했다. 캐시가 숨을 거두는 바로 그 순간 주문한 피자가 도착했다. 너무 놀라서 한순간 모두 조용히 서 있었다. 그러다 누군가가 문을 열어 피자값을 주고 놀란 배달원을 돌려보냈다. 캐시가 마치 농담처럼 기가 막히게 타이밍을 맞춘 것을 축하하면서 고마운 마음으로 피자를 먹을 수밖에 없었다.

임종 시 일어나는 일들

죽음이 임박하면 보이는 공통적인 징후가 몇 가지 있다. 의학 교과서에서 다루는 내용이 아니라 단순히 어떤 모습을 예상할 수 있는지 설명해두려 한다. 이런 일들이 항상 일어나지는 않으며 정해진 순서도 없다. 병 때문에 몸이 피폐해진 상태일지라도 여전히 생명력이 남아 있어서 때가 돼도 알지 못할 경우가 있는 듯하다. 그래서 우리가 예상하는 것처럼 죽는 일은 생각처럼 쉽지가 않다. 인간의 몸이 죽는다는 건 얼마나 어려운지 놀란 적이 아주 여러 번 있다.

수면

임종에 앞서 며칠이고 몇 시간이고 수면 시간이 늘어난다. 마치 몸이 삶에서 퇴장하려는 듯 보인다. 그렇게 수면 시간이 늘어나는 데에는 여러 신체 시스템이 정지하거나 저단 기어로 가는 것처럼 움직이는 것 말고도 여러 이유가 있다. 널리 알려진 이론에 의하면 에너지를 보존해서 제일 중요한 장기에만 남은 에너지를 사용하려는 것이라고 한다.

이렇게 수면 시간이 늘어나면 반응을 보이지 않는 무의식 상태가 될 수 있다. 심각해 보이면 의사에게 알리는 것이 좋다. 그렇지만 잠이 늘었다고 해서 당연히 죽는다고 할 수는 없다. 우리가 할 수 있는 일은 죽어가는 사람을 가능한 편안하게 해주는 것이다.

식사

임종이 가까워지면 식사와 음료 섭취 양이 일반적으로 줄어든다. 간혹 어떤 보호자는 무언가 먹도록 하면 모든 게 좋아지리라는 생각에 음식을 억지로 먹이려고 한다. 또한 배가 고프거나 목이 말라서 죽을지도 모른다고 생각한다. 먹고 마실 수 없거나 그러지 않으려고 하는 것은 더 큰 문제인 죽음의 한 증상일 뿐이다.

자고 있거나 무의식 상태인 사람에게 음식이나 음료를 줘서는 안 된다. 질식의 위험이 있기 때문이다. 입술이 말라 있거나 목이 마른데도 마실 수가 없는 상태라면 얼음이나 레몬 글리세린이 묻은 면봉을 약국이나 간호실에서 얻어서 입술을 적셔준다.

요실금

소변과 대변이 전혀 조절되지 않을 수 있다. 임종이 가까워진 사람은 몸이 불편할 뿐만 아니라 실수를 해서 놀라고 당황할 수 있다. 이때 패드를 사용하면 편하고 깨끗해진다. 정성을 다해서 안심시키고 가능한 프라이버시를 지켜준다. 요실금이 지속적인 문제라면 의사가 요도관 삽입을 처방할 수도 있다. 임종이 가까워지면서 음식과 물을 적게 섭취하면 장의 움직임이 줄고 소변의 양도 적다. 신장 기능이 정지하면 양이 훨씬 줄어든다.

호흡

임종이 가까워지면서 가장 눈에 띄고 힘들어지는 기능이 호흡이다. 숨소리는 주변에서 흔히 들을 수 있는 약한 잡음 정도다. 숨소리가 커지고 거칠고 불규칙하면 지켜보는 사람이 놀랄 수 있다.

임종 때까지 거의 정상적으로 호흡하는 사람도 있지만 여러 시간 여러 날 숨을 쉴 때마다 힘들어하는 사람도 있다. 폐암이나 기타 폐질환이 있는 사람은 그런 괴로움이 여러 주, 여러 달 계속되기도 한다. 가정이나 병원에서 숨을 들이쉬고 내쉴 때마다 마치 벽을 가까이 빨아들였다가 밀어내려는 듯이 크고 거칠게 숨을 쉬는 환자들을 볼 수 있다. 어떤 때에는 갑자기 숨을 쉬지 않아서 사람들을 놀래키기도 한다.

죽음이 임박했다는 사실을 알려주는 또 다른 호흡 패턴은 호흡장애, 무호흡, 체인-스토크스(Cheyne-Stokes)호흡이 있다.

호흡장애는 힘들고 짧은 호흡이라고 정의하고 있다. 숨을 쉬는 것만으로도 아주 힘든 상태인 것이다. 들이쉴 때마다 폐 바로 아래 복부 양쪽의 피부가 맨 아래 갈비뼈 뒤로 확 빨려 들어가는 듯 보인다.

임종을 눈앞에 둔 사람이 아직 깨어 있고 의식이 명료하다면 호흡장애가 생길 때 환자 자신이 매우 놀랄 수 있다. 숨이 제대로 들이마셔지지 않는 건 인간에게 충분히 공포스러운 상황이다. 어느 날 밤 소아병동에서 마지막 몇 시간 동안 제러미(16세)가 힘겹게 숨 쉬는 모습을 지켜보고 있었다. 낭성섬유증으로 용감하게 싸워왔던 잘생긴 이 아이는 거의 죽을 때가 됐는데도 여전히 정신이 또렷했다. 제러미는 너무 무서워했지만 나와 가족이 해줄 수 있는 일이 없었다. 진통제를 충분히 주겠다고 하면서 사랑한다는 말과 걱정하지 않아도 된다는 말밖에는 할 수 없었다. 그날 밤 제러미와 함께 밤을 지새우며 우리는 마리안느 윌리엄슨의 『일루미나타(Illuminata)』에 있는 내용을 이야기했다.

"죽음의 천사가 아주 무서울 거라고 생각했어요. 그런데 이제는 죽음의 천사가 이렇게 중요하고 무서운 순간에 신이 우리에게 보내주는 가장 친절하고 이해심 많은 천사임이 분명하다는 걸 알겠네요."

통증이 있어 보이면 의사에게 처방을 요청해야 한다. 환자가 불안해하면 의사가 추가로 약을 처방해줄 것이다. 모르핀 같은 것은 통증과 불안에 도움이 된다. 그렇지만 가장 좋은 약은 환자가 사랑받고 있다는 것 그리고 혼자가 아니라는 사실을 알게 해주는 것이다.

무호흡은 수초에서 1분까지 오랫동안 숨을 쉬지 않는 증상이다. 혈액순환의 감소와 노폐물이 몸에 쌓여서 생기는데 처음에는 이 무호흡 증상이 짧게 나타난다. 그러다가 몸이 쇠락하면 무호흡 시간이 길어진다. 임종 며칠 전부터 시작되기도 하고 겨우 몇 분 전에 처음 나타나기도 한다. 무호흡을 보면 보호자와 지켜보던 사람들이 무척 놀랄 수 있다. 죽었다고 생각될 때쯤 갑자기 큰 소리로 환자가 가쁜 숨을 다시 쉰다. 무호흡의 시작은 흔히 임종이 임박했음을 뜻한다. 이렇게 무호흡이 시작되면 환자를 더 편하게 해줄 수 있는 다른 방법이 전혀 없다. 환자는 의식이 없기 때문에 당사자보다 보는 사람이 더 불편할 때가 있다. 이때 최선은 그 사람 곁에 있으면서 서로를 편안하게 해주는 것이다.

체인-스토크스호흡이란 깊고 빠른 호흡과 무호흡이 주기적으로 번갈아 계속되는 것이다. 이런 불규칙한 호흡 양상은 느리고 얕은 호흡으로 시작한다. 호흡이 점점 빨라지고 깊어지며 강도가 세지면 마치 격한 운동을 한 사람처럼 힘들어한다. 그러다가 한동안 무호흡 증상이 나타나고 이런 주기가 반복된다. 호흡이 시작되고 소리가 커지고 집어삼킬 것 같다가 완전히 조용해질 것이다. 죽음이 코앞에 와 있다는 신호다. 이런 형태의 호흡이 있을 때도 역시 최선은 의사에게 상태를 알리고 사랑하는 사람을 편안하게 해주는 것이다.

청색증

혈액에 산소가 부족하고 이산화탄소가 증가하여 피부와 입술 점막의 색이 푸르게 변하는 증상을 청색증(Cyanosis)이라고 한다. 실제로 피부와 점막이 파래지는 것이 아니고 약간 푸른 기나 회색을 띤 푸른색기가 도는 것이다. 청색증은 임종 전 순환계에 이상이 생기면서 나타날 수 있다. 정작 본인은 임종이 가까웠기 때문에 청색증을 알지 못하고 일반적으로 돌보는 사람이 이런 변화를 감지한다. 이는 임종 과정의 정상적인 부분이다.

저산소증

산소를 흡수해서 전신에 공급하는 능력이 떨어지기 때문에 몸의 여러 부분이 산소 부족 상태가 된다. 행동의 변화, 판단력의 이상, 각성 수준의 저하, 두통, 졸음 상태 증가 등의 증상이 나타날 수 있다. 저산소증으로 인해 발작, 무반응이 나타나고 더 진행되면 청색증이 나타난다. 이럴 때는 당사자에게 안전하다고 말해주고, 두통 등의 증상을 완화하는 약을 처방 받을 거라고 확실히 알려주는 것이 중요하다. 또한 어떤 결정을 해야 할 필요가 있을 때 죽음을 앞둔 사람의 판단력에 이상이 생길 수 있다는 점을 기억해야 한다.

발작

우리 몸의 세포는 전기적 자극을 주고받음으로써 소통한다. 죽음이 다가오면 이러한 세포들 사이의 소통이 불안정해진다. 혈압이 내려가 뇌로 가는 산소 공급이 떨어져서 뇌세포의 기능이 망가진다. 세포들이 자발적으로 전기 자극을 꺼버려서 뇌 안에서 전기 폭풍이 일어나고 몸이 여러 곳으로 목적 없이 마구잡이 명령을 내리게 된다. 이것이 발작이다.

팔다리를 떨고 턱이 뻣뻣해지는 등 갑작스러운 발작을 하면서 숨을 거두게 된다. 마치 간질 발작을 하는 듯 보일 수 있다. 어떤 때는 그런 떨림이 위에서부터 머리 꼭대기로 진행되는 것처럼 보인다. 이때 할 일도 임종을 눈앞에 둔 사람을 안심시키고 발작이 일어나는 동안 다치지 않도록 하는 것이다. 임종 직전에는 발작이 자주 일어나기 때문에 이때야말로 우리가 해주는 말을 알아듣건 못 알아듣건 안전하다고, 사랑한다고 말해주면서 안심시키고 부드럽게 어루만져줘야 한다.

냄새

조직에 영양을 공급할 수 없거나 조직을 건강하게 유지할 수 없으면 근육이 부패하면서 특유의 썩는 냄새가 난다. 괴사된 조직에서 냄새가 나는데 이는 조직이 죽어가고 있다는 뜻이다. 암이 있으면 암세포가 조직화되지 않고 혈액 공급이 원활하지 않아서 암 덩어리가 죽는다. 당뇨병 등의 경우에는 적절한 혈액순환이 이뤄지지 않아서 몸의 일부분이 서서히 죽어가고 그것 때문에 냄새가 난다. 이 냄새가 어떤 냄새인지 설명하기도 어렵고 다른 냄새와 비교하기도 쉽지 않다. 암 환자에게서 이런 냄새가 나는 일이 훨씬 흔한데 특히 폐암, 구강암, 식도암을 앓는 환자에게서 그렇다. 이런 냄새를 없앨 좋은 방법이 없는 것이 안타깝다. 대부분의 경우에 몇 분 지나지 않아 이 냄새에 적응하게 되지만 가능하다면 공기청정기를 작동시키거나 창문을 열어주면 도움이 된다.

열과 땀

임종이 다가오면 몸이 심한 감염과 싸워 이기려고 하기 때문에 열이 나는 것은 아주 흔한 현상이다. 때로는 심한 운동을 할 때처럼 땀을 엄청나게 흘리기도 한다. 이 시기에 일어나는 다른 증상과 마찬가지로 의학적 처치는 별로 도움이 되지 않는다. 이마를 부드럽게 닦아주는 것이 해야 할 일이다.

가만히 있지 못함

최근에 전신으로 암세포가 퍼진 대장암 말기 환자 루이스와 함께 있게 됐다. 임종의 마지막 순간이 되자 호흡장애와 통증이 심해졌다. 앉아 있을 때나 누웠을 때 편한 자세를 찾을 수 없어서 환자도 가족들도 매우 난감해했다. 누우면 배는 편했지만 숨 쉬기가 어려웠다. 앉으면 숨 쉬기가 나아졌지만 복부 통증이 심해졌다.

가만히 있지 못하는 것은 이렇게 저렇게 자세를 바꾸려고 하기 때문이다. 침대 시트를 잡아당기기도 하고 계속해서 침대 위에서 뒤척이고 앉았다 일어났다 하면서 침대 윗부분을 올려달라 내려달라 등 어쩔 줄 몰라 한다. 호흡곤란, 통증, 불안 등 여러 이유 때문에 편한 자세를 찾기가 어렵다. 단순히 '바른' 자세를 찾지 못하는 것이 아닐 수도 있고, 때로는 바른 자세라는 것이 없을 때도 있다.

필요에 따라서 자주 자세를 바꿔주는 것이 좋다. 이런 상태가 상당히 오래 계속되면 진정제를 처방해줄 것이다. 이렇게 가만히 있지 못하는 이유가 원래 있었던 통증 때문이 아니라고 안심시켜주는 것이 중요하다. 그리고 이때쯤 통증을 다시 평가해보는 것이 좋다.

심장

심장마비나 기타 심장 질환 환자가 아니라면 임종에 가까워질수록 심장은 다른 장기나 시스템의 기능을 보상하려고 더 열심히 일한다. 예를 들어 혈액에 산소가 충분하지 않으면 심장은 더 힘차게 더 빨리 뛴다.

심장의 노력이 가상하기는 한데 박동수가 빨라진다고 해서 혈액의 산소 부족을 보충할 수는 없다. 심장이 지쳐서 더 이상 빨리 뛸 수 없게 되면 속도가 느려지다가 결국 어느 시점에는 멈춘다. 심장이 단호하게 움직임을 멈추지 않아서 다른 장기가 완전히 망가졌는데도 계속 생명을 유지하는 사람도 있다. 씩씩하게 뛰는 심장을 인지하지 못한 채 생명을 연장하는 환자를 보는 것은 참으로 잔인한 일이다.

순환

생명이 꺼져가면 혈액순환이 느려진다. 환자의 손이나 발을 만져보면 혈액순환이 느려져서 나타나는 현상을 알 수 있다. 손발이 보통보다 차갑다.

혈액순환이 제대로 되지 않고 더 이상 심장이 전신으로 혈액을 보낼 수 없으면 환자의 몸 아랫부분이 검붉게 변하는 것을 볼 수 있다. 혈액이 동맥과 정맥을 통해 힘차게 순환하지 못하고 중력으로 인해 처져서 몸의 아랫부분에 고인다.

많은 경우 혈액 응고 기전이 작동하지 않아서 여러 군데에서 출혈이 생긴다. 몸의 여기저기에서 설명되지 않는 멍이 생긴다. 어떤 조치도 별 소용이 없을 것이다. 조용히 앉아 있는데 갑자기 가슴에 멍이 생긴다. 환자의 가족은 욕창이나 피부 불편감을 예방할 수 있는 부드러운 특수 매트리스를 쓰면 어떻겠냐고 묻지만 그런 것은 임종 과정에서는 효과가 없으며 이때 체위를 바꿔주려고 하면 환자만 더 불편해질 뿐이다. 이때에도 통증을 다시 평가해볼 필요가 있다.

시각

다른 감각과 함께 청력과 시력이 떨어진다. 시력이 떨어지면 물체가 뿌옇고 어둡게 보인다고 말할 것이다. 또 가끔은 명확하게 '보는 것'에 대한 의사표시를 할 때도 있다. "어머 할머니, 안경 필요하지 않으세요?"라고 할 때 "굳이 보고 싶지 않아."라고 하는 할머니의 반응이 이해되지 않을 수도 있다. 다른 변화와 마찬가지로 임종을 앞둔 사람은 더 이상 바깥을 보려고 하지 않는다. 어떤 사람은 분명하게 보이지 않아서 일시적으로 그럴 수 있지만 일부는 덜 보면 편하기 때문이다.

다른 기능처럼 뇌의 활동도 줄어든다. 뇌의 기능은 매우 다양하다. 뇌에는 언어, 사고 등 인지 과정을 관장하는 상위 센터가 있고 우리의 생각과는 상관없이 호흡, 심장박동 등의 감각을 관장하는 하위 센터가 있다. 그중 하나가 빛에 눈이 반응하는 동공 반사 또는 빛 반사다. 눈으로 빛이 들어가면 망막에 비치고 그 신호는 시신경을 따라 뇌로 전달된다. 뇌에서는 눈의 근육이 움직이도록 명령을 내려서 동공을 넓히기도 하고 줄이기도 한다. 이것이 동공 반사다. 이런 빛 반사를 조절하는 뇌의 부분이 기능을 멈추면 눈동자가 확장될 것이다. 같은 이유로 눈동자가 더 이상 움직이지 않는다. 머리를 돌려도 눈이 따라오지 않는다. 이런 경우를 얼굴 표정이 전혀 없어서 '인형 눈동자'라고도 한다. 일단 영혼의 창인 눈에 생기가 없어지면 세상을 뜬 것처럼 보일 수 있다.

청각

도로시에게는 남편 랠프와 끝내지 못한 일이 남아 있었다. 랠프가 아무 반응 없이 죽음의 문턱에 있을 때 도로시가 남편을 흔들며 귀에 대고 "당신을 사랑해요. 당신도 날 사랑해요?"라고 크게 소리쳤다. 대답이 없자 더 심하게 흔들며 랠프와 더 이상 의사소통이 되지 않는다는 것을 알게 될 때까지 크게 외쳤다.

무의식 상태에 있었던 사람이나 임사 체험을 했던 사람들로부터 알게 된 사항이 몇 가지 있기는 하지만 이 단계에서 실제로 청력을 테스트할 방법은 없다. 그런데 그런 상황에서 소리를 '들었다'고 하는 사람이 많다. 청력이 제일 마지막까지 남는 감각이라는 것은 널리 받아들여지고 있다. 그래서 의료인은 환자가 끝까지 들을 수 있다고 생각해 행동하라고 배운다.

가족들이 죽음이 임박한 사람이 말을 들을 수 있느냐고 내게 물으면 "그럼요, 몸으로는 듣지 못해도 영혼으로는 들을 수 있습니다. 여러분이 진심에서 우러나온 말을 건넨다면 의식이 없는 사람도 마음으로부터 그 말을 들을 수 있다고 나는 믿고 있어요."라고 대답한다.

외침

죽어가는 사람이 저 깊은 곳에서부터 나오는 듯한 외마디 소리를 지르는 것은 흔한 일이다. 어떤 말이기보다는 그저 외침에 가깝고 의사 표현이 아니라 반사 작용에 가깝다. 그렇다 해도 그때 몸과 마음이 분리되지 않으려고 마지막으로 저항하느라 성대나 폐에 경련이 일어날 때만큼 심한 고통을 느낀다고는 생각하지 않는다. 정말로 그 때가 오면 곁에 있는 것 말고는 우리가 할 수 있는 게 아무것도 없다.

가래 끓는 소리

임종 자리에 모인 사람들이 흔히 '가래 끓는 소리'를 들으면 십중팔구 심란해진다. 이 소리는 목 뒤나 폐 등 상기도부(上氣道部)에 고인 침이나 다른 분비물을 뱉을 수 없을 때 나는데 분비물 때문에 질식할까 봐 본능적으로 뱉어내려는 것이다. 흔히 실제 상황보다 소리가 더 나쁘게 들린다. 빨대로 탄산음료를 들이마실 때 나는 소리와 비슷하다는 것을 알아두면 도움이 된다. 공기는 계속 폐로 들어간다. 이 소리가 몸이 꺼져가는 과정의 하나일 뿐임을 알고 있으면 두려움을 덜어낼 수 있다. 이 역시 죽음이 임박했음을 알려주는 신호다.

입가의 거품

임종 시 입가에 약간의 거품이 생기는 것은 흔한 일이고 자연스러운 현상이다. 언젠가 극진하게 남편을 돌봤던 어떤 부인과 만나게 됐다. 그 부인은 평생 남편을 위해서 집을 근사하게 가꾸고 가정도 훌륭하게 꾸리려고 언제나 최선을 다했다. 그녀는 죽음을 눈앞에 두고서 고통스러웠지만 자신보다도 자신의 죽음이 남편에게 어떤 영향을 줄지를 더 걱정했다. 실제로 내게 이야기하기를 "보기 역하고 황당한 일이 일어나면 방에서 남편을 내보내주세요. 내 기저귀 가는 모습을 남편이 기억하게 하고 싶지 않아요."라고 했다.

그녀가 임종했을 때 남편은 그녀의 침대 옆 의자에 앉아서 자고 있었다. 흔히 그러듯 마지막 순간에 그녀의 입에서 거품이 나왔다. 남편을 너무나 걱정했던 그녀였으니 이런 자신의 모습을 남편에게 보이고 싶어 하지 않으리라 생각했기에 나는 존엄함을 지켜주기 위해서 거품을 깨끗이 닦아낸 뒤에 남편을 깨웠다.

죽음의 순간

생명의 온기가 사라지면 숨도 쉬지 않고 심장박동도 사라진다. 말을 걸어도 만져도 반응이 없을 것이다. 눈꺼풀은 약간 열려 있고 눈은 앞을 똑바로 뚫어져라 보듯이 고정되어 움직이지 않는다. 턱은 힘이 빠지고 입이 약간 열린다. 피부는 윤기가 없어지고 색이 달라지며 탄력을 잃는다. 이전에 피부에 힘을 불어 넣어주던 뭐라 말할 수 없는 기운이 사라질 것이다. 이제 막 세상을 떠난 사람을 볼 때마다 몸의 불이 막 꺼진 것처럼 생각된다. 뭐라 분명하게 말할 수 없는 이 생명의 소멸 과정은 그것이 사라지고 나서야 비로소 가장 분명하게 그 모습을 드러낸다.

육체의 죽음을 지켜보는 것은 고통스러운 경험이지만 대부분은 사랑하는 사람과 깊고 귀한 순간을 함께했다고 느끼게 된다.

그러니 작별을 너무 서두르지 말자. 많은 사람이 임종 직후에도 영혼이 육체 가까이 있다고 믿는다. 죽은 사람에게 말을 해주고 손을 잡아주자. 그리고 그를 위해 기도를 해주는 것이다. 그 사람의 여정이 안녕하기를 빌어주고, 당신이 옳다고 생각하는 일을 하면 된다. 비록 육체의 연결은 이제 막 끝났지만 감정은 계속 연결되니까 말이다.

PART 9

태풍의 눈 속에서 마주하는 죽음

누구나 평화롭게 위엄을

갖추고 죽음을 준비해야 한다.

어떤 돌봄을 받을지 결정하는 데

참여하고,

마지막 순간까지 살아 있는 존재로

대우받아야 한다.

아홉 살 때 우리 가족은 여름마다 연례행사처럼 허리케인이 불어닥치는 남부에서 살았다. 매년 새로운 이름의 허리케인이 불었지만 대비하는 것도 무서운 것도 늘 같았다. 1969년 찾아온 허리케인 '카미유'는 내 인생을 완전히 바꿔놓았다. 우리는 초등학교 체육관의 철제 현관 아래서 밤을 보냈다. 내 평생 가장 시끄러운 밤이었다. 그 굉음, 부서지는 소리, 무섭게 울부짖는 바람 소리들. 그 소리를 들으면서 나는 누군가는 죽고 무언가는 파괴되고, 어딘가에서는 도와달라고 울부짖고 있으리라는 것을 알고 있었다. 그런데 갑자기 아무것도 없이 사라져버렸다. 바람도, 비도, 온갖 소리도 사라졌다. 완벽한 평화와 침묵. 바로 태풍의 눈 속에 있었던 것이다. 태풍의 눈이 지나가자 다시 바람이 거세게 불기 시작했는데 이번에는 반대 방향에서 불어왔다. 포효하고 부서지는 소리가 다시 돌아왔다. 그날 밤을 어떻게 무사히 넘길 수 있었는지 지금 생각해도 아련하다.

살면서 우리가 도전해야 할 것은 바로 평안하게 위엄을 지키며 죽음을 맞는 것, 다시 말해 사방에서 옥죄어오는 듯한 상황과 우리를 약하게 만드는 감지하기 어려운 문제까지 감당하는 것이다. 그때가 되면 평화와 위엄은 순식간에 사라진다.

사교적이고 지적인 핸슨 부인은 60대 중반에 악성 뇌종양이 생겼다. 집 근처의 호스피스 병동에서 인생의 마지막을 보내고 있던 부인을 방문한 어느 날 간호사가 주사액을 교체하려고 방으로 들어왔다.

"안녕하세요, 달콤한 케이크 부인." 간호사가 경쾌하게 인사를 건넸다.

"'호밀'이라고 불러줘요." 핸슨 부인이 다정하게 대답했다.

간호사가 어리둥절해서 "호밀이라니요?"라고 묻자, 부인이 "아니 호밀이 어때서?"라고 되받아쳤다.

핸슨 부인은 간호사가 자신의 이름을 부르지 않으면 자신의 위엄을 지켜주지 않는 것이라는 사실을 알려주려고 유머를 사용한 것이다. 사람들은 평생 자신의 위엄을 찾고 내가 누구이며 어떻게 살 것인지 탐구하며 살아간다. 위엄을 지키며 산다는 것은 의미 있는 방식으로 사는 것, 자신을 가치 있는 존재로 보는 것 그리고 자신이 하는 모든 일에 스스로 큰 보람을 느끼는 것이다. 궁극적으로 직업이나 사는 곳은 아무 상관이 없다.

위엄 있게 살아야 하듯이 죽을 때도 누구나 위엄을 잃지 않아야 한다. 위엄 있게 죽는다는 것은 삶이 그러하듯이 죽음도 의미가 있고 목적이 있어야 한다는 뜻이다. 즉 자신이 원하는 방식으로 삶을 마감해야지 다른 사람들이 보기에 적당하거나 의미가 있어 보이는 방식으로는 옳지 않다. 위엄 있게 죽는다는 것은 늘 그렇듯이 마지막 순간까지도 나 자신이 된다는 의미다.

위엄을 상실했을 때

삶이 끝날 때가 가까워지면 많은 사람이 위엄을 지키기 위해서 고군분투한다. 그런데 위엄을 지키지 못하도록 만드는 가장 고약한 주범은 의료 시스템이다. 사람을 비인격화하고 자기만의 삶, 역사, 가족이 있는 이들을 병실 몇 호의 어느 병상으로 바꿔 부르면서 그 사람의 위엄을 앗아간다. 어떤 의사나 간호사에게는 핸슨 부인이 차 사고로 남편을 잃은 뒤 세 아이를 키우며 야간대학을 나와 사업을 시작한 여성이 아니라 그저 "644호실의 뇌종양 환자" 또는 "302호실 심부전 환자"일 뿐이다. 질병이나 병실 호수로 규정되고 불린다면 위엄을 유지하기 어렵다.

이런 의료 시스템에서는 병과 죽음을 적으로 간주하고 있어서 어떤 대가를 치르더라도 죽음을 극복해야 한다고 우기기 때문에 사람들은 위엄을 지킬 수 없다. 우리 몸은 의사들이 '고치려 하는' 전쟁터가 된다. 투병 생활이 불편하거나 더할 수 없이 불쾌하다는 것을 인정하지 않으려 한다. 그들은 몸이 망가지면 고치고 싶어 한다. 모든 것을 다 고칠 수 있다고 믿고 싶어 하고 그렇지만 죽음을 앞둔 사람은 어딘가 망가진 것이 아니기 때문에 고칠 수 없다. 죽음은 실패가 아니고 정상적인 삶의 한 부분이기 때문이다.

의료 시스템은 위엄을 지켜준다고 할 때조차 우리의 위엄을 빼앗아간다. 나는 의과대학생이나 간호대학생과 죽음에 관해 토론할 때면 자신이 어떻게 죽고 싶은지 써보라고 한다. 어디에서 누가 꼭 함께 있었으면 하는지, 적극적인 치료를 요청할지, 무엇을 입고 있을지, 심지어 어떤 음악을 들으며 죽고 싶은지 적으라고 한다. 그러고는 학생들에게 이렇게 말한다.

“자기가 쓴 글을 자세히 보세요. 지금 여러분 자신을 위해서 계획한 죽음의 모습을 조만간 여러분이 보게 될 환자에게 투영하게 될 겁니다. 부드러운 음악이 흐르고 좋은 향기가 나는 방에서 숨을 거두고 싶은 건 당신의 선택이에요. 그런데 환자에게도 똑같이 하겠다고 고집을 피우지는 마세요. 평화롭게 죽고 싶어 하든 엉망진창인 상태에서 죽으려고 하든, 록을 듣고 싶어 하든 발라드를 듣길 원하든 그건 그 사람의 선택입니다. 당신의 신념을 다른 사람에게 강요하면 결국 그들의 위엄을 빼앗는 것입니다.”

죽음을 앞둔 사람에게서 위엄을 빼앗는 건 의료 시스템만이 아니다. 환자를 돌봐주는 사람들이 ‘올바른 일’을 하게 하려고 애쓰는 것도 잘못이다. 그들이 말하는 ‘올바른 일’이란 다분히 일방적인 결정이다. 환자가 원하지 않는데 그가 살던 아파트에서 지내게 하는 것, 또는 반대로 병원에 있길 원하는데 집으로 데려오는 것, 남은 시간을 친구들과 보내고 싶은데 종일 쉬라고 하는 것, 또는 무슨 일이 일어나고 있는지 더 이상 관심이 없는데 뉴스를 보면서 최신 소식을 계속 알려주는 것도 해당된다. 물론 자연스럽게 죽기로 결심했는데 투병하도록 강요하는 것까지 포함된다. '올바른 일'이든 다른 무엇으로 부르든 상관없다. 환자의 의사가 아닌 결정을 강요하면 그의 위엄은 손상되고 만다.

마지막으로 죽음을 마주한 사람에게서 위엄을 빼앗는 것은 환자 자신일 수도 있다. 정말 중요한 것이 무엇인지 환자가 잊은 경우에 그렇다. 자기도 모르게 스스로 위엄을 잃고 만다. 죽음의 과정은 그 자체가 상실이다. 다른 무엇보다도 그동안 살면서 축적된 '외면의 껍데기'를 잃는다. 이제 더 이상 회장도 아니고, 친한 친구도 아니며, 야구 단짝도 아니고, 멋진 요리사도 아니다. 지도자, 선생님, 노동자, 친구, 운동선수, 엄마, 아빠, 아들, 딸, 형, 동생의 역할을 모두 버리는 것이다. 살면서 뿌듯해하던 그런 역할은 환자라는 역을 맡으면 모두 사라진다. 그러면 과연 무엇이 남을까? 자신을 바라보는 방식이 남는다. 세속적인 역할에서 벗어나 스스로를 특별하고 유일한 존재로 인식한다면 위엄을 지킬 수 있다. 위엄은 오로지 내면에서부터 규정할 수 있기에 누군가에게는 자신의 위엄을 지키는 것이 쉬운 일이다. 그렇지 못한 환자는 사랑하는 사람과 의료 시스템이 위엄을 지킬 수 있도록 도와야 한다. 가까이에 있는 이들이 죽음을 앞둔 사람의 위엄을 지켜주는 것은 아주 중요하다.

정직, 존중, 연민

30대 후반의 젊은 나이에 루게릭 병을 앓던 환자가 기억난다. 병원에서 죽음을 앞두고 있던 그에게 삶이 얼마나 남았는지 아무도 알지 못했다. 그의 아내와 아이들이 병실을 떠나고 난 후 그와 함께 이야기하게 됐다. "지금 이 상황에서 가장 힘든 점이 뭐예요?"라고 묻자, 그는 이렇게 대답했다.

"사람들은 대부분 몸이 나빠지는 것이 제일 힘들 거라고 생각할 거예요. 그런데 그렇지 않아요. 그리고 병원에 있는 것이 아주 힘들지도 않아요. 여기 참 좋아요. 간호사들은 무척 친절하고 의사들도 병에 대해서도 그렇고 앞으로 어떤 일이 있을지 잘 설명해주지요. 가족들도 자주 오고 음식도 좋아요. 케이블 TV도 볼 수 있고요. 그렇지만 내게 가장 힘든 건 다들 나를 '과거형'으로 보고 있다는 거예요. '한때' 완벽하고 중요했던 사람으로 보는 거죠. 지금이 아니라 이전에 에너지 넘쳤던 아버지, 사랑스러운 남편, 이 도시에서 가장 잘 나가는 사진작가인 거죠. 어느 누구도 나만큼 결정적 순간을 짚어낼 수 없었어요. 이제 더 이상 그런 걸 할 수는 없지만 여전히 나는 나거든요. 여전히 완벽한 나라고요. 더 이상 혼자 살 수 없는 때가 돼도 온전한 한 사람으로 봐주면 좋겠어요. 업신여기거나 아기나 반푼이 취급을 하지 않았으면 좋겠어요."

가족이건 친구건 요양보호사건 누구든 죽음과 마주한 사람을 살아 있는 사람과 똑같이 대해줘야 한다. 그는 아직 살아 있고, 끝까지 정직과 존경과 연민으로 계속 살아갈 것이기 때문이다. 자기 자신에게 진실하고 자기만의 방식으로 생을 마감할 수 있는 기회를 줘야 한다. 또한 사랑과 존경을 보내야 한다. 마지막 순간까지 머리를 곧게 세우고 위엄 있게 살다가 죽을 수 있도록 도와야 할 책무가 우리에게는 있다.

어떤 경우에는 위엄을 지키기 위해서 우리가 도와줄 수 있는 일이 없을 때도 있다. 위엄은 그 사람의 내면에서 비롯되기 때문이다. 그렇지만 어떤 사람들은 다른 사람이 자기를 어떻게 봐주고 대우해주느냐에 따라 적어도 어느 정도는 위엄을 지키기도 한다. 자신의 위엄을 보호한다는 것은 애칭이나 별명을 불러도 된다고 허락할 때까지는 적절한 이름으로 불러준다는 뜻이다. 방에 들어가기 전에 노크를 한다는 뜻이며, 무슨 일이 있었으면 하느냐고 물어보고, 귀 기울여 대답을 들어주는 것을 의미한다. 무엇을 하느냐만큼 어떻게 하느냐와 자신을 어떻게 생각해주느냐가 중요하다. 당신의 생각이 당신 목소리의 억양과 행동에 언제나 드러나기 때문이다.

죽음을 앞둔 사람도 마찬가지다. 자신이 여전히 살아 있는 사람이고 존중받을 자격이 충분하다는 점을 믿는다는 것 자체가 그 사람의 위엄을 지켜준다. 그들은 지금 살아 있고 존중받을 자격이 충분하다. 차이가 있다면 그들이 지금은 우리의 도움을 필요로 한다는 것뿐이다. 도움을 줄 기회, 어쩌면 그것은 우리의 의무가 아니고 특권이다.

위엄 있게 죽을 권리

사회적으로 '죽을 권리'라는 개념에는 이견이 많고 계속 변화하고 있다. 몇 년 전 본격적으로 언급됐을 때에는 대부분의 사람이 캐런 앤 퀸란(Karen Ann Quinlan)의 이야기를 떠올렸다(1975년 스물한 살이었던 퀸란이 식물인간 상태에 처하자 인공호흡기를 제거해달라는 그녀의 부모와 이 요구를 거부한 병원 측이 법적 분쟁을 벌였다 – 옮긴이). 당시 많은 사람에게는 죽을 권리란 음식물 공급 튜브나 인공호흡기 같은 인위적인 방법으로 생명을 연장하지 않는다는 뜻이었다. 그러나 오늘날의 죽을 권리는 대부분의 경우 조력자살을 떠올리게 한다.

옳건 그르건 잭 케보키언(Jack Kevokian) 박사는 조력자살, 즉 말기 환자의 죽음을 의사들이 도와주는 것을 허가할 것이냐 아니냐의 문제를 표면화했다.

이 문제를 단순히 냉정하게 법적인 논쟁거리나 엄격하게 의료적 결정이라고만 할 수는 없다. 그런 차원의 문제가 아니기 때문이다. 문명사회에서 자살은 최선이 아니라 좋은 죽음을 위한 하나의 선택에 불과해야 한다. 환자가 무자비한 고통 속에서 죽지 않도록 하고 홀로 죽지 않게 하며 원하지 않는 치료를 강제하지 않도록 의료 공동체가 투쟁에 나설 것을 요구해야 한다. 의료 종사자로서 나의 입장은 "통증과 고통을 완화하기 위해서 과연 모든 것을 했는가?"라고 묻는 것이다. 의료 공동체는 환자가 병으로 임종을 맞게 될 때 기꺼이 도움을 주기로 하고 편안하게 잘 죽도록 돕기로 맹세해야 한다.

죽을 권리의 또 다른 측면, 즉 인위적인 방법으로 생명을 연장하지 않을 권리는 사람을 속박하는 가장 위험한 테러를 범하게 한다. 100여 년 전에는 산 채로 매장되는 무서운 일이 만연했다. 소수의 사람이 죽지도 않았는데 죽음이 선고되어 캄캄하고 밀폐된 공간 안에서 깊은 무의식 상태로부터 깨어나 산소가 희박한 공기를 들이쉬며 관 위로 흙을 뿌리는 소리를 듣는 무서운 일이 벌어지곤 했다. 때로는 매장할 때 바깥으로 통하는 파이프를 관에 심어서 '죽은 사람'이 나중에라도 되살아나면 숨을 쉬고 소리를 질러 도움을 요청하도록 했다. 경보 장치도 사용됐다. 관 속에서 눈을 뜨면 줄을 잡아당겨서 무덤 위에 위치한 벨이 울리게 한 것이다.

지금은 기술의 발달로 언제 사망했는지 정확하게 말할 수 있다. 심장박동이 없으면 생명이 없는 것이다. 그렇지만 기술이 더 발전하면서 이제는 기능이 멈춘 장기를 대체하는 기계를 이용해서 사람을 '살아 있게' 만들 수 있다. 그래서 오늘날 우리는 너무 일찍 묻히는 것이 아니라 너무 오래 살게 되는 것을 두려워하고 있다.

과거에는 죽음이 훨씬 인간적이었다. 대부분의 경우 그저 침상에 누워 있다가 결국에는 '잔디'를 이불 삼아 파묻혔다. 기술이 발전하면서 죽음은 훨씬 더 복잡해졌고 의사들은 어려운 결정을 하지 않으면 안 되게 됐다. 그런데 환자나 그 가족들과 상의하지 않고 의사가 결정을 내리게 하는 건 과연 공정할까? 오늘날 의사의 재량권은 훨씬 줄어들었다. 오히려 어떤 대가를 치르더라도 사람을 살리겠다는 극단을 선택한다. 사실 많은 의사가 모든 경우에 '책에 쓰인 대로 따르겠다'고 우긴다. 그리고 고소를 당하지 않고 면허를 잃지 않기 위해서 가장 보수적인 의학 교과서의 내용을 따르겠다고 한다. 이러니 우리는 참으로 어려운 질문에 맞닥뜨리지 않을 수 없다.

해럴드의 어머니는 심한 뇌졸중으로 왼편이 부분적으로 마비돼서 말도 못 하고 먹지도 못 한다. 음식물 공급 튜브에 의지한 채 살지는 않겠다고 말해왔지만 입원해 있는 병원에서 법적인 행동을 취하겠다고 위협하는 바람에 마지못해 그렇게 하도록 허락했다. 해럴드는 어머니에게 무슨 일이 일어났는지 설명해줬다.

"그다음 두 달이 넘도록 엄마는 수십 번도 더 튜브를 빼버렸어요. 그때마다 다시 튜브를 넣었는데 할 때마다 의사도 있어야 했고 엑스레이 사진도 찍어야 하는 매우 불편한 시술이었습니다. 더 이상 튜브를 뽑지 않도록 하기 위해서 마비되지 않은 손을 침대 레일에 묶었는데도 엄마는 천천히 몸을 움직여서 묶어놓은 손에 튜브가 닿으면 다시 튜브를 뽑아버렸어요. 그런 일을 반복했습니다. 2월에는 담당 의사가 제안한 대로 배를 통해 소장 영양 공급 튜브를 집어넣는 수술을 받았지요. 가엽게도 엄마가 그렇게 의사 표현을 했건만 실제로 엄마가 원하는 것과는 반대로 억지로 치료를 받다가 3월 초에 돌아가시고 말았습니다[베티나 박스올(Bettina Boxall), '비통함과 고통에 빠진 가족들', 「LA타임스」, 1996. 3. 7]."

음식물 공급 튜브가 좋으냐 나쁘냐 또는 의학적으로 적절하냐 그렇지 않느냐는 내가 결정할 문제가 아니다. 오히려 위의 이야기는 환자의 바람을 들어주는 것이 중요하냐 아니냐의 문제다. 해럴드와 그의 어머니에게 인공 영양 공급은 생각지도 않은 선택이었다. 그렇지만 인공 영양 공급이 자신의 신념이나 종교에서 아주 중요한 부분을 차지하는 사람도 있다. 의료 공동체는 환자와 가족에게 분명한 메시지를 받아서 그 소망을 이뤄줘야 한다.

그렇다면 피하고 싶은 고통스러운 처치를 억지로 받도록 하는 것과 처치를 받지 않고 죽도록 내버려두는 상황 사이의 중간 지점을 우리가 선택할 수 있을까? 수년 동안 뇌 기능이 전혀 없는데 인공호흡기를 걸고 코줄(Nasal tube)로 미리 소화된 아미노산을 위에 넣어주면서 무의식 상태인 사람을 계속 '살아 있도록' 하는 것이 과연 자연스럽게 죽도록 해주는 길일까? 인공 보조 기구, 음식 공급용 튜브, 인공호흡기를 떼어내는 게 '살인'이라고 정의한다면 의료 공동체에 무언가 잘못이 있어 보일지 모른다. 반면 의사들이 보기에 희망이 없는데도 어머니가 아들을 살리기 위해 의학적으로 가능한 조처는 무엇이든 해달라고 요청할 때 그런 요청 역시 '잔인한 행동'이라고 볼 수는 없다.

기술의 발달로 삶의 말기에 단순히 생명을 연장하고 고통의 깊이를 더하는 경우도 있다. 생명 연장이 유일한 목적이라면 호흡기를 걸어 '살아 있게' 하면 제일 좋을 것이다. 그렇지만 조금이라도 삶의 질을 고려한다면 아니라고 말해야 할 때도 있다. 기술로 인해 생기는 고통을 줄일 방법을 찾아야 한다. 고통을 끝내는 것과 생명을 끝내는 것을 구별할 줄 알아야 한다. 생명을 구하고 보존하기 위해서

할 수 있는 것은 다 해야 하지만 분명히 진 싸움에는 끼어들지 않는 것이 오히려 더 인간적이다.

위엄 있는 죽음

어느 날 오후에 '달콤한 케이크'라는 별명을 가지고 있는 핸슨 부인 방으로 오더리가 들어왔다. 눈부신 여름 햇빛이 창문을 내리쬐고 있었다. 오더리가 "커튼을 칠까요? 이런 오후 햇빛은 좋아하시지 않죠?"라고 했다. 핸슨 부인은 그를 침대로 불러서 이렇게 말했다고 한다.

"이건 내 죽음이오. 당신은 당신 식대로 해요. 난 내 식대로 죽을 거니까."

그녀는 끝까지 정직하고 독특했다. 그래서 위엄이 있었다.

응급실 담당 의사인 마크 카츠는 환자의 위엄을 지켜주는 좋은 방법을 알고 있다.

"내가 처음 경험한 심장마비 환자가 기억납니다. 인턴 때였어요. 완전 정신이 없었죠. 모든 사람이 여기저기 뛰어다니고 있었습니다. 지금은 심장 관련 응급상황에서 침착을 유지하도록 모두 노력합니다. 일단 기도를 확보하고 정맥주사 선을 확보한 다음 약을 주고 심폐소생술을 시행하고 가끔 제세동기를 사용하면 모든 것이 평화로워지죠. 응급실에서 심정지가 발생하면 엉망진창이 되지 않도록, 조용하지만 단호하게 말하려고 합니다. 할 일을 모두 했는데 성공하지 못했다면 그분은 가능한 위엄 있게 돌아가셔야 합니다. 심정지가 됐을 때 최대한 침착하고 의연하게 대처하는 것이 그분의 죽음을 위엄 있게 해드리는 길입니다."

에일린 게티에게 위엄 있게 죽는다는 것은 특별한 의미가 있다. 그녀는 이렇게 말한 바 있다.

"주변 사람들이 나의 죽음을 받아들이고 기념해주는 거잖아요. 이제 더 이상 과거를 기념하거나 과거를 이야기하는 것이 아니고 미래를 기념하는 거예요. 그것이 나의 죽음을 기리는 것입니다."

로런스는 자신이 생각하는 위엄 있는 죽음을 글로 남겼다. 30대 중반에 로런스는 호지킨병(Hodgkin' disease, 면역체계를 관여하는 림프구가 돌연변이가 되면서 암세포로 바뀌어 무한 증식하는 병-옮긴이) 진단을 받았다. 어느 날 오후 커피를 마시며 그에게 자신의 죽음과 위엄에 대해서 생각해본 적이 있는지 물어보니 이렇게 답했다.

"어떻게 죽고 싶은지 참 여러 번 생각해봤어요. 내 죽음에 내가 참여하고 싶어요. 내 죽음을 내가 조정하고 싶습니다. 내가 알고 사랑하는 사람들에게 둘러싸여서 집이든 친구네든 바람이 불고 해가 밝게 비치는 멋진 곳에서 죽고 싶어요."

안타깝게도 죽음을 앞둔 사람들이 자신의 위엄이 지켜지리라고 언제나 확신할 수는 없다. 그래서 가족들이 얼마나 열심히 싸워주느냐가 중요하다. 그가 원하는 게 무엇인지, 위엄을 지켜주기 위해서는 뭐가 필요한지 알고 있다면, 우리는 그렇게 해줘야 한다.

미리엄은 자신의 죽음이 아니라 자신의 딸, 게일(27세)의 죽음을 어떻게 위엄 있게 도와줘야 할지에 대해 고민하고 있었다.

"딸애는 곧 죽을 거예요. 그게 현실이죠. 나는 죽음을 모르지 않아요. 할머니가 입원해 계실 때 돌아가시기 전 몇 달 동안 할머니를 뵈러 다녔어요. 평소 할머니는 내가 본 사람들 중에 가장 깔끔하고 깨끗한 모습을 유지하셨죠. 늘 솜씨 좋게 손질을 하셔서 머리카락 하나도 흐트러짐이 없었어요. 그런데 어느 날 할머니를 보고 너무 놀랐어요. 머리카락엔 기름기가 끼고 자기 몸을 전혀 간수를 하실 수 없었죠. 젖은 스펀지로 간단히 하는 목욕만 가능했어요. 휠체어를 타지 않으면 안 됐고요. 그런데 할머니께서 내 손을 잡으시고는 가고 싶다고 말씀하시는 거예요. 처음에는 '안 돼, 할머니. 아직 더 오래 살 수 있으세요. 싸워야지요.'라고 했어요. 그런데 이제 더 이상 위엄을 지킬 수 없으니 가고 싶으시다는 거예요. 그래서 할머니를 보내드렸어요. 할머니께서 가실 준비가 돼 있다는 것을 알았거든요. 이제 때가 됐다고 말하는 건 내가 할 일이 아니었어요. 이미 할머니가 결정해놓으셨던 거예요.

이젠 딸애가 에이즈에 걸렸네요. 언젠가 딸애도 갈 준비가 됐다고 결정할 거예요. 아픈 걸 더 이상 견딜 수 없거나 더는 삶을 지속할 의미가 없다고 느끼면요. 이유가 있다 한들 뭐가 중요하겠어요. 딸애가 준비되면 바로 그때가 된 거지요.

앞으로 시간이 얼마나 남았든 그 시간을 평화를 찾기 위해 쓸 수 있었으면 해요. 그 애를 돌봐주고 병 때문에 그 애를 무서워하지 않고 부끄러워하지 않았던 사람들이 보는 가운데 딸애가 죽음을 맞기 바라요. 딸애가 스스로를 돌볼 수 없고 기저귀를 차고 있어도 그 애가 괜찮다고 하면 내가 돌봤으면 해요. 사랑하니까요. 위엄 있게 대해줄 거라고 안심시킬 거예요. 내 딸은 그럴 권리가 있거든요. 물론 저도 그 애에게 바라는 것이 있지만 그것 때문에 원하는 것을 방해하고 싶지는 않아요. 얼마나 더 오래 살아야 하느냐는 상관없어요. 만약 5년을 더 산다면 그 5년 동안 행복했으면 해요. 내가 앞으로 일어날 일을 바꿀 수는 없어요. 문제를 해결할 수도 없고요. 딸애가 죽을 거라는 사실도 바꿀 수 없고요. 그렇지만 위엄을 갖도록 해줄 수는 있어요."

죽음 속에서 마주하는 평화

평화는 마음의 상태다. 일어나고 있는 일이 아무리 혼란스럽고 상황이 아무리 어려워도 모든 것을 조용히 수용하는 것이다. 마음속에 차분하고 조용한 여백이 있다면 평화로울 수 있다.

죽음은 폭풍과 같다. 죽음은 원초적이다. 죽음은 혼란스럽다. 또한 죽음은 자연의 힘이며 우리의 삶을 뒤흔들어놓는다. 그렇지만 폭풍의 눈에서 발견한 침묵처럼 죽음의 혼돈과 고통, 그 외로운 밤 속에서도 인간은 평화를 찾을 수 있다. 또한 마지막 순간에 불필요한 모든 것을 없애버리면 평화를 발견할 수 있다. 분노, 미움, 해결되지 않은 감정을 놓아버리면 평화만이 남는다. 자신 안의 평화에 다다를 때 우리는 태풍의 눈 속에서 죽을 수 있다.

PART 10

홀로 마주하지 않는 죽음

사람은 홀로 죽지 않아야 한다.

당신과 나, 모두는 평화롭고 위엄 있게

죽음을 준비해야 하고,

죽음의 순간까지 살아 있는 사람으로

대우받아야 한다.

어느 날 아파트 관리소장이 내게 전화를 걸어 다급한 목소리로 말했다. "무슨 일이 난 것 같아요. 며칠 동안이나 리처드가 보이지 않아요. 마지막 만났을 때 안 좋아 보였거든요. 차고에 차가 있는 걸로 봐서는 집에 있을 것 같아서 여러 번 문을 두드렸는데, 작은 소리가 들려 마스터키로 열고 들어갔어요. 그랬더니 세상에! 화장실도 가지 못한 채 꼼짝도 못 하고 누워 있었나 봐요. 축축한 침대 위에서 탈진한 채로 널브러져 있었습니다."

내가 서둘러 관리소장을 도와주러 가보니 어찌된 일인지 리처드가 매우 놀라면서 내게 인사를 건넸다. 그는 너무 엉망진창으로 더러워서 나이도 짐작할 수 없을 정도였다. 스물다섯인지 예순인지 알 수가 없었다. 현대식 아파트에서 이렇게 비인간적인 모습이라니 너무 비현실적으로 느껴졌다. 도움을 요청하기 위해 전화를 걸려고 하자 리처드가 다급하게 막았다.

"전화하지 마세요! 주치의든 다른 의료진이든 전화하지 마세요. 난 죽어가고 있다고요. 이제는 아무도 어떻게 할 수 없어요."

리처드의 말이 옳았다. 그는 죽어가고 있었다. 나는 "그래도 몸을 깨끗하게 하십시다. 편하게 있도록 해봐요."라고 말했다. 하지만 그는 기운 없이 손을 저으며 이렇게 말할 뿐이었다.

"나는 에이즈 환자예요. 내 가까이에 와서는 안 돼요. 죽게 내버려 두세요."

당시에는 에이즈에 대해 거의 알려진 게 없었다. 사람들은 에이즈를 두려워했고 나 역시 무서웠지만 리처드가 이렇게 죽어가도록 놔둘 수는 없었다. 보호 장비를 입을 테니 내 도움을 받겠느냐고 묻자 리처드는 그렇게 하겠다고 했다. 중년의 간호사 매지에게 도움을 요청했다. 우리는 특수 가운을 입고 장갑과 마스크를 착용했다. 어찌나 완전무장을 했던지 에이즈는 물론 핵폭발로 떨어지는 낙진도 막을 수 있을 정도였다.

몇 시간에 걸쳐 허약해진 서른다섯 살의 어른을 깨끗이 씻기고 침대에서 수프를 마시게 해줬다. 그러고는 무슨 일이 있었는지 물어봤다.

"다 저것 때문이었어요."

그는 침대 옆에 있는 녹음기를 가리키며 답했다. "녹음을 했어요. 아무도 곁에 없기 때문에 녹음기에게 말했지요. 듣고 싶으면 들어도 됩니다."

나는 매지에게 리처드를 보고 있으라고 해놓고 다른 방에서 긴장하면서 녹음기를 틀었다.

리처드는 자신이 어떻게 입원을 하게 됐으며 주치의가 어떤 식으로 자신이 에이즈에 걸렸다는 사실을 말해줬는지 녹음해뒀다. 의사는 완치될 수 없다고 했다. 치료 방법이 없기 때문에 죽을 거라고 말했다. 그 의사는 "스스로에게 이런 일을 한" 사람을 돌보고 싶지 않다고 말했다는 것이다. 의료진은 리처드가 입원해 있는 내내 혼자 내버려뒀다. 식반은 입원실 문앞에 놓아두고 갔고, 간호사도 의사도 리처드를 보러 오지 않았다. 그는 녹음기에 "혼자 죽게 된다면 집에서 죽는 게 낫겠다."라고 남겼다. 그러고는 친구를 불러 집으로 데려다 달라고 했다. 병원에서는 어느 누구도 집으로 돌아가겠다는 리처드를 말리지 않았고 집에서 어떤 일이 벌어질지도 알려주지 않았다.

리처드를 집으로 데려가려고 온 친구는 그의 상태를 보고 충격을 받았다. 리처드는 집으로 가면서 친구에게 자신이 에이즈 환자라는 사실을 말했다.

"나는 친구가 나를 끌어내려서 길가에 내버리고 갈 거라고 생각했다."는 리처드의 음성이 흘러나왔다. 같이 차를 타고 가는 사람이 무서운 병에 걸렸다는 사실을 알게 된 그 친구는 창문을 완전히 내렸다. 최대한의 속도를 내서 리처드 집에 도착해서는 그를 차에서 내리게 했다. 녹음기 속 리처드의 목소리가 다시 말했다.

"집에 도착했다. 다른 친구에게 전화하고 부모님에게도 전화를 걸었다. 모두 나하고 얽히고 싶어 하지 않았다. 그때처럼 외로운 적이 없었다. 비로소 알았다. 다시는 어느 누구도 나를 안아주거나 만져 주지 않을 거라는 사실을."

다행히도 매지와 나는 리처드가 혼자 있지 않아도 된다는 사실을 확신시킬 수 있었다. 새 주치의를 만나기로 했고 주사를 맞고 가정 간호를 받기로 했다. 매지가 매일 아파트로 가서 식사를 거들고 목욕도 시키고 침대보를 갈고 통증 치료도 해줬다. 매지는 이 상황에서 리처드에게 절실하게 필요했던 동료애를 보여줬다. 그로부터 꼭 일주일 후 리처드는 매지의 손을 잡은 채 세상을 떠났다.

우리가 생각할 수 있는 가장 슬픈 일이라면 아마도 홀로 외롭게 맞는 죽음일 것이다. 사람들은 살면서 내내 다른 사람들, 잘 아는 사람, 친구, 가족, 사랑하는 사람들과 연결되기를 필사적으로 원한다. 말싸움이나 이혼으로 그런 연결이 깨지거나 너무 멀어서 만나기 어려워지면 슬퍼한다. 죽음에 직면했을 때 이런 연결이 끊어지면 슬픔은 더욱 커진다. 생이 끝나가는 상황에서는 우리를 돌봐주는 사람들과 그 어느 때보다 함께 있어야 할 필요가 훨씬 더 크다. 그래서 우리 누구든 반드시 홀로 죽도록 두어서는 안 된다.

죽음을 앞둔 사람을 고립시키는 상황

죽음은 본래 우리가 경험하는 일 가운데 가장 고독한 사건이다. 사고를 당해 다른 사람들과 함께 죽는 경우가 아니라면 죽음의 순간은 오로지 나 혼자서 겪어야 한다. 이러한 고독은 오늘날처럼 잔인한 시대에 우리가 서로를 고립시키고 있다는 사실과 함께 복합적으로 작용한다.

우리는 병실이 아닌 대기실에서 기다리면서 죽어가는 사람을 고립시킨다. 더 이상 대화를 나누지 않고 더 이상 그들의 말을 들어주지 않음으로써 그들을 고립시킨다. 물리적으로 함께하지 않기도 하지만 더 흔하게는 감정적으로 함께하지 않는다.

또한 무슨 일이 일어나고 있는지 말해주지 않음으로써 죽어가는 사람을 고립시킨다. 죽음을 눈앞에 둔 사람은 죽음에 대한 이야기를 꺼릴 거라는 생각은 케케묵은 고정관념에 불과하다. 그들은 자신에게 어떤 일이 일어나고 있는지 말하고 싶어 한다. 에일린 게티는 몇 년 전 젊은 배우 리버 피닉스(River Phoenix)가 약물 과용으로 사망했던 클럽 밖에서 티모시 리어리(Timothy Leary, 심리학자 겸 작가)에게 달려가 안겼던 일을 말해줬다. 에일린과 티모시는 한동안 만나지 않고 있었다. 그렇지만 두 사람은 곧 서로에 대해서 알아가기 시작했다. 머지않아 두 사람 모두 말기 질환을 앓고 있다는 사실을 알게 됐다. 에일린은 에이즈 환자였고 티모시는 전립선 암 환자였다.

"우리 둘은 즉시 '떨어질 수 없는' 사이가 됐어요."

에일린이 선택한 '떨어질 수 없는'이라는 단어는 의미심장하다. 두 사람은 자신이 이 세상과 너무나 떨어져 있다고 느꼈다는 뜻이기 때문이다. 어떤 의미에서 우리는 죽을 때 철저히 혼자가 된다. 죽음이란 원래가 사람들, 재산, 세상과 분리되는 현상이기 때문이다. 만약 죽지 않은 사람이 있다면 그는 물리적으로나 감정적으로 어떤 과정을 거쳐 인간이 죽는지 이해할 수 없을 것이다. 에일린이 말했다.

"티모시는 아주 친절하죠. 그래서 그의 죽음에 대해서 물어봤어요. 그는 진정으로 이해해줄 사람과 그 문제를 솔직하게 이야기하게 되기를 오랫동안 기다려왔다고 했지요."

말기 질환을 진단받은 사람과 이야기할 때 그 사람의 감정을 깊이 이해하기란 당연히 어렵다. 그렇지만 에일린과 티모시는 둘 다 머지않아 죽으리라는 사실을 알면서 살고 있었다. 둘은 자신들이 이 세상의 일부분이 될 수 없다는 생각을 하고 있다는 점에서 인식 수준이 비슷했다. 나는 에일린에게 말해줬다.

"사람들이 죽음과 죽어간다는 것에 대해 나누는 두 사람의 대화를 들으면, 공격적이거나 미친 이야기라고 생각할 수 있어요. 그런 이야기를 우연히 들은 사람은 분명 '힘을 내!' '항복하지 마요.' '그런 식으로 말하지 마요!'라고 할 거예요."

그녀는 "그래요. 그래서 사람들이 우리만 따로 내버려두는 거예요. 우린 현실의 일부가 되지 못하기 때문이지요."라고 말했다.

우리가 죽음을 앞둔 사람과 같은 시선으로 세상을 바라봐주지 않을 때 그들은 고립된다. 그렇지만 살아가는 사람과 죽음을 맞는 사람이 같은 배를 타고 있다는 사실을 이해하지 못할 이유가 없다. 죽음 앞에 선 사람은 건강한 사람보다 조금 일찍 떠날 뿐 여전히 같은 배를 타고 있는 것이다.

굳이 말로 모든 의사소통을 할 필요도 없다. 말하지 않아도 가장 위대하고 심오한 소통이 이루어질 수도 있다. 나는 병실에서 환자와 보호자 두 사람이 그저 서로를 쳐다보고 있는 모습을 여러 번 보았다. 한 사람은 침대에 누워 있고 한 사람은 옆에 앉아서 한마디도 하지 않았지만 둘 사이에 소통은 계속되고 아주 진지하다는 것을 알 수 있었다.

수년 전 한 여성이 아들의 죽음이 임박한 상황을 감당하기가 너무 힘들다고 토로한 적이 있었다. 그러한 자신의 감정을 남편과도 나눌 수 없었기 때문에 더 힘들다고 했다.

"남편은 자신의 감정을 이야기하지 않으려고 했어요. 전 가끔 너무 외로워서 이웃집에 가서 옆집 사람을 붙들고 울곤 했어요."

그 이웃 사람이 뭐라고 말해줬나고 물었더니 "그 사람은 아무 말도 할 필요가 없어요. 내가 왜 우는지 물어볼 필요도 없고요. 그녀도 아들을 먼저 떠나 보냈거든요. 그래서 옆집에 가서 울 수 있었어요. 우리 두 사람은 굳이 말하지 않아도 알고 있거든요."라고 했다.

사랑하는 사람이 죽음을 눈앞에 두고 있을 때 언제나 딱 들어맞는 말을 해줄 필요는 없다. 아무 말 없이 함께 있어주기만 해도 된다. 중요한 것은 곁에 함께 있는 것이다. 그러면 내가 사랑하고 이해한다는 것을 그들도 알게 된다.

친밀한 상태로 죽음을 맞기

죽음의 순간에 혼자가 아니라는 것은 사람에 따라 의미가 다르다. 이혼한 뒤 하나뿐인 자식을 혼자서 키운 나이 지긋한 미리엄에게는 홀로 죽지 않는다는 것이 병들고 쇠약해진 자신을 무서워하지 않는 사람이 돌봐준다는 뜻이었다.

몇 년 전 어느 날 저녁, 외동딸 게일이 에이즈에 걸렸다는 이야기를 자신에게 해줬을 때, 미리엄은 자신이 어떻게 했는지 내게 이야기하면서 흐느껴 울었다. 게일이 식탁에 앉아 있었는데 보통 때 같으면 에너지 넘치고 활달한 딸이 그날은 유독 피곤해 보였단다. 게일은 오랫동안 감기에 시달리느라 힘들었노라고 하면서 여러 주 음식을 넘길 수 없었다고 했다. 좀 더 이야기를 나누다 보니, 결국 게일은 에이즈 바이러스에 감염됐다는 사실을 덤덤하게 고백했다. 미리엄은 늘 그랬듯이 딸을 꼭 안고 손을 잡아주고 그래서 모든 것이 다시 더 좋아지게 하고 싶었다. 그렇지만 딸이나 자신을 위해서 할 수 있는 일은 없단 것을 알고 있었다.

그러다가 게일이 무심하고 의례적인 말투로 어떻게 병을 알게 됐는지, 어떤 약을 먹는지, 얼마나 살 수 있을지, 앞으로 얼마나 심한 통증에 시달릴지 등등을 이야기했다. 에이즈에 걸리면 피부에 파란 반점이 생긴다고 말할 때는 처음으로 목소리에 감정이 느껴졌다. 그렇게 예쁘고 젊은 아가씨가 “머지않아 보기 흉측한 ‘발진의 여왕’이 될 거야.”라면서 씁쓸하게 웃었다.

더 이상 안아줄 수는 없었지만 미리엄은 식탁에 몸을 기대어 이제 다 자란 그러나 여전히 작은 아기인 딸에게 손을 내밀었다. 그렇지만 그렇게 한 것이 게일을 더 슬프게 만들었다.

"엄마, 나 에이즈에 걸렸어. 아무도 내게 다시는 키스해주지 않을 거야. 다들 너무 무서워해."

용감한 엄마는 그 말이 떨어지기가 무섭게 딸의 얼굴을 꼬집으며 키스를 해줬다. 그리고 "난 무섭지 않다, 얘야."라고 하면서 울음을 터뜨렸다.

"앞으로 네게 무슨 일이 벌어질지 모르겠다. 모두 좋아질 거라고 약속할 수 없어. 그렇지만 절대로 널 두고 도망가지는 않을 거야. 너를 안아주고 네가 키스해주길 원하면 그렇게 해줄게. 네가 이 세상에 태어났을 때 처음 해줬듯이 이 세상을 떠날 때 마지막 키스도 내가 해주마."

사람들은 일상에서 서로 가까워지는 것을 두려워한다. 하지만 사랑하는 사람이 죽어가고 있는데 과연 그런 친밀함을 어떻게 저버릴 수 있겠는가? 죽어가는 사람의 손을 잡고 진심으로 가까워지려고 하면 삶에서 몇 되지 않는 가장 순수하고 정직한 순간을 경험하게 된다. 보통은 죽어가는 사람 가까이 있는 것을 꺼리고 그의 몸을 만지려고 하지 않는다. 그렇지만 죽어가는 부인의 손을 잡고 있는 남편의 모습보다 더 가슴 따뜻한 광경은 없다. 죽음이 다가올 때는 사랑하는 사람의 품이야말로 가장 안전한 장소다.

죽어가는 이에게 내미는 사랑의 손길

에일린 게티와 이야기를 나누던 중 죽음을 '팀 스포츠'라고 표현하는 데 감동을 받았다. 그녀는 우리 모두 같은 팀에서 뛰고 있다고 했다. 세상에 태어나 살다가 함께 죽는 같은 팀 소속이라는 것이다. 티후아나에서 봤던 암 병동은 죽음이 팀 스포츠라는 점을 이해한 듯했다. 그곳에서는 입원할 때 누구든 함께 오라고 하면서 추가 비용은 없다고 했다. 실제로 남편, 아내, 딸, 친구 등 누구와 함께 있든 그 사람들이 치료의 한 부분이라고 생각했다. 그렇게 보면 미국의 의료 시스템은 전 세계에서 가장 고립돼 있는 제도일지 모른다. 병실로 사랑하는 사람을 부르지 못하고 면회 시간이 정해져 있다. 의료시설이라면 보호자와 친구의 접근을 막을 것이 아니라 삶의 마지막 순간에 그들의 사랑을 통해 도움받아야 한다.

카츠 박사는 어느 날 아침 심하게 숨이 차서 응급실로 온 서른다섯의 체격 좋은 목사를 나와 함께 본 적이 있다. 그 목사는 땀을 뻘뻘 흘리면서 그날로 "치료받고 나가야" 한다고 했다. 다음 날 아침 예배를 맡았기 때문이었다. 아마도 폐렴이나 어쩌면 폐색전(Pulmonary embolism, 폐의 혈관이 혈전이나 공기에 의해 막히는 병)일 것으로 생각했기에 담당 의사는 정밀 검사 후 치료를 시작했고 검사를 더 하기 위해 다른 진료과로 보냈다. 그런데 검사를 받는 동안에 목사가 갑자기 가슴을 움켜쥐며 쓰러졌다.

"20분 동안 목사님을 살리려고 애썼어요. 목사님을 병원에 데려다 놓고 이런 일이 벌어지고 있는지 몰랐던 가족들은 커피를 마시러 아래층에 내려가 있었죠. 가족들이 돌아왔을 때 목사님이 사망했다는 이야기를 해야 했는데 그 충격을 상상이나 할 수 있겠어요? 가족들은 의료진이 심폐소생술을 하고 있는 동안에 그 곁에 있고 싶다고 했어요. 의사로서 그런 부탁을 받은 경우는 처음이었습니다. 내 생각에 가족들이 함께할 수 있는 마지막 시간이 될 것 같아서 그분들을 데리고 들어갔습니다. 그럴 만하잖아요. 간호사에게 가능한 조용히 해달라고 했고 가족들에게는 어떤 일이 예상되는지 이야기해줬습니다.

지금까지 임종을 맞는 사람들을 많이 봤고 생각도 많이 했습니다. 그렇지만 그때처럼 눈물이 난 적이 없었습니다. 여동생 분이 침대 옆에서 '가지 마, 오빠. 제발 돌아와.'라고 울며 말했죠. 사망한 뒤에 이렇게 하는 사람들은 봤지만 아직 살아 있는 위독한 상황에서 가족들이 그렇게 하는 것을 보니 너무나 가슴이 아팠습니다. 내가 사망 선고를 할 때까지 그들은 환자 곁에 있었습니다.

더 자주 그렇게 하지 못하는 것이 놀랄 일이지요. 사랑하는 사람이 죽을 때에는 바로 그렇기 때문에 그곳에 함께 있을 수 있어야 합니다. 나는 대부분의 경우 의무 기록지에 가족들을 위해서 그리고 죽음을 앞둔 사람을 위해서 환자의 가족들이 하루 24시간 병실에 있을 수 있다고 적어둡니다."

그곳에 함께하기

임종의 자리는 아주 친밀한 장소가 되기도 한다. 그런데 우리는 임종에 반드시 참석해야 하는지 확신이 서지 않을 때가 있다. 다시 말해 임종 자리에 내가 있는 것이 무슨 의미인지 혹시 있어서는 안 되는 데에 끼어드는 것이 아닌지 확실히 알 수 없을 수도 있다. 그렇지만 가끔은 답이 분명할 때도 있다. 우리가 임종에 함께하는 유일한 사람일 때에는 대답이 분명하다. 다른 경우에는 그렇게 분명하지 않다.

어느 날, 나는 개리의 전화를 받았다. 고등학교 친구가 악성 교모세포종(Glioblastoma)이라는 뇌종양으로 죽어가고 있다고 했다. 이미 하와이에 있는 그 친구를 한 번 만나러 갔다 왔는데 그 친구 곁에 있어야 할지 모르겠다고 했다. 친구 부인과 가족들에게 자기가 그곳에 있어야 할지 물어보았지만 답을 듣지 못했다고 했다. 그들도 어떻게 해줬으면 하는지 몰랐다. 나는 다른 사람들에게 허락을 받으려고 하지 말고 친구의 임종 자리에 함께 있는 것이 옳은지 아닌지 스스로 결정하라고 말해줬다.

환영받지 못하는 곳으로 쳐들어가라는 것이 아니라 다른 사람이 나에게 무엇을 해야 하는지 말해주기를 기대해서는 안 된다는 뜻이었다. 개리에게 친구의 부인이나 부모님은 슬픔에 싸여 있고 다른 사람들과 마찬가지로 그들도 남편과 자식의 죽음에 전혀 준비가 돼 있지 않다는 것도 일깨워줬다. 그런 상황에서 그 어떻게 질문에 답을 해줄 수 있겠는가?

누군가의 임종 자리에 있어야 하는가는 개인적인 문제로 당신만이 결정할 수 있다. 그런 결정을 내릴 때 고려해야 할 것은 다음과 같다. '해야 할 말을 모두 했는가?' '이동을 해야 그곳에 갈 수 있는가?' '내일 임종한다면 그 자리에 있을 수 있겠는가?'

아무리 애써도 사랑하는 사람이 혼자서 임종을 맞을 때도 있다. 그렇게 되길 죽은 이 자신이 바랐을 수도 있다. 그레이스는 아들 제프가 임종을 앞뒀을 때 이전에 아들과 함께 있어주지 못한 것이 후회됐다. 그래서 이제는 아들과 함께 있어야겠다고 결심했고 마지막이 다가오면서 제프가 죽는 그 순간에 곁에 있으려고 옆에서 꼼짝도 하지 않았다. 제프는 어머니가 곁에 있어서 좋았지만 어머니가 해주는 것보다 좀 더 여유가 필요할 때가 있었다. 자주 혼자 있을 시간을 달라고 어머니에게 부탁했다.

어느 날 그레이스가 "네가 태어날 때 함께 있었던 것처럼 네가 떠날 때에도 함께 있겠다."라고 선언했다.

그렇지만 제프는 그레이스에게 이렇게 말했다.

"엄마, 중요한 것은 지금 여기에 엄마가 함께 있는 거예요. 내가 언제 어떻게 죽을지는 아무도 몰라요. 후회 없이 엄마와 헤어지고 싶어요. 어쩌면 혼자 죽고 싶을지도 몰라요. 죽는 건 아주 개인적인 일이라고 생각되거든요. 그렇게 혼자 죽으면 엄마가 많이 힘들 것 같다는 생각이 들지만, 끝까지 가봐야 하는 일이잖아요. 정말 중요한 것은 어떤 순간에 어디에 있느냐가 아니라 엄마가 언제나 나를 사랑한다는 거예요."

그레이스는 아들의 말을 듣기는 했지만 그래도 여전히 곁에 있기로 했다. 아들이 죽기 전 마지막 몇 주 동안 간호사를 비롯해 가까운 사람들이 24시간 내내 함께 있었지만 전혀 집 밖을 나가지 않았다. 제프의 마지막 시간이 가까워오자 침대 곁에서도 떠나지 않으려 했다. 제프가 죽던 그날 밤 그레이스는 아주 잠깐 화장실에 다니러 침대 곁을 떠났다. 그런데 그 몇 분 사이에 제프는 세상을 떠났다. 그레이스는 죽음도 나름의 맥락이 있고, 우리가 원할 때가 아니라 '와야 할 때' 찾아온다는 사실을 받아들이는 법을 배워야만 했다.

임종 자리에 있어야 좋은 경우가 있고 그렇지 않은 경우가 있다. 당신과 사랑하는 사람이 이 귀중한 순간을 함께하고 싶어 한다면 그렇게 해도 된다. 그렇지만 운명은 거리낌 없이 개입해서 스스로 결정한다는 사실을 잊지 말아야 한다.

우정

'엔젤푸드 프로젝트'는 생명에 위협을 받을 만큼 위중한 질병에 걸린 남녀노소 환자들에게 식사를 제공하는 비영리 단체다. 나는 그 단체의 이사로 있다가 나중에 이사장을 지냈다. 단체를 만든 마리안느 윌리엄슨은 다음과 같은 철학을 가지고 있었다.

"우리는 생명을 위협받고 있는 환자에게 단순히 식사만 제공하는 것이 아닙니다. 우리는 그들에게 우리의 우정도 전하고 있습니다."

우리가 섬기는 환자들 중 많은 사람이 그날 누군가 자신을 방문한다는 사실을 알고 있는 것은 그날 받게 될 따뜻한 식사만큼이나 중요했다. 자원봉사자 중 많은 사람이 두려움을 떨치고 누군가 다른 사람을 대신해서 단체를 찾아갔다.

또한 친구나 좋아하는 사람과 함께함으로써 두려움을 견뎌낼 수도 있다. 로런스(37세)는 호지킨병 환자였는데 완치되어 11년 동안 건강하게 잘 지내고 있었다. 그렇지만 병원에서 숱한 죽음을 봐왔고 자신의 죽음에 대해서도 늘 생각했다. 그러는 동안에 삶의 마지막 순간을 훨씬 편안하게 생각하게 됐으며 어느 누구도 홀로 죽게 두지 않는 것이 얼마나 중요한지 알게 됐다. 그는 이렇게 전한다.

"사람들은 본능적으로 아픈 환자나 곧 죽게 될 사람에게서 멀리 떨어져 있으려고 합니다. 죽음을 앞둔 몇몇 사람과 가까이 있어본 적이 있었는데 그러면 그들의 삶에 긍정적인 변화가 생겨요. 죽음을 앞둔 사람에게 가장 나쁜 것은 혼자 있는 것이라는 사실을 알게 됐습니다. 홀로 두는 것은 비인간적이에요. 크게 웃고, 미소 지어주고, 울고, 서로 위로하면서 죽음을 맞도록 해주는 것이 좋습니다. 미국 문화에서는 죽음을 골치 아파해요. 그리고 사람들은 어떻게 해야 할지 모르고요. 죽음에 관한 내 첫 경험은 1985년, 아버지를 보낼 때였습니다.

아버지가 폐암이라는 말에 뒤통수를 얻어맞은 듯 너무나 놀랐습니다. 돌아가시기 여섯 시간 전에도 뵀지만 운명하시기 전까지 아버지와 함께 있었다고 느낀 적이 한 번도 없었어요. 아버지와 나는 죽음에 대해서 이야기하지 않았어요. 아버지는 그저 자신에게 무슨 일이 생기면 엄마를 잘 돌봐줘야 한다는 말씀만 하시면서 얼버무리셨죠. 솔직함이나 진정한 소통은 전혀 찾아볼 수 없었습니다. 몸은 아버지 곁에 있었지만 감정적으로는 아버지와 함께 있지 못했어요. 우리 두 사람 모두 무언가 중요한 것을 놓치고 있었던 거죠.

아버지가 돌아가셨을 때 전 아버지 모습을 보지 않겠다고 했어요. 무서웠거든요. 돌아가시기 전의 아버지 모습만 봤을 뿐 운명하시는 그 순간에도 살아 계시기를 바랐어요. 그때가 나로서는 아버지를 볼 수 있는 마지막 기회임을 인식하지 못한 거죠. 지금 생각해보면 그 때 그 자리에 없었다는 것이 부끄럽기까지 해요. 참 어려운 일이었겠지만 그때 난 아버지 곁에 있어야 했어요."

로런스와 같은 상황은 사실 놀랄 일이 아니다. 우리 중 어느 누구도 사랑하는 사람이 죽는 모습을 편하게 볼 수가 없다. 그렇지만 일단 사랑하는 사람과 죽음의 과정을 함께 견뎌내면 떨어져 있는 것보다 함께 있는 편이 더욱 편하게 느껴진다.

로런스는 몇몇 친구의 죽음을 경험했기 때문에 '죽음을 어떻게 받아들여야 하는지' 배워서 알고 있었다. 자명종 소리에 일어나듯이 친구들이 아프면 그들을 위해서 함께 있어주고 찾아갔다.

"벌써 3년 전 일이네요. 알코올 중독자 재활 모임인 AA(Alcoholics Anonymous)에 간 적 있는데, 거기서 빌을 만났습니다. 후에 그의 임종 때도 함께했죠. 제가 가장 마지막에 참석한 사람이었어요. 빌은 폐암이 뼈로 전이된 케이스였는데, 마지막을 향해가자 하나둘 그의 친구들이 찾아오기 시작했죠. 숨을 거두던 날에는 거의 의식이 없었고 대화도 잘 안 됐지만 나를 알아봤습니다. 내게 가까이 와달라고 했을 때 특별한 기분을 느꼈어요.

빌의 죽음은 내가 본 임종 가운데 가장 평화로웠어요. 그는 어디에서 죽고 싶은지 정했는데 바로 친구네 집 침대였지요. 마지막 몇 주 동안 시간을 내서 아는 사람들을 만나러 다녔어요. 의료적 처치는 받지 않았고 언제 떠날지 시간을 결정했지요. 그는 죽음과 관련된 것을 스스로 결정했으며 자신의 죽음을 통제했어요. 스스로 조용히 퇴장했습니다. 빌은 자신의 모습을 그대로 간직했고 친구들은 친구들대로 머물러줬지요. 마지막 2주 동안 정상적일 때와 똑같은 모습이었어요. 위엄이 있었고 빌다운 모습으로 죽음을 맞이했습니다. 그때 그의 나이 쉰여섯이었는데 제 아버지가 돌아가셨을 때와 같은 나이였어요. 빌의 죽음을 보면서 나 역시 많이 성장했습니다."

사람들은 로런스처럼 죽음을 대할 때마다 어떻게 하면 좀 더 잘 죽음을 맞을 수 있을지 배운다. 그리고 경험이 쌓여갈수록 결코 편안해질 수 없을 듯했던 죽음이라는 존재가 조금은 친숙해진다. 죽음을 맞는 사람과 함께하는 것이야말로 우리 자신을 편하게 하는 유일한 길임을 알게 된다. 예외란 없다. 시도하고 실수하는 과정을 거쳐야 배우게 된다. 누구도 홀로 죽음을 마주하지 않아야 한다. 그렇게 되도록 우리가 함께 애쓰고 노력한다면, 죽음을 맞는 사람이나 살아 있는 사람 모두에게 훨씬 더 좋은 일이 될 것이다.

PART 11

죽은 이의 몸

죽음을 맞이한 시신은 존엄하게

대우받아야 한다.

지난 100년 동안 죽음은 점차 비개인화됐다. 과거에는 가족들이 아픈 사람을 돌봤고 아프다 죽으면 가족이 주검을 깨끗이 닦고 옷을 입혀서 장례를 준비했다. 친구들이 집으로 찾아와 가족들을 위로하고, 주검은 보통 가족들이 정한 장소에 안치됐다. 과거에는 주검과 사람이 연결돼 있었고, 출생에서 죽음까지 그리고 죽음 이후까지 연결돼 있었다. 그러나 오늘날에는 대부분이 병원에서 사망하고 일부는 호스피스 기관에서, 아주 드물게 집에서 죽음을 맞는다. 모르는 사람들이 와서는 시신을 카트에 싣고 가버린다. 장례식이 열릴 때까지 다시 영면에 이른 시신을 보는 일은 거의 없다. 궁금하고 걱정이 된다. '그 사람들이 아버지 시신을 어디로 가져갔을까?' '과연 아버지 시신을 잘 돌보기는 할까?' '예배를 드려야 하는데 그렇게 할 수는 있을까?' 등등 불안이 꼬리를 문다.

보호자 가족 입장에서는 위엄을 갖춰 시신을 처리하지 못할까 걱정될 뿐만 아니라 죽음이나 장례식과 관련해서 아주 많은 일이 혼란스럽다. 사랑하는 사람의 임종을 지키고 임종 후에도 한동안 남아 있기를 원할 수도 있는데 그렇게 해도 되는지 확신이 서지 않는다. 돌아가신 분의 삶을 기리는 축하 모임을 열 수 있는지, 전통적인 장례 절차에 따라 죽음을 애도해야만 하는지 궁금하다. 사람을 화장한 뒤 유골을 평소 좋아하던 장소에 뿌리거나 아름다운 항아리에 담아 벽난로 위에 두고 싶은 사람도 있다. 대부분은 죽음을 경험한 적이 거의 없어서 어떤 선택을 할 수 있는지 모르기 때문에 자기가 가장 좋아하고 존중할 수 있는 방식으로 작별 인사를 하고 싶어도 실천에 옮기지 못한다.

죽음 후의 순간

어느 여름날 저녁이었다. 대학교수였던 세라(70세)가 호스피스 돌봄을 받기 시작했다. 그녀는 주치의에게 늘 자기가 원하는 대로 할 권리가 있다고 고집 피웠다. 종양이 복강을 꽉 채우고 있었고 마지막 시간이 가까워지고 있었기 때문에 세라는 빨리 죽기를 바랐다. 하지만 남편 휴의 생각은 달랐다.

"10년 전 어머니의 임종 때보다 더 평화롭게 집에서 세라가 죽음을 맞았으면 좋겠어요. 어머니의 임종이 가까웠을 때처럼 시간이 느리게 가는 듯했습니다. 점점 더 비현실적이 돼갔죠. 1초가 1분 같았고 한 시간이 하루 같았습니다. 이렇게 시간이 느리게 흘러가던 중 갑자기 어머니가 세상을 떠나버렸어요. 온종일 느리게 흘러가다 한 순간 엄청나게 빠른 속도로 모든 것이 끝나버렸죠. 우리는 모두 큰 충격에 빠졌답니다. 준비가 돼 있다고 생각했는데, 죽음을 맞이한다는 건 상상했던 것과는 완전히 달랐어요. 그저 시간이 아주 빨리 지나가버렸어요. 정말 빨리 지나가더라고요. 그러고 나니 이제 와서야 이렇게 슬프네요.

의사 선생님의 전화가 걸려오는 것으로 시작해서 친척들이 몰려왔어요. 간호사가 그 자리에 있었고, 헨리 아저씨는 전화를 해서 무슨 일이 일어났는지 알고 싶어 했고, 장례식장 직원들이 어머니의 시신을 모시고 가기 위해서 나타났고요. 응급구조원들이 왔는데 왜 왔는지 모르겠더라고요. 장의사는 어떻게 진행할지 의논하고 싶어 했습니다. 또 영국에 있는 친척들이 장례식에 참석하려고 했기 때문에 즉시 전화를 해야 했지요. 어머니 임종 후 어머니와 단둘이 몇 분만이라도 조용히 있고 싶었지만 돌아가시자마자 10분도 되지 않은 시간 동안 이 모든 일이 한꺼번에 벌어졌어요. 그러다 보니 어머니의 시신은 벌써 이동식 침대에 실려 나가는 것이었습니다. 다시는 어머니에게 작별 인사를 할 수 없을 것 같았어요."

"내가 세상을 뜰 때에는 그런 일이 생기지 않았으면 좋겠어."라고 세라가 조용히 말했다.

나는 휴와 세라에게 가능하면 평화롭게 절차를 진행하기 위해서 최선을 다하겠다고 안심을 시켰다. 세라는 이틀 밤을 더 보내고 자정을 20분 넘긴 시간에 세상을 떴다. 남편 휴와 큰아들이 몇 시간 동안 세라의 숨소리를 놓치지 않고 마지막 순간을 함께 보냈다. 사망한 순간 간호사가 주치의에게 전화를 걸어 소식을 전했다. 캘리포니아에서는 사망 원인이 알려져 있고 사망 전 60일 이내에 의사가 진료를 했다면 대개는 의사가 사망진단서에 사인을 할 것이다. 그런 경우라면 검시관이 다룰 일이 아니기 때문에 긴급 의료원이나 경찰이 개입하지 않는다. 당직 간호사가 의사에게 전화를 걸어서 자신이 세라의 사망 선고를 해도 될지, 그리고 의사가 사망진단서에 사인을 할지 물어봤다. 의사가 동의했고 일단 그러겠다고 하자 세라의 몸에 있던 튜브를 제거할 수 있게 됐다.

나는 남편 휴와 아들에게 그런 상황과 간호사가 하는 일 그리고 왜 그렇게 하는지를 설명했다. 그리고 "세라가 다른 두 자녀 분께 세상을 떠났을 때 알리고 싶어 했지요? 여기 오는 데 얼마나 시간이 걸릴까요?"라고 물었다.

휴가 두 자녀에게 전화를 걸고 난 후 영안실에 연락을 취해서 가족들이 도착할 때까지 두 시간 정도 기다렸다가 세라를 옮겨줬으면 한다고 알렸다. 이유가 있으면 돌아가신 분을 영안실로 데려가기 전에 두세 시간 기다려달라고 요청할 수 있다는 것을 많은 사람들이 잘 모른다. 이렇게 하면 가족들에게 알리고 마지막 인사를 할 수 있는 시간적 여유가 생긴다. 어떤 사람들에게는 함께하는 이 마지막 순간이 장례식이나 영결식에서의 어느 순간보다도 훨씬 더 중요하다. 이런 순간을 통해 사람들은 사랑하는 사람의 죽음에 적응하고 돌아가신 분과 다분히 사적인 시간을 보낼 수 있다. 많은 사람이 이 과정을 통해 영결식에서 문상을 받을 때까지 마음이 편해진다고 한다.

영안실에는 두 시간 동안 기다려달라고 알려놓고 휴와 아들에게 말했다.

"간호사와 내가 두 분이 사람들에게 전화를 해서 소식을 알리는 동안 지키고 있을 거예요. 우리가 가서 몇 분 내로 다시 부르겠습니다."

전화를 하는 동안에 간호사가 세라에게서 주삿바늘과 각종 기계를 떼고 가능한 대부분의 의료 기기를 침대에서 멀리 떼어놓았다. 시트를 갈고 새 시트로 세라를 덮었고 나는 세라의 눈을 감겨줬다. 간호사가 얼굴을 씻어주거나 머리를 빗겨주는 경우도 있다. 임종하는 사람은 열이 있고 불안정하고 지나치게 통증에 민감해서 흐트러져 있는 경우가 많다. 간혹 주변에 있는 꽃이 괜찮아 보이면 나는 그 꽃을 스탠드나 침대 위에 올려놓기도 한다.

다시 남편 휴를 불러서 세라와 함께 있도록 했다. 내가 임종의 순간이나 그 직후에 배석하게 되면 누구든지 돌아가신 분을 만지고 이야기도 건네며 잠시라도 같이 있는 시간을 갖도록 해주려고 한다. 그렇게 해도 되는지 모르는 사람이 많다. 물어보기를 어려워하는데 그러라고 하면 아주 고마워한다. 마지막 순간을 함께한 것만으로도 사람들은 사랑하는 사람이 세상을 떠났다는 사실을 실감한다.

휴와 세라는 서로를 "버니(토끼)"라고 불렀다. 만나기 시작하면서 일찍이 두 사람은 서로의 입술에 살짝 뽀뽀를 하곤 했는데 그걸 "버니 키스"라고 불렀기 때문이다. 친구들은 두 사람이 서로를 버니라고 부르는 것을 듣고는 "버니들"이라고 부르기 시작했다. 그래서 마치 애칭처럼 불리게 됐다. 서로에게 토끼 달력, 토끼 열쇠고리, 작은 토끼 인형 등을 주고받았고 친구들도 그렇게 해줘서 몇 년 만에 상상도 할 수 없을 정도로 많은 토끼 관련 물건을 모아 최고의 컬렉션을 만들었다. 휴는 마지막을 위해 아내와 단둘이 얼마간의 시간을 보내면서 이제 더 이상 아프지 않고 편안해져서 기쁘다고 말해줬다.

"버니, 우린 아이들도 잘 키웠어. 애들이나 내 걱정 하지 말고 잘 지내. 당신같이 좋은 아내 좋은 엄마가 있었으니 잘 살 수 있어. 때가 되어 내가 가면 당신 거기서 나 기다리고 있어야 해. 버니 키스 해줘야지."

그때 거기 있었던 아들도 세라에게 따로 작별 인사를 했고 다른 두 자녀도 오는 대로 그렇게 했다. 그러고 나서 가족이 모두 모여 세라를 어루만지며 눈물을 흘리면서도 서로를 위로해줬다.

영안실 사람들이 도착했을 때 나는 휴와 자녀들과 친척들에게 세라의 주검을 옮기는 동안에는 멀찍이 떨어진 다른 방에서 기다리라고 했다. 휴에게는 내가 그녀를 잘 살피고 있겠다고 안심시켰다. 어떤 경우에는 가족 중에 누군가가 이런 모든 과정에 함께하고 싶어 하기도 한다. 그렇지만 주검이 떠나는 광경을 보는 것이 너무나 충격적이라고 생각하는 사람이 많다. 따뜻했던 기억은 사라지고 이동 침대에 실려 나가는 차가운 주검만이 뇌리에 남기 때문이다.

크리스토퍼 랜던은 사랑하는 사람과 함께 있겠다는 의견을 존중해 주고 시간을 내어 그렇게 함께하는 것이 얼마나 중요한지 잘 알게 됐다. 그는 자신의 그러한 경험이 다른 사람들도 가족의 마지막에 함께하기로 결정하는 데에 도움이 되기를 바랐다.

“제 아버지의 죽음은 우리가 기대했던 그런 죽음이 아니었어요. 실제로 계획할 수 있거나 알고 있었던 그런 죽음도 아니었지요. 죽음의 모습은 마치 지문과 같아서 아주 특별하고 사람마다 다르지요. 이야기할 수 있는 공통된 주제나 감정이 있기는 하지만 사랑하는 사람이 죽어가는 와중에는 그저 자기 마음과 감정이 이끄는 대로 할 수 있다고 생각해요.

저는 아버지가 돌아가시고 나서도 아버지와 오랫동안 시간을 보냈어요. 우리 집 밖에서는 미디어의 열광적인 관심이 쏠려 있었지요. 헬리콥터가 뜨고 사진기자들이 망원 렌즈로 사진을 찍겠다고 자리를 잡고 있었어요. 그들이 어떤 사진을 원하는지 우리도 알고 있었어요. 그렇지만 우리는 확실하게 아버지의 프라이버시가 존중돼야 한다고 생각했습니다. 참여한 사람들을 모두 기억할 수 없지만 그 사람들이 일을 처리해줬어요. 문고리를 걸어 잠그는 일 같은 것을 하면서요. 사람들이 가능하면 영구차에 가까이 오려고 온갖 방법을 찾고 있었고 심지어 집으로 들어오려고 했지요. 시간이 많이 걸렸어요.

이렇게 온갖 소란이 진행되는 동안에 우린 아버지 곁에 앉아 있었어요. 밖에서 일어나는 모든 일 때문에 우리는 더욱 아버지와 함께 있을 수 있었지요. 우리를 위해 일어난 모든 일은 정말 아름다운 경험이었어요. 그저 아버지 곁에 앉아 있었어요. 아버지에 관한 이야기를 나누고 울기도 하고 웃기도 하면서 말이에요."

이렇게 힘겨운 순간에 기억해야 할 가장 중요한 일은 시간적 여유를 두고 돌아가신 분과 잠시 조용한 시간을 보내는 것이다. 검시관이 무언가를 처리해야 하는 등 피치 못할 상황이 아니라면 가족을 모두 소집한 뒤 애도할 시간을 보낼 수 있다.

일단 시신이 다른 곳으로 옮겨지면 가족과 간호사는 침구를 정리하고 방을 치우고 어쩌면 침대에 꽃을 놓아두고 싶어 할 수도 있다. 사람들이 침대로 몰려들어서 사랑하는 사람이 있었던 마지막 장소를 보려 하기 때문이다.

작별 인사를 어떻게 해야 할까

의례는 우리 삶의 중요한 부분이다. 의례는 전환을 의미하기에 통과하는 과정 그 자체가 된다. 아주 중요한 의미가 있는 의례로는 결혼식, 유대교 성인식, 견진성사(세례 다음에 받는 의식), 종부성사(생전에 마지막으로 치르는 의식) 등을 들 수 있다. 이 중에서도 가장 중요한 의례는 아마도 장례식일 것이다. 돌아가신 분의 마지막을 기리는 장례식을 통해서 가족과 주변 사람들은 죽음이라는 현실을 수용하게 된다. 또한 장례식을 통해 애도할 기회가 생긴다. 그런 예를 유대인의 장례식에서 살펴볼 수 있다. 가족과 친지 등 돌아가신 분과 가까운 사람들이 모두 한 사람씩 흙을 한 삽씩 떠서 관 위에 뿌리도록 한다. 그것은 마지막 정리를 하는 과정으로 이를 통해 슬픔에 잠긴 사람들이 죽음을 현실로 받아들이게 된다. 이렇게 흙을 관 위에 뿌리는 절차는 마지막으로 베푸는 사랑의 행위라고 볼 수 있다.

장례 절차는 여러 요소로 이루어져 있다. 사망한 장소에서 시신을 옮기는 것, 시신을 깨끗이 한 뒤에 염(殮) 하는 것, 돌아가신 분의 모습을 마지막으로 보면서 장례 미사를 올리는 것, 묘비나 기념비를 세우는 것 등이 장례 절차에 포함된다. 이런 절차는 중요할 수도 있고 중요하지 않을 수도 있다. 화가인 케빈의 친구들이 케빈에게 비석을 어떻게 만들면 좋겠는지 물어봤다. 케빈은 그답게 "상관없어. 나는 죽을 거잖아. 너희가 하고 싶은 대로 결정해."라고 했다. 케빈이 세상을 뜨자 친구들은 케빈을 위한 기념식 같은 의식은 하고 싶지 않다는 데 의견을 같이했다. 그래서 케빈의 친구들은 자신들을 위해 기념식을 올렸다. 모두 모여 정식으로 케빈에게 작별 인사를 하는 것이 슬픔을 달래는 데 아주 중요했기 때문이었다.

문화와 시대에 따라서 친구나 가족 심지어 곧 죽을 사람이 직접 자신의 죽음을 애도하기도 한다. 이런 접근은 페스트가 창궐했던 1348년 유럽에서 출간된 「죽음의 기술(Ars Bene Moriendi)」이라는 문서에 기술돼 있다. 당시 사람들은 자신이 죽기 전에 스스로 장례식을 계획해서 결혼식 리허설처럼 장례식 리허설을 했다고 한다. 페스트가 휩쓸던 그 시절에는 스스로의 죽음을 편안하게 받아들일수록 더 쉽게 죽음을 맞을 수 있다고 믿었던 것이다.

어떤 사람들은 상실감을 강조하고 그 때문에 모두 함께 그 상실을 공유하는 방법을 찾는다. 흔히 성서 구절이나 깊은 슬픔을 표현한 시를 읽는다. 또 어떤 사람들은 슬픔이나 비탄의 감정을 강조하고 싶어 하지 않는다. 오히려 죽은 사람이 어떤 의미에서 영원히 살아 있다고 생각하고 싶어 한다.

지난 몇 년 동안 점점 더 많은 사람이 창의적이고 독특한 방식으로 돌아가신 분의 죽음보다는 삶을 강조하려고 노력하고 있다. 어떤 경우에는 슬퍼해야 할 장례식이 돌아가신 분의 삶을 축하하는 모임으로 바뀌기도 한다. 그런 방식이 괜찮을 때가 있고 그렇지 않을 때도 있다. 언젠가 축제 같은 장례식에 참석한 적이 있다. 풍선을 걸고 돌아가신 분의 사진도 붙이고 좋아하던 음악을 연주하면서 고인에 관한 즐거운 이야기를 하며 그분의 삶을 축하하는 흥겨운 모임이었다. 그런 축하 모임을 떠날 때면 돌아가신 분이 정말 어떤 사람이었는지 잘 알게 돼 감사하는 마음이 생겼고, 그분이 이별 선물로 우리에게 기쁨을 나누어줬다는 느낌이 들었다. 그런가 하면 중요한 누군가가 빠진 듯하고, 추도식이 아닌 왜 이런 기념을 하는지 의아해지는 행사에 가본 적도 있다. 어떤 사람들에게는 파티나 축하 형식의 장례식이 신성모독이거나 끔찍하고 무례한 일로 여겨지기도 하고, 또 어떤 사람에게는 그런 형식의 행사가 돌아가신 분께 드릴 수 있는 최고의 영예로 생각되기도 한다.

고인의 인생을 축하하는 파티만이 새로운 아이디어는 아니다. '유소년 장례식장'의 원조 격인 플로리다 주의 항구 도시 펜서콜라는 아마도 미국에서 유일하게 어린이들을 위한 장례식장을 세운 곳인 것 같다. 그 장례식장에는 자동차에서 내려 안으로 들어가기 어려운 사람들의 편의를 위해서 전망창을 갖추고 있다. 이 전망창을 통해서만 열려 있는 관을 볼 수 있는데 사람들은 아주 진지한 마음으로 마지막 경의를 표한다.

장례식에 가보면 안타깝게도 장례식 준비를 위해 여러 세세한 일을 해결하느라 슬퍼할 기회를 놓치는 일이 의외로 종종 있다. 일부러 슬픔을 옆으로 밀어내거나, 그런 상황을 이용하는 사례도 있다. 배우 루돌프 발렌티노(Rudolph Valentino)가 그의 최신 영화 〈족장의 아들(The Son of the Sheik)〉이 상영되고 있을 때, 뉴욕에서 예기치 않게 사망하자 그런 일이 벌어졌다. 이 젊은 배우 때문에 수백만 달러를 벌어들인 스튜디오는 발렌티노가 복막염으로 사망한 병원에서 영구차로 옮겨질 때 군중들 사이에서 마치 쇼를 하듯이 진두지휘했다. 뉴욕에서 사람들이 시신이 놓인 관을 볼 수 있도록 하고는 기차로 LA까지 관을 옮긴 뒤 다시 그곳에서 또 다른 군중들을 끌어모았다. 이 모든 과정이 발렌티노의 이미지를 미화하고 그의 영화를 홍보하기 위해 이뤄졌다. 스튜디오가 주관하는 동안에는 일이 잘 진행됐다. 그렇지만 최후의 휴식 장소인 묘지를 준비하지 않았다는 사실을 마지막 순간에야 알게 됐다. 한 친구가 가족묘에 마련돼 있는 자신의 묫자리를 발렌티노를 위해 포기함으로써 그 상황을 겨우 모면했다.

전통 장례식이든 화장이든, 딕시랜드 재즈(Dixieland Jazz, 1910년대 뉴올리언스에서 생겨난 초기 재즈) 스타일의 장례식이든 심지어 드라이브스루(운전자가 차에 탄 채로 물건을 구매하는 방식 또는 그러한 판매 방식의 상점) 영안실이든 실제로 중요한 것은 방법이 아니라 어떤 마음으로 장례식을 치르느냐다. 사람들은 대부분 자신이 어떤 방식으로 살아왔는지를 보여주고 자신이 어떻게 대접받고 기억되고 싶어 했는지를 존중해주는 그 무엇인가가 장례식에서 이뤄지기를 바란다.

마지막 안식처

사랑하는 사람의 유골을 처리하는 방식을 보면 고인과 그분의 삶에 대한 감정을 알 수 있다. 돌아가신 분, 특히 비극적으로 삶을 마친 분의 경우에는 상당히 오랜 시간이 지난 후에야 고인의 생이 의미 있었다고 생각하는 경향이 강하다. 사람들은 '제대로' 매장하거나 화장을 해서 돌아가신 분의 삶을 기린다. 그렇게 하는 이유는 고인과 남은 이들을 위해서다. 그렇게 해야 마지막이라는 생각과 마감했다는 느낌이 들기 있기 때문이다. 비극적인 사건으로 시신이 훼손된 경우에는 시신이 없기 때문에 가족과 친구들이 애도하기도 어렵고 끝났다는 느낌도 들지 않아 매우 힘들다고 토로하기도 한다. 돌아가신 분을 쉬게 하는 것은 남은 이들에게도 좋은 일이다. 장례라는 큰일을 마무리하는 데 도움이 되기 때문이다.

방법은 여러가지다. 전통적인 매장에 비해 화장이 실용적이고 비용이 덜 드는 방법일 뿐 아니라 집 안의 특별한 장소에 모실 수 있다고 생각하는 사람이 많다. 또한 종교적인 이유나 친지들이 찾아갈 곳이 있기 때문에 매장을 선호하는 사람도 많다.

바다나 기타 선호하는 장소에 유골을 뿌리려는 사람도 있다. 루이스 헤이는 자신의 집 뒷마당에 있는 작은 나무 아래에 어머니의 유골을 묻었다. 이야기를 나누던 중 루이스는 그 나무가 얼마만큼 자랐는지 보여주면서 하늘 끝까지 자라는 것을 지켜보는 즐거움이 얼마나 큰지 모른다고 했다. 그런데 어떤 이는 사랑하는 사람의 유골을 아주 비전통적인 방법으로 보관하기도 한다. 티모시 리어리의 유골은 우주에 뿌려졌다. 내가 아는 부인은 어머니의 유골을 어떻게 해야 할지 몰라서 친구에게 자문을 구했는데 그 친구는 어머니가 제일 좋아했던 곳에 모시라고 권했다. 그래서 그 부인은 어머니의 유골을 자신의 가방에 넣어서 베벌리힐스로 차를 몰고 가서는 어머니가 좋아했던 부자들이 다니는 백화점에서 한나절을 보내고 난 뒤 백화점 안에 있는 작은 숲에 유골을 뿌렸다! 법을 어기라고 권하는 것이 아니라 참으로 독특한 사람들도 있다는 것을 말하고 싶다.

또 어떤 사람들은 자신이 어디에 묻힐지에 그다지 관심을 두지 않는다. 오히려 사회를 돕기로 한다든가 사회에 돌려주려고 한다든가 의학용으로 시신을 기증하거나 미래의 어느 시점에 다시 살아나기를 원해서 냉동인간으로 얼려놓기도 한다.

매장할 유골이 없거나 먼 곳에 매장해버리면 남은 사람들이 허탈감을 느낄 것이다. 사람들은 돌아가신 분과 어울리고 생각나게 하는 장소를 찾고 싶어 한다. 찾아보면 이런 문제의 해결책을 제시하는 묘지들이 많다. 아주 작은 구역에 명판이나 비석을 비치하고 그곳을 '방문'할 수 있도록 기념비를 만들어놓는다. 또한 어디에 묻힐지는 몰라도 추모는 해주기를 바라는 경우가 있다. 그런 까닭에 총상이나 차 사고로 죽었을 때에는 흔히 그 일이 일어난 장소에 꽃을 놓아둔다. 그렇게 해서 죽은 사람에게 경의를 표하고 죽음을 기림으로써 그 사람의 삶을 기념한다. 워싱턴에 있는 베트남 참전 기념비는 매장하거나 기념할 만한 유골이 남아 있지 않은 전사자들의 친지를 위해 비슷한 목적으로 세워졌다.

우리는 시신을 어디에 어떻게 매장하느냐와 상관없이 남은 사람들과 떠나간 사람에게 의미 있는 일을 해야 한다.

어떻게 기억할 것인가

내가 아주 어렸을 때 사촌 실비아는 사랑하는 사람을 기념하고 존경한다는 표시가 되는 제일 좋은 선물은 그 사람을 기억해주는 것이라고 가르쳐줬다. 예를 들면 유대인은 사랑하는 사람이 세상을 떠난 날 종일 촛불을 켜놓고 그를 기억한다. 카톨릭 성당에서는 돌아가신 분을 위한 미사를 드릴 수도 있다.

좀 덜 격식을 갖춰서 돌아가신 분을 기릴 수도 있다. 스키니는 '스키니네'라고 불리는 바를 소유한 덩치 크고 통통한 사람이다. 스키니가 세상을 떴을 때 친한 친구인 로드니를 포함해서 그를 따르던 사람들 모두가 스키니를 생각하며 바에 모였다. 그곳에서 친구들은 스키니가 했던 재미있고 멋진 일들을 다시 추억하면서 서로 술잔을 기울이며 하루를 보냈다. 처음에 로드니의 아내는 이런 상황에 당황했고 장례도 치르기 전에 바에서 술을 마신다는 것은 고인에 대한 모독이라고 생각했다. 그렇지만 그녀의 친구 중 하나가 스키니의 친구들 생각이 스키니에게 너무나 잘 어울리는 일이라고 설명했다. 친구들은 자기들끼리 자주 함께 앉아 있었던 곳에서 맥주를 마시며 스키니를 회상하고 추모하려고 했던 것이다.

한 친구는 이렇게 말했다.

"우리 친구들 중 누가 죽어도 마찬가지예요. 우리는 이탈리아 사람이거든요. 요리하고 부엌에 함께 모여서 친구 이야기를 하겠지요. 죽은 사람은 가고 없지만 그 사람과 함께했던 것을 하면서 그 사람을 기억하는 거예요."

사랑하는 사람을 기억하는 일이 무서운 경험일 필요는 없다. 에드의 카페테리아는 LA에 있는 유명한 식당이다. 에드와 그의 아내는 37년 동안 그 식당을 운영해오고 있었다. 그런데 에드가 죽고 아내가 은퇴하자 이제는 딸이 운영하고 있다. 딸은 전지 크기만 한 에드의 사진으로 벽을 장식했다. 만약 여러분에게 "벽에 죽은 사람의 사진을 걸어둔 식당으로 점심 먹으러 가자."고 하면 어쩐지 음울하고 무섭게 느껴질 것이다. 그렇지만 막상 가보면 그곳은 따뜻한 추억과 멋진 에드의 사진으로 가득 찬 장소다. 단골손님들은 "에드가 없으면 이 가게답지 않을 거예요. 사진이 더 많으면 좋겠어요."라고 말한다.

어떤 물건을 보면 이제는 세상에 없는 사랑하는 사람이 떠오르곤 한다. 그 사람이 즐겨 먹던 과일에서부터 좀 더 특이한 물건까지 돌아가신 분을 상기해주는 물건은 다양하다. 크리스토퍼 랜던에게 아버지 마이클을 생각나게 하는 것이 무엇인지 물어본 적이 있다.

"텔레비전에서 아버지를 보게 되면 아주 기분이 묘해요. 처음에는 놀랐지요. 가끔 텔레비전을 켜놓고 잠들 때가 있었는데 아버지께서 돌아가시고 몇 시간 후에 갑자기 아버지 목소리에 놀라서 눈을 뜨는 것이죠. 그런데 아버지는 안 계신 거예요.

오늘, 아버지를 생각나게 하는 멋진 일이 있었습니다. 집에 와서 텔레비전을 켰는데 아버지를 볼 수 있었지요. 알고 있어요. 이젠 아버지를 만나지 못하지요. 아버지가 연기한 인물들을 보는 거예요. 그렇지만 그게 아버지를 기억하는 방법이고 직업 배우로서 아버지가 했던 작업을 보는 거지요.

적어도 의식적으로 매일 아버지를 생각하지 않게 된 지는 상당히 오래됐습니다. 아버지를 떠올리게 하는 어떤 일이 있으면 아버지 생각이 났다 없어졌다 합니다. 그러다가도 바쁜 일상에서 갑자기 모든 것을 멈추고 아버지를 생각하는 순간이 있습니다. 과거로 돌아가는 듯한 느낌이 들면 그리움이 밀려오지요."

크리스토퍼처럼 어느 날 갑가기 텔레비전에서 알고 있던 사람을 보게 되는 경우는 그리 흔하지 않지만 왠지 자기도 모르게 사랑하는 사람이 생각나고 그리워지는 순간이 있다.

돌아가신 분을 기억하기 위해 어떤 특별한 일을 할 필요가 없는 때도 있다. 대신에 고인이 있는 곳에 계속 간다든가, 그분이 어떤 사람이었는지 무엇을 했는지 기억하면 그것이 사랑과 존경을 보여주는 방법이다.

나는 최근에 션의 결혼식에 참석했다. 그녀의 오빠인 론과 나는 절친이었다. 아름다운 신부가 걸어 들어오는 모습을 지켜보고 있자니 론이 생각났다. 내 눈을 통해 론이 여동생의 결혼식을 보고 있지 않을까 하는 생각을 했다. 션은 오빠의 친구인 내가 론을 대신해준다고 느꼈을 것이다.

재닌이 시민권을 받는 날 그 자리에 참석했을 때도 비슷한 경험을 했다. 그녀와 친구인 스티브는 꽤 오래전에 고향인 호주를 떠나 LA로 온 사람들이었다. 그 두 명의 '호주인'은 스티브가 일찍 죽을 때까지 단짝으로 지냈다. 시민권을 받는 순간 재닌에게는 그것이 얼마나 큰 의미가 있는지 또 스티브에게는 어떤 의미가 있는지 알고 있었다. 재닌이 미국에 대한 충성을 선언하는 모습을 보고 있자니 스티브가 우리와 함께하고 있다는 생각이 들었다. 나처럼 죽은 사람이 우리의 눈을 통해 볼 수 있고 죽고 나서도 우리와 함께 행사에 참여한다고 생각하는 사람이 많다.

장례식 준비

사랑하는 사람이 죽은 후 무엇을 어떻게 해야 하는지 잘 모르는 사람이 많다. 그때 최선을 다해서 해야 할 일은 자신과 고인에게 솔직해지는 것이다. 이런 일을 치를 때는 대부분이 기독교, 유대교 등 종교 예식을 따르면 편하다.

마음이 이끄는 대로 했을 때 잘못된 방향으로 가는 경우는 별로 없다. 돌아가신 분의 종교에 따라 매장 절차와 애도의 규칙을 따르는 편이 좋을 듯하면 그렇게 하면 된다. 누구나 자신의 믿음을 존중해주는 추도식을 할 수 있어야 한다. 일반적인 기준에서 벗어날수록 다른 사람들의 심한 저항에 부딪힌다. 그렇지만 당신의 마음이 이끄는 대로 따르고 사랑하는 사람에게 진실하도록 한다. 내 아버지는 결국 마지막 생일 파티가 된 그날 입었던 푸른색 상의와 분홍색 셔츠를 얼마나 좋아하셨는지 모른다. 장의사가 돌아가신 아버지께 입혀드릴 흰색 셔츠를 가져오라고 했을 때 나는 그 푸른색 상의와 분홍색 셔츠가 더 낫겠다고 말했다.

"저희 아버지는 흰색 셔츠를 입는 분이 아닙니다. 마지막으로 산 아버지가 제일 좋아하셨던 이 분홍색 셔츠를 입혀드려야겠어요."

장례식에서 '제대로 된' 예식을 진행하는 것은 아주 쉬운 일이다. 그런데 제대로 된 방식이란 따로 있지 않다. 그저 당신의 방식 또는 돌아가신 분이 원했던 방식이 있을 뿐이다. 그렇지만 예식에는 지켜야 할 일정한 형식이란 게 있으니 지키면 여러 가지로 도움이 된다.

우선 자신의 느낌을 있는 그대로 받아들인다. 가끔 어떤 이들은 차분하지만 상당히 죄의식을 느끼거나 부끄러워하거나 어리둥절해하면서 내게 의외의 말을 속삭이곤 한다. 사랑하는 가족이 세상을 떠나서 즐겁고 거의 행복하기까지 하다고 말이다. 나는 이런 느낌이 든다고 죄스러워할 필요가 없다는 점을 말하고 싶다. 이제 그분이 더 이상 고통을 받지 않고 더 이상 다칠 일이 없고 더 이상 아프지 않으리라는 사실에 안심이 되는 것은 당연하다. 그도 우리도 무거운 짐을 덜게 됐다는 것을 깨달으면 안도하는 것이니까 말이다. 고통, 마음의 짐, 질병이 사라져서 우리가 행복하다는 뜻이지 돌아가신 분이 사라져서 행복하다는 뜻이 아니다. 일상으로 돌아갈 수 있어 기쁘다는 것도 인지상정이다. 죽은 이가 당신을 필요로 할 때 당신은 혼신을 다했다. 당신은 이제 일상으로 돌아오게 돼 기쁘다. 이 모든 것이 사랑하는 사람이 원했을 일이다.

장례식이 끝난 후 죽음에 대해서 서로 이야기를 나누도록 해야한다. 이 시간을 망자에 대한 사랑, 슬픔 그리고 추억을 다른 사람과 함께 나누는 시간으로 삼는다. 사랑하는 사람을 기리면서 시간을 함께하는 것은 돌아가신 분께 드릴 수 있는 멋진 선물이다.

사랑하는 사람이 남겨놓은 물건을 다룰 때에는 그 사람이 살아 있다고 생각하고 처리해야 한다. 세라가 세상을 떠난 다음 날 그녀의 집에 들렀다. 휴와 두 아들은 친구들에게 둘러싸여 앉아 있었고 딸은 침실에서 엄마의 유품과 옷들을 정리하고 있었다. 유품을 정리하는 것이 얼마나 조심스러웠는지를 세라의 딸이 내게 말해줬다. "그렇게 조심스럽게 정리하는 것이 엄마를 존중하는 거라고 생각했어요. 생전에도 엄마는 몸을 굉장히 개인적인 것이라고 여기셨기 때문에 돌아가셨어도 그렇게 해드리는 것이 마땅하다고 생각했지요." 엄마는 딸이 자기 물건을 잘 싸서 얌전하게 다뤄주기를 바랐을 거라고 했다.

다른 사람이 당신보다 더 깊은 슬픔에 잠겨 있을 때 그런 사람을 도와줄 방법은 많이 있다. 돌아가신 분에 관한 재미있는 이야기를 한다든가 음식을 장만해서 그 집에 가져다주는 것도 도움이 된다. 부엌일을 도와주거나 식구를 대신해서 꽃에 물을 주는 일을 해주면 된다. 어떤 도움을 줄 수 있을지 물어보지 말고 주변에 필요한 일이 무엇인지 둘러보고 그저 그 일을 해주면 된다. 아무 할 일이 없고 함께 나눌 감동적인 이야기도 없다면 그저 함께 있어주면 된다.

죽음을 수용하기란 참으로 어려운 일이다. 특히 예기치 않은 갑작스러운 죽음을 맞게 되면 대처하기가 훨씬 더 어렵다. 경고도 주의도 없었고 잘 가라는 말도 하지 못한 채 일이 벌어진 경우에는 더더욱 그렇다.

어느 날 아침 섀런은 플로런스의 아들 재키가 남긴 전화 메시지를 들었다. 섀런의 친어머니는 어렸을 때 돌아가셨고 플로런스는 제2의 어머니와 같은 분이었다. 언젠가 플로런스가 섀런을 새크라멘토의 서커스에 데려갔을 때 어린 섀런에게 이런 말을 한 적이 있었다.

"네가 나를 데리고 다닐 수 있을 때까지는 내가 너를 데리고 다니마."

플로런스는 섀런이 느낄 수 없었던 가족이라는 감정을 느끼게 해줬다. 20년이 지나 섀런도 서른을 훌쩍 넘겼지만 플로런스, 재키, 섀런은 여전히 한 가족처럼 지내고 있었다. 그런데 섀런이 그런 전화를 받은 것이다. 메시지에서는 그저 "급한 일이니 전화해줘."라는 말만 있었다. 무언가 심각하게 잘못됐다는 것을 알았기에 섀런은 그 말을 듣는 순간 시간이 멈춰버린 듯했다. 섀런이 얼마 뒤에 재키에게 전화를 했더니 플로런스가 심장마비로 사망했다고 말해주었다.

섀런은 충격에 빠졌다. 플로런스가 죽었다는 사실을 믿을 수 없었다. 2주 전에 만났고 전날 밤에 섀런에게 남긴 메시지가 아직도 휴대폰에 남아 있었다. 어떻게 섀런이 죽을 수 있을까? 섀런을 보러 이른 아침 비행기를 타고 새크라멘토로 오면 좋겠다고 재키가 말했을 때, 섀런은 “아니, 나 장례식에 가지 않을래.”라고 했다. 그렇지만 몇 분 지나지 않아 다시 전화를 해서 플로런스를 보러 가고 싶다고 했다. 그래야만 할 것 같았다. 가서 직접 보지 않으면 친구이자 어머니 같았던 플로런스가 죽었다는 사실을 믿을 수가 없을 듯했다.

몇 시간이 지나지 않아 섀런은 장례식장에 안치된 죽은 플로런스 옆에 있었다. 깊이 잠든 것만 같았다. 늙고 병든 모습은 전혀 찾아볼 수 없었다.

“너무나 평화로워보여서 어깨를 흔들고 이름을 부르면 눈을 뜨고 같이 서커스에 가자고 할 것 같았어요. 플로런스와 단둘이 있으면서 작별 인사를 했지요. 그녀가 내게 준 사랑과 친절에 감사를 표했어요. 그렇게 함께 있을 수 있어서 고마웠습니다. 장례식에서는 가질 수 없을 것 같았던 나만의 애도 시간이 주어졌던 거예요. 그렇게 보지 않았더라면 플로런스가 죽지 않았고 어디 멀리 가고 없다고 믿으면서 슬퍼할 기회를 뒤로 미뤘을지도 모릅니다. 제가 현실을 직시할 수 있도록 해줬어요.”

이런 기회가 주어지지 않는다면 작별 인사를 할 수 있는 또 다른 개인적인 방법도 있다. 그 사람을 떠올리게 하는 물건을 가지고 시간을 보낼 수도 있고 함께 있었던 특별한 장소에서 시간을 보내며 애도할 수도 있다. 그럴 수 없다면 그 사람에 대한 추억을 떠올리며 조용히 혼자 앉아 있어도 좋다.

더 좋은 죽음

여러분 모두가 경건한 죽음을 경험하길 바란다. 존엄을 지키며 죽을 수 있도록 다른 사람을 도와주면서 서로에게 또 다음 세대에게 어떻게 죽어야 할지를 가르치고, 그렇게 함으로써 우리 자신의 죽음을 더욱 의미 있게 만든다고 나는 믿고 있다. 죽음에 대해서 우리가 좀 더 편안해져야 삶을 더 충실하게 살 수 있다. 나는 우리가 항상은 아니더라도 태어날 때처럼 죽음에 자연스럽게 대처해야 한다고 믿는다.

엘리자베스 퀴블러 로스 박사를 마지막으로 만나러 갔을 때 우리는 그녀의 첫 번째 책의 끝부분에 관해서 이야기를 나눴다. 나는 늘 그 책의 마지막이 아름다운 은유를 포함하고 있다고 생각했다.

"말로는 다할 수 없는 침묵 속에서 죽음을 맞고 있는 사람 곁에 함께 있어줄 힘과 사랑이 있는 사람이라면 죽음의 순간이 놀랍지도 않고 고통스럽지도 않다는 것을, 그리고 죽음이란 그저 몸의 기능이 평화롭게 멈출 뿐이라는 걸 잘 알고 있을 거예요. 한 인간의 평화로운 죽음을 목도할 때에는 별이 떨어지는 것이 연상돼요. 죽음이란 광활한 하늘에 반짝이는 백만 개의 별 중 하나가 한순간 반짝이다 끝없이 계속되는 밤 속으로 영원히 사라지는 것과 같지요."

죽음이라고 부르는 어두운 밤하늘은 용기, 연민, 성스러움, 진정성을 담고 있다. 나는 이 책을 쓰면서 여러분 모두가 이제 떠나야 할 이 여정에 부드러움, 친절함, 사랑을 발견하기를 희망한다. 죽음을 마주한 사람을 존중하는 것이야말로 우리 스스로를, 우리의 삶을, 우리가 사랑하는 사람의 삶을 존중하는 길이라고 믿는다.

나 자신이 처음 경험했기에 가장 중요했던 죽음은 바로 어머니의 죽음이었다. 어머니는 내가 열두 살 때 돌아가셨다. 평생 병마와 싸웠던 어머니는 몇 년 동안 병원을 들락날락했는데 늘 회복돼서 우리는 희망을 버리지 않았다. 그렇지만 결국 뉴올리언스의 병원에 입원했을 때에는 아주 심하게 아팠고 그때 아버지와 나는 충격에 빠져 며칠 동안 중환자실 밖에 앉아 있다가 두 시간마다 10분 동안 어머니를 면회했다. 정확하게 10시에서 10시 10분까지, 12시에서 12시 10분까지 이런 식으로 어머니를 봤다. 사실 면회가 너무나 엄격하게 제한돼 있어서 사촌인 실비아 누나가 보스턴에서 비행기를 타고 급히 병원으로 왔지만 '철저하게 시간을 엄수하는' 간호사는 2분 늦었다는 이유로 들여보내주지 않고 두 시간이나 기다리게 했다. 간호사는 환자의 몸 상태를 위해서라고는 해도 심하다 싶을 정도로 면회 시간을 철저하게 지켰다. 간호사들에게는 늘 함께 있는 것은 아닌 환자 가족들이 없어야 환자를 보기가 쉬웠다. 실비아 누나도 간호사였다. 이 일에 화가 난 실비아가 뉴올리언스를 떠나면서 '시간을 엄수하는' 간호사를 불러서는 그 일에 대해서 이야기했다.

그 간호사는 "이해를 못 하시는데요. 면회객들이 제가 하는 일에 방해가 됩니다."라고 말했다.

실비아는 "간호사가 돼서 창피한 줄 알아요."라고 응수했다.

그러자 간호사가 아주 무례하게 "제가 해야 할 일이 있는 거잖아요."라고 답했다.

실비아는 "나는 가족이에요. 나도 내가 할 일이 있다고요."라고 되받아쳤다.

다행히도 많은 간호사가 단순히 일이라고 생각하지 않고 환자를 진심과 애정으로 돌보며 자신의 소임을 다하고 있다. 그렇지만 처한 환경이 험한 것도 사실이었다. 어머니는 열일곱 명이나 되는 다른 환자들과 오로지 커튼 하나만을 사이에 두고 한 병동에 있었다. 간호사들은 커튼을 치면 환자들을 볼 수 없었기 때문에 커튼을 좋아하지 않았다. 환자를 면회하려면 열네 살이 돼야 했는데 그때 나는 고작 열두 살이었다. 그래서 나는 간호사가 어머니를 보지 못하게 할까 봐 조마조마했다. 나이 제한을 지키지 않는 간호사들이 많았지만 일부는 아주 엄격했다. 어머니가 막 돌아가시려는 상황에서 어머니를 볼 수 있는 권한은 나를 전혀 모르는 사람의 손에 달려 있었다.

우리는 희망을 가지고 기다렸지만 8일이 지나자 병원에선 이제는 어머니가 회복될 가능성이 없다고 했다. 의사들이 어머니를 "떠나보내야 한다."고 했다. 우리는 마지못해 동의했다. 다음 면회 시간이 되기 전에 어머니가 돌아가셨다고 전해줬다. 아버지는 우리가 어머니를 볼 수 있는지 물어봤다. 의사들은 마지못해서 아버지는 허락하지만 나는 너무 어려서 안 된다고 했다. 간호사가 아버지를 어머니에게 안내할 때 나는 잡히지 않기를 바라면서 몰래 따라갔다.

간호사가 어머니가 누워 있는 침대로 우리를 안내해줬다. 내 기억에 몸에 붙어 있던 튜브와 기계들이 없다면 엄마의 모습이 얼마나 더 평화로울까라고 생각했던 것 같다. 또한 그 마지막 면회에서 호흡기, 얼굴을 덮고 있던 산소마스크, 서너 개나 되는 주사 줄, 투석기를 어떻게 제거했는지 기억하고 있다. 이렇게 힘든 병원의 상황에서 어떤 식으로든 가까이에서 삶의 마지막을 지켜보겠다는 것이 어린 아이에게 얼마나 힘든 일이었을지 상상해보라. 적어도 그 모든 기계와 튜브가 없는 어머니의 얼굴을 볼 수 있었다면! 그 병동에 있었던 다른 환자들도 프라이버시란 찾아볼 수 없었다. 그뿐인가. 간호사는 어머니 옆에 있었던 우리를 따로 내버려두지 않고 바로 곁에 서 있었으며 정해진 짧은 시간이 지나면 우리를 몰아낼 기세였다.

어머니의 손이 내 눈에 들어왔다. 어머니의 손을 잡아보고 어루만지고 싶었다. 어머니에게 크게 말을 건네 사랑한다고 그리고 잘 가시라고 말하고 싶었다. 그런데 그럴 수가 없었다. 병실에서는 움직이지도 말하지도 말라는 말을 떠올리며 나는 조용히 꼼짝도 하지 않고 반듯하게 서 있기만 했다.

어쩌면 내가 나중에 장지가 있는 보스턴으로 즉시 비행기를 타고 가야 한다고 우겼던 이유는 병실에서 어머니에게 가까이 갈 수 없었고 마지막 인사를 제대로 못했기 때문이었는지도 모른다. 보스턴에 어머니를 묻기 전 단 1분이라도 어머니를 혼자 있게 두지 않으려고 바로 가자고 했던 것이다. 아버지도 그렇게 하기를 원했기에 우리는 그날 밤에 보스턴으로 갔다. 보스턴에 도착해서야 뉴올리언스에서 보스턴으로 어머니의 시신을 보내려면 며칠이 걸린다는 것을 알게 됐다. 그 며칠 동안 어머니는 혼자 남겨졌고, 나 역시 완전히 혼자 남겨졌다.

다행히도 세월이 꽤 지난 지금은 병원 상황이 많이 개선됐다. 결국 환자들에게 가족과 친지가 가장 훌륭한 '치료제'라는 사실을 병원이 알게 됐기 때문에 이제는 사망한 환자의 시신을 이전보다 훨씬 더 존중해서 다루고 있다. 마크 카츠 박사는 응급실에서 사망하는 사람이 있으면 그 가족들을 오라고 해서 얼굴을 보게 해준다. 장소도 없고 인력에도 제한이 있어서 사람을 살려야 하는 응급실에서 그렇게 하기란 어려운 일이다. 그렇지만 카츠 박사 같은 사람들은 그렇게 하는 것이 옳다고 생각하고 있다.

아버지께서 돌아가셨을 때는 내가 어른이었고 내적으로나 외적으로 모든 것이 변해 있었다. 어머니 때와 달리 아버지의 죽음을 맞을 때에는 훨씬 상황이 나아져야 된다고 생각했다. 그래서 마지막 즈음엔 아버지를 집으로 모시고 와서 사랑하는 가족들이 내내 돌봐드리도록 했다. 아버지께서 돌아가셨을 때는 내가 추도식에 일찍 갈 수 있도록 장례 절차를 준비했고 별실에서 아버지 옆에 앉아 단둘이 있기도 했다. 무슨 말을 할지 또 어떻게 할지 계획을 세우지는 않았다. 감정이 밀려오면 아주 자연스럽게 드러날 것이기 때문이었다.

아버지 생전에 나는 함께 노래를 부르곤 했다. 그 생각이 나서 아기에게 자장가를 불러주듯이 아버지에게 노래를 불러드렸다. 장례식장 안에 오롯이 혼자서, 아버지의 관 옆에 서서 아버지가 어머니에게 불러주시던 〈사랑하는 당신이라 부르게 해주오(Let Me Call You Sweetheart)〉를 불러드렸다.

나는 늘 그 노래가 연인들 사이에서 부르는 로맨틱한 노래라고 생각해왔는데 그 순간에는 그저 남편과 아내들만 부르는 사랑 노래 같지 않았다.

> 사랑하는 당신이라 부르게 해주오. 당신을 사랑해요. 나를 사랑한다고 속삭여주오. 당신의 눈동자에 사랑의 불이 타오르게 해주오. 사랑하는 당신이라 부르게 해주오. 당신을 사랑해요.

노래는 부드러움과 달콤한 사랑의 감정을 노래하고 있었다. 이제 그 노래를 우연히 듣게 된다면, 특히 삶의 마지막 순간에 듣게 된다면 나는 내가 아는 모든 사람과 우리 모두가 받아야 할 친절과 사랑을 생각하게 될 것이다.

생이 끝나가는 사람에게 보내는 편지

이 책을 읽는 당신에게 어쩌면 이제 이 지구에서 보낼 시간이 정말 얼마 남지 않았는지도 모르겠다. 당신은 삶이라는 길고 험한 여정을 떠나 지금에 이르렀다. 여러 가르침에 의하면 이번 생에서의 마지막 순간에 느끼고 경험하는 것이 다음 생의 씨앗이 된다고 한다.

우리 모두 여기에서 무슨 일이 일어날지 아무도 모르지만 내면 깊은 곳, 즉 영혼 깊은 곳을 들여다보면 태어나는 것이 시작이 아니며 죽는 것이 끝이 아니라는 사실을 알게 될 것이다. 되돌아보면 이생에 태어나기 전에 당신이 존재하지 않았던 것처럼 생각된 적이 한 번도 없을 것이다. 오히려 늘 존재해왔으며 앞으로도 존재할 것 같다고 생각했을 것이다. 죽음이 끝일 리 없다고 생각하는 것은 바로 이 때문이다. 죽은 후에 우리가 알고 있는 삶이 기다리는 것은 아니지만 우리의 존재는 계속될 것이다. 죽음과 마주한 당신은 우리의 사랑과 당신 자신의 삶에서의 추억을 가져가게 될 것이다. 당신이 경험한 것은 사라지지 않을 것이다. 당신의 삶 또한 없어지지 않을 것이다. 자신의 삶을 어떻게 생각하든 또 어떤 일이 일어났든 이미 일어난 일들이다. 그것이 당신의 삶이었다. 그런 당신의 삶을 있는 그대로 받아들이려고 노력하라. 더 나을 것도 더 나쁠 것도 없다.

이 세상에서의 삶이 끝나갈 즈음에는 분노도 떨쳐버리고 사랑도 밀어내야 한다. 열심히 살았고 걱정도 많았다. 힘들여 끌고 왔고 사랑도 했고 웃기도 했다. 화나는 일도 있었고 실망할 때도 있었다. 이제는 쉴 시간, 휴식을 취할 시간이다. 그 이상 할 일이 없다. 또 달리 어떻게 할 방도도 없다. 당황스럽다면 여유롭게 쉬며 느긋하게 호흡하라. 그렇게 하다 보면 가야 할 곳에 이르게 될 것이다. 당신 주변에서 울부짖는 사람들은 작별 인사를 어떻게 해야 하는지 몰라서 그러는 것이다. 그들 나름대로 최선을 다하고 있다. 그리고 마음속에 당신이 한 모든 일, 당신이 만난 모든 사람들, 당신의 손길이 스쳐간 모든 삶과 함께 당신의 일부가 남을 것이다. 물론 당신도 우리의 일부를 가져갈 것이다.

아직도 당신이 인생에서 잘했던 일이나 잘못됐던 일에 연연하고 있다면 이제는 그 모든 것이 끝났음을 알길 바란다. 예상됐던 그대로의 삶을 살아온 것이다. 태어날 때도 이유가 있었고 죽을 때도 이유가 있다. 당신은 온전하고 순결하며 아름답고 귀하게 태어났고 그렇게 죽을 것이다. 그렇게 살아왔으되 시간이 흘러 이제 더 이상의 시간은 없다. 당신은 이미 우리가 존재하고 있는 곳으로 가게 될 것이다. 태어나는 기적을 통해 이 세상에 왔기에 죽음이라는 기적을 통해 가게 될 것이다. 우리라는 존재, 당신을 향한 우리의 사랑, 당신이 받은 모든 사랑이 이 여행을 편안하게 해줄 것이다. 이제 긴 여행이 시작될 것이다. 당신에게 사랑과 평화와 안녕을 기원한다. 자, 이제 집으로 되돌아갈 시간이다.

남겨진 사람에게 보내는 편지

사랑하는 사람이 죽어가는 모습을 지켜보는 일이 얼마나 힘든지 잘 알고 있다. 그 고통은 지금까지 알고 있었던 그 어떤 아픔과도 비교할 수 없는 절망일 것이다. 황폐감이다. 사랑하는 사람을 잃는다는 것은 맞닥뜨리기 가장 힘든 경험이지만 당신과 주변 사람들이 좀 더 수월하게 받아들일 수 있도록 할 수 있는 일이 있다.

슬픔을 그대로 드러내도록 하라. 슬픔을 무시하거나 슬픔에서 도망칠 수 없다. 결국에는 슬픔이 당신을 덮칠 것이다. 애도는 치유를 위해 꼭 필요하다. 슬픔이 잦아들기는 하겠지만 필요한 여러 단계를 모두 거치길 바란다.

당신이 앞으로도 계속 살아가리라는 사실 때문에 죄의식을 느껴서는 안 된다. 이미 일어난 일은 당신의 책임이 아니다. 당신이 어떻게 할 수 없는 일도 있다는 사실을 받아들여야 한다.

영면에 이른 사람에게 이제 떠나도 좋다고, 그 사람이 없어도 당신은 잘 지낼 거라고 알려주자. 남은 시간 동안 그 사람을 늘 그리워하겠지만, 떠나지 못해서 계속 고통받고 있다면 더는 이곳에 남아 있지 않으면 좋겠다고 알려줘야 한다.

사랑하는 사람의 죽음을 당신이 준비하고 있다고 스스로에게 죄의식을 느껴서는 안 된다. 그건 자연스러운 일이지 그에 대한 모욕이 아니다. 그리고 당신이 준비한다고 해서 사랑하는 사람의 죽음을 재촉하는 것이 아니다. 오히려 준비하면 피할 수 없는 일들을 대비하는 데 도움이 되고 깊은 고통을 자연스럽게 방어할 수 있다.

아직 시간이 있다면 지금 하고 싶은 말을 해야 한다. 죽음을 앞둔 사랑하는 사람에게 하고 싶은 말이나 해주고 싶은 것이 아직 남았을 것이다. 어떤 환자는 내게 "담대하게 그 일을 하세요."라고 까지 했다. 사랑하는 사람이 마음을 열고 죽음을 받아들이도록 도와야 한다.

할 수만 있다면 지금 일어나고 있는 일을 있는 그대로 받아들이려고 해야 한다. 이해하기도 받아들이기도 어렵겠지만 죽음은 삶의 한 부분이다.

당신 자신을 잘 돌보고 다른 사람의 도움을 받도록 해야 한다. 치료사나 활동하는 모임의 도움을 받아도 좋고, 종교나 마음을 편안하고 강하게 해주는 무언가에 의지하는 것도 좋다. 특히 사랑하는 이의 죽음을 맞을 때처럼 아주 힘들고 혼란스러울 때에는 어떤 일이든 정해서 규칙적으로 해보도록 한다. 사람들이 믿건 믿지 않건 그렇게 하면 일상생활로 돌아오는 데 도움이 되고 기분이 나아질 것이다.

무엇보다 자신에게 친절하길 바란다. 지금 당장은 믿기지 않겠지만 시간이 지나면서 나아질 것이다. 시간이 약이다. 사랑하는 사람은 떠나고 없어도 그 사람과 함께했던 사랑은 영원하다. 우리가 사랑했던 사람과 우리를 사랑해준 사람은 가슴속에, 마음속에 영원히 살아 있을 것이다.

여러분에게 평화와 치유가 함께하기를 기원한다.

작정하고 이 책을 쓰기로 마음을 먹고 자리를 잡은 뒤에야 비로소 글을 쓰기 시작했다. 친구이자 스승이 된 멋진 환자들을 돌보는 특권이 주어지기 몇 해 전부터 책을 쓰기 시작했다. 그래서 그 누구보다 나의 환자들에게 진심으로 고맙다는 말을 전하고 싶다.

또한 여러 해에 걸쳐 나를 도와준 동료들에게도 깊이 감사한다. 마리안느 윌리엄슨이 보여준 오랜 사랑과 우정은 그녀의 작업을 통해 내가 배운 것에 버금간다. 엘리자베스 퀴블러 로스 박사의 조언과 지혜와 우정에도 감사한다. 마크 카츠 박사는 내가 응급실에서 여러 가지를 경험할 수 있도록 배려해줬으며 이 책의 의학적인 내용을 검토해줬다. 제임스 톰슨 박사 덕분에 의학적인 내용을 검토할 수 있었고 매일같이 박사에게 전화를 해 물어보면서 좌충우돌하는 사이에 아주 가까운 친구가 됐다. 에이즈 환자를 치료하고 그들의 위엄을 지키기 위해서 식을 줄 모르는 헌신과 리더십과 열정을 보여준 엘리자베스 테일러에게 감사의 마음을 보내며, 더불어 테레사 수녀님이 내게 보여주신 순수한 친절함에 큰 감사를 드린다. 사랑의 선교회는 진정한 영감이자 전 세계 사람들에게 보내는 선물이다.

내 작업에 대해 일찍이 격려해주고 확신을 심어줬던 첫 에이전시 앨로먼에 감사한다. 삶의 마지막 장을 넘기고 있는 사람들에게 힘을 불어넣으려는 목적으로 쓰는 책의 아이디어를 구체화하는 데 큰 도움이 되었다. 하퍼콜린스 출판사의 미첼 아이버스는 성실하고 선견지명이 있으며 편집에 뛰어나 처음 글을 쓰는 사람에게는 정말 엄청난 선물과 같았다. 배리 폭스는 체계적으로 나를 도와줬고 내가 모든 것을 설명할 수 있게 해줬다.

하퍼콜린스의 유능한 사람들, 특히 이 10주년 기념판이 나오도록 해준 게일 윈스턴과 수전 와인버그, 메건 뉴먼, 매슈 벤저민에게도 감사의 마음을 전한다. 린다 휴잇은 나를 신뢰해주고 언제나 내 편에서 모든 프로젝트를 제대로 해내기 위해서 헌신적으로 노력했다.

나의 친구, 가족 그리고 동료들에게 진심으로 고맙다. 로버트 알렉산더, 하워드 브래그먼, 재닌 버크, 일레인 체이슨 박사, 개리 친 박사, 나스타란 디바이, 에일린 게티, 존 질, 제이콥 글래스, 재키 구즈먼, 수전 해비프, 메리존 하트, 제프리 호즈, 카트리나 디바이 호즈, 실비아 헌트, R.N., 웨인 허치슨, 주디스 킹, 조니 마셜, 앤 매시, 로버트 맷, 제리 밀리켄, 캐시 팍스, 베리 버런슨 퍼킨스, 에드 래더, 테리 리터, 팸 새피어, 트렌트 세인트 루이스, 샌디 스콧 목사, 제이 테일러, 스티브 테일러, 스티브 우라이브, M.F.C.C., 마크 비에라 목사, 챈털 웨스터먼. 이 모든 훌륭한 분이 보내준 사랑과 지지와 참여로 이 책이 나올 수 있었음을 밝힌다.

지금은 돌아가신 바버라 캐플런, 스티브 드레인, 랜디 프리젤, 해

리엇 아이버스, 데이비드 Wm. 존슨, 론 맥과이어, 스티브 올드필드, 루이스 패스킨, 앤서니 퍼킨스, 톰 프록터, 론 로스, 댄 스턴, 리처드 테일러, 샘 윌리엄슨, 플로런스 지시매토스에게도 사랑과 감사를 전하고 싶다.

아널드 폭스 박사, 벤 지온 베르그먼 랍비, 레오 호어 신부, 로널드 데이비드 빔스 목사, 케이스 그린이 시간을 할애하고 열린 자세를 보여줬던 점에 감사하다.

마지막으로 내게 처음부터 삶에 관해서 가르쳐주고 있는 대녀 엠마 윌리엄슨에게 고맙다는 말을 전한다.

옮긴이의 말

출판사로부터 『생이 끝나갈 때 준비해야 할 것들』 출간 10주년 기념판의 번역 요청을 받고 책을 면면히 살펴보다 보니, 저의 지난 시간도 돌아보게 되었습니다. 저 자신은 살아 있는 환자를 직접 만나고 수술이나 약물로 질병을 치료하는 임상의가 아니고, 치료를 위해 환자의 조직을 현미경으로 들여다봄으로써 질병을 진단하고, 때로는 부검을 통해 사망의 원인을 밝히기도 하는 병리학 의사입니다. 어쩌면 의사들 중에서 죽음 또는 주검과 가장 가까이 있는 의사라고도 할 수 있을 것입니다. 이런 병리의사가 되고 20여 년이 지난 2008년부터는 가까운 몇몇 분들과 죽음의 문제를 공개적으로 이야기하는 자리를 만들고, 일반인은 물론 동료 의료인, 더 나아가 후배 의학도들이 올바른 죽음관을 가질 수 있도록 해보자는 뜻에서 죽음학 공부 모임을 시작하였습니다.

좋은 죽음을 맞기 위한 노력이 우리 사회 곳곳에서 이루어지고는 있지만 우리나라 의료인들의 죽음을 받아들이는 자세가 과연 의미 있게 변화했는가라는 질문에는 여전히 자신 있게 대답할 수 없는 것이 현실이기도 합니다.

그렇지만 우리나라에서도 소위 '존엄사법' 또는 '웰다잉법'이라 부르는 '호스피스 완화 의료 및 임종 과정에 있는 환자의 연명의료결정에 관한 법'이 2016년 2월 3일 공포되었고, 2018년 2월부터는 시행될 예정이어서 우리 사회의 죽음 문화도 늦게나마 변화를 맞게 될 것이 분명합니다.

이런 가운데 몇 년 전부터 의과대학 학생, 간호사, 그리고 동료 의사에게 〈삶과 죽음의 이해〉라는 제목의 강의도 하게 되었는데, 언젠가 죽음을 마주하게 될 우리 모두에게 필요한 정서적·실질적 필요를 일목요연하게 알려주고 있는 이 책의 내용이 가슴에 와 닿아 번역을 하기로 마음먹었습니다.

독자 여러분은 언제 처음으로 죽음의 문제를 생각해보셨는지요? 저는 열 살쯤이었던 어느 날 밤 장례를 치르고 돌아온 집안 어른들이 작은 목소리로 나누는 대화를 몰래 엿듣다가 막연한 무서움이 엄습하면서 정신을 잃었던 기억이 지금도 생생합니다. 그날 이후로 죽음에 대한 막연한 두려움은 저를 한 번도 떠난 적이 없었고 의사가 된 후에는 죽음의 정체를 제대로 알아야 그 두려움을 극복할 수 있겠다는 생각을 진지하게 하게 되었습니다.

이 책의 저자 데이비드 케슬러는 『죽음을 맞는 사람들의 권리(The Rights of the Dying)』라는 제목의 책을 1997년에 처음 출간하였고, 2007년에는 『생이 끝나갈 때 준비해야 할 것들(The Needs of the Dying)』이라는 새 제목으로 출간 10주년 기념판을 발간하였습니다. 그리고도 10년이 지난 2017년에서야 한국어 번역서가 출간되는 것은 뒤늦은 감이 없지 않아 있습니다. 지난 10년간 의학적 발전을 감안한다면 어쩌면 이 책의 내용에 보완이 필요할지도 모르겠습니다. 지난 수십 년 동안 의학은 눈부시게 발전해서 우리 몸의 일부를 기계 부속을 갈아 끼우듯 교체할 수 있게 되었고 각종 치료제의 개발로 수명은 연장되고 있지만, 우리 모두 언젠가는 죽는다는 사실만은 변함이 없고 죽음을 마주하는 사람이 느끼는 감정과 고통의 모습에도 큰 변화는 없습니다.

이번 10주년 기념판에 추가된 바와 같이 죽음을 눈앞에 둔 사람들이 공통적으로 경험하는 환상, 여행 떠나기, 꽉 찬 방과 같은 현상 역시 오래 전부터 있어 온 것이었으나, 이 책에 처음 정리되어 일반인들에게도 알려지게 되었습니다. 이제라도 이 책을 통해 저자가 우리에게 전달하려는 핵심 메시지인 평안, 희망, 그리고 사랑을 위해 각자가 실천해야 할 다음과 같은 구체적인 행동지침을 알게 되었으면 합니다.

우선 죽음을 마주하고 있는 사람 자신이나 그를 돌보는 사람 모두가 평안하기 위해서는 마지막 순간까지 죽음을 마주하고 있는 사람을 살아 있는 존재로 대해주어야 한다고 저자는 말하고 있습니다. 환자를 질병의 집합체로 보지 말고 한 명의 인간으로 보라는 의미이지요.

어떤 경우라도 죽음을 마주한 사람에게 필요한 의학적 처치 또는 돌봄은 지속되어야 하고,이런 과정에서 죽음을 눈앞에 둔 사람은 모든 사항에 대해 정직하고 충실한 답을 들으면서 처치의 결정에 직접 참여하는 것이 중요하다고 합니다. 더욱이 정신적 고통과 신체적 통증을 자기만의 방식대로 솔직하게 표현할 수 있도록 해주어야 하고, 할 수 있는 모든 적절한 방법을 동원해서 통증을 완화해주어야 한다는 점은 우리 의료인들이 명심해야 할 부분입니다.

두 번째로 어느 순간에도 희망을 버리지 말아야 한다고 합니다. 희망의 대상을 바꿀 수는 있지만 희망의 끈을 놓아서는 안 된다는 저자의 주장에 대해서는 머지않아 죽음을 맞게 될 사람을 돌보는 사람이라면 의료인을 포함해서 누구나 희망의 진정한 의미가 무엇인지 생각해봐야 할 것입니다. 그리고 우리 모두 늘 희망을 잃지 않으려는 태도를 갖는 것이 필요할 것입니다.

세 번째로 어느 누구도 쉽게 익숙해질 수 없는 일이지만, 죽음에 대한 느낌과 생각을 각자 자기만의 방식으로 표현할 수 있어야 하고, 가능한 한 올바른 영성을 추구할 것을 권하고 있습니다. 무엇보다도 어른은 물론 어린이도 그 연령과 인식의 수준에 맞게 죽음의 의미와 구체적인 과정을 이해시키는 것이 중요하다는 점을 강조하고 있습니다.

마지막으로 홀로 외롭게 죽음을 맞지 않도록 깊은 사랑으로 죽음을 마주한 사람과 함께한다면 누구든 평화롭고 위엄 있게 죽음을 맞을 수 있다고 말합니다.

우리는 모두 언젠가 죽습니다. 그 죽음을 허겁지겁 준비 없이 맞을 것인가, 아니면 태풍의 눈 안에서와 같이 평온하게 맞을 것인가는 각자의 선택에 달려 있습니다. 독자 여러분 모두가 이 책을 통해 조용히 죽음의 문제를 생각해보는 시간을 갖고 평화롭고 위엄 있는 죽음을 준비하는 첫걸음을 내딛게 되기를 진심으로 바랍니다.

2017년 3월 옥인동 북성재에서

유은실

출간 10주년 기념 특별 부록

저자와의 인터뷰

특별 칼럼 ❶: 환상, 여행 그리고 꽉 찬 방

특별 칼럼 ❷: 엘리자베스 퀴블러 로스의 죽음

저자와의 인터뷰

Q. 호스피스 분야에 뛰어든 동기가 무엇인가요?

어렸을 때 제 어머니는 늘 아프셨어요. 1973년을 보내며 12월 31일에 아파서 누워 계시는 어머니 침실로 들어가서 키스를 하면서 말씀드렸지요. "새해에는 좀 나아지실 거예요."

며칠 지나지 않아 어머니는 우리 동네의 작은 병원에서 더 크고 시설이 좋은 재향군인병원으로 옮기셨어요.

아버지와 나는 여유가 생기면 병원에서 좀 떨어진 공원 건너편의 호텔에 묵곤 했어요. 어머니는 중환자실에 계셨기 때문에 두 시간마다 10분 동안만 면회가 허용돼서 대부분의 시간 동안 병원 로비에 앉아 있곤 했지요. 어느 날 아침 어머니를 뵈러 가는 길이었는데 호텔 로비에서 갑자기 소동이 생겼어요. 사람들이 뛰어나가기 시작했고 총이 발사됐어요. 그 건물 꼭대기에 테러리스트가 있어서 삽시간에 사방에 경찰이 깔리고 사람들이 피신하러 건물로 밀려들어 왔어요.

어찌어찌해서 아버지와 나는 병원으로 가서 아침 10시 면회 때 어머니를 봤지요. 어머니께서는 한 시간 후에 혼자 계시다가 돌아가셨어요. 의사는 아주 마지못해서 아버지가 어머니를 보도록 허락했는데 나는 너무 어려서 안 된다고 했어요. 간호사가 와서 아버지를 어머니에게 데려갈 때 나는 잡히지 않기를 바라면서 아버지를 따라갔지요.

간호사를 따라 어머니가 누워 계시는 침대로 가보니 어머니는 온기가 없어진 채 누워 계셨어요. 어쨌든 기계도 떼어내고 튜브도 없는 어머니 얼굴을 직접 보니 안심이 됐어요. 그 병실에 다른 환자들이 열일곱 명이나 있었기 때문에 어머니의 프라이버시를 지킬 수가 없었지요. 아버지와 나 바로 옆에는 간호사가 있었는데 절대 우리만 있게 두지 않았습니다. 허락된 짧은 시간이 다 되면 서둘러 우리를 데려가려고 했지요. 그날, 해가 저물기도 전에 아버지와 나는 어머니 장례식을 치르기 위해 보스턴행 비행기를 탔어요.

죽음이 이런 식일 수는 없다고 생각했습니다. 이제는 내 삶이 죽음을 마주한 사람들과 함께하는 일, 경찰의 상해 팀에서 보충요원으로 자원봉사를 하는 일, 항공 재난 시 적십자와 함께하는 일 등 여러 가지 일로 복잡하게 흘러가고 있습니다. 어머니가 돌아가시던 그날과 관련된 일, 경찰 사무를 처리했던 일, 비행과 관련된 첫 경험을 생각해보면 내 삶과 모든 일이 그때 이후로 의미가 생겼다고 생각합니다. 이제는 내가 어려움에 처해 있던 그날의 나 같은 아이를 도울 수 있는 사람이 된 것이죠. 내 인생 궤적을 보면 배웠어야 할 일을 이제는 가르치고 있다는 걸 확신할 수 있습니다.

Q. 어떤 이유로 책 제목을 바꾸게 됐는지요?

1995년에 이 책을 쓰기 시작했을 때에는 제목을『죽음을 맞는 사람들의 권리』로 붙일 생각이었고, 1997년에 그 제목으로 책을 출간했습니다. 그런데 이 책을 읽고 도움을 얻었으면 하는 사람들에게 이 책의 존재가 잘 알려지지 않는다는 사실을 알게 됐어요. 독자들이 이 책에 대해 어떻게 생각하는지 내게 알려왔습니다. 원래 제목인『죽음을 맞는 사람들의 권리』가 마음에 들지 않는다는 이야기도 해줬습니다. 많은 사람이 자기 자신이나 사랑하는 사람의 '권리'를 위해 싸운다고 생각하기보다는 '필요'를 충족시키기 위해서 노력한다고 이야기했죠. '필요를 충족시킨다'는 것은 인생의 마지막 시간에 보여줄 수 있는 사랑의 행위입니다. 단순히 권리냐 필요냐라는 어휘의 문제가 아니에요. 독자들이 '권리'라는 단어는 평안을 얻기 위한 길이기보다는 전투에서 부름을 받는 느낌이라고 했어요. 처음에는 그런 이야기에 귀를 기울이려 하지 않았고 원래대로 하려고 애썼습니다. 그렇지만 더 많은 사람이 이 책을 읽고 추천해주자 "제목 때문에 선생님에 대한 흥미를 잃게 하지 마세요." 또는 "제목이 좀 그렇지만 그래도 책을 샀습니다."와 같은 말에 더 귀를 기울이게 됐습니다. 제목에 들어 있는 단어가 책의 내용과 맞지 않고 책을 읽어보려는 누군가에게 걸림돌이 된다면 당연히 그 단어를 바꿔야 하지요. 그건 방에 들어가려는 사람에게 문을 열어주는 것과 같은 겁니다. 이 책의 경우에는 그저 문을 여는 정도가 아니라 훨씬 큰 출입구를 지나야 들어갈 수 있는 방과 같았습니다. 새 제목인 『생이 끝나갈 때 준비해야 할 것들』이 바로 더 넓은 출입구에 해당합니다. 죽음을 마주한 사람의 권리는 우리 사회에서 계속 논란의 대상이 될 것입니다.

Q. 선생님은 '테리 시아보의 죽을 권리'에서 어떤 교훈을 얻어야 한다고 생각하시는지요?

테리 시아보(Terry Schiavo)라는 이름과 죽을 권리는 아주 유명한 단어가 됐습니다(테리 시아보는 15년 동안 식물인간으로 살다가 남편 마이클 시아보의 주장에 따른 법원의 판결로 영양공급 튜브를 제거해 숨졌다. 그의 죽음은 전 세계적으로 안락사 논쟁을 불러왔다-옮긴이). 어떤 의견을 가지고 있든 한 가지 분명한 메시지가 있었습니다. 내용은 다를 수 있어도 모두가 자신이 원하는 바를 지키려면 사전의료의향서를 작성해놔야 할 필요가 있다는 것이죠. 또한 그저 일상에서 했던 말만으로는 충분하지 않고 사전의료의향서의 내용을 가족, 친지들과 공유하고 의논하지 않는다면 그저 한낱 종이에 불과하다는 것도 알게 됐습니다.

Q. 호스피스 분야는 지난 10년 동안 얼마나 변했는지요?

노인의료보험제도(Medicare)에서 급여를 지급하면서 미국의 호스피스가 시작됐을 때에는 화학요법 종류가 몇 가지 없었고 투석기와 호흡기의 종류도 별로 많지 않았습니다.

지금은 여러 의료 분야에서 많은 발전이 있었기 때문에 삶과 죽음의 경계가 불분명해지고 있습니다. 호스피스 기관에서는 시도해볼 것을 다 해본 후 더 이상의 치료는 물론 물과 영양 공급을 포기하기로 마음을 먹은 환자들만 입원시켜왔습니다. 그렇지만 오늘날 일부 호스피스에서는 항생제와 완화 치료를 받겠다는 환자도 입원시키고 있습니다. 완화 치료로 병을 낫게 할 수는 없지만 환자를 편안하게 해주고 일부 증상은 없애주기도 합니다. 몇 달밖에 살지 못할 사람들에게 이런 치료를 계속하게 되어 완화 의료라는 새로운 의료 분야가 생긴 겁니다.

Q. 완화 치료에 대한 소개를 부탁드립니다.

안락 치료(comfort care)라고도 불리는 완화 치료(palliative care)는 일차적으로 말기 환자의 증상을 완화해주고 통증을 조절해주는 것을 목표로 합니다. 치료가 목적이 아니라 편안하게 해주고 남은 시간 동안에 가능한 삶의 질을 가장 좋게 유지해주는 것이 목적입니다. 잘 구성된 완화 치료 프로그램은 통증과 증상

조절, 감정이나 영적으로 필요한 것들을 제공하게 돼 있습니다. 죽음에 초점을 맞추지 않고 살아 있는 사람을 위한 특별한 돌봄을 중점적으로 생각합니다. 이러한 완화 치료는 전인적 돌봄과 마지막 여행을 함께할 사람들을 지원해줄 수 있는 다학제 통합 진료(여러 분야 전문의들이 모여 함께 진단하고 치료하는 것—옮긴이)와 잘 맞습니다.

완화 치료는 치료 중일 때부터 병원에서 시작할 수 있고 호스피스 기관이나 집에서 제공할 수도 있습니다. 호스피스와 마찬가지로 완화 치료가 개개인의 필요에 따라 맞춤 의료를 제공한다는 데 자부심이 있습니다. 반드시 말기에만 국한할 필요는 없습니다. 오히려 마지막 수년 동안 완화 치료를 적용할 수도 있습니다.

Q. 선생님의 다음 계획은 어떻게 되는지요?

저는 지금까지 늘 우리 사회에서 부당한 대우를 받는 사람들에게 마음이 끌렸습니다. 매일같이 함께 일하는 가난한 사람들의 필요가 여전히 해결되지 않는 것에 실망하고 그 문제를 해결하려 노력하고 있습니다. 나의 가치 기준이 확립되고 내가 성장하고 배울 수 있었던 것은 환자들과 함께했기에 가능했습니다. 가르치는 것을 좋아하기 때문에 컨퍼런스에서 강의를 계속할 계획이고 좀 더 작은 규모로 일일 세미나 같은 것도 열 것입니다.

이 책은 내가 하고 있던 일을 바탕으로 나왔습니다. 예를 들면 퀴블러 로스 박사와 나는 죽음을 맞는 사람들이 삶의 마지막 시간에 터득한 멋지고 심오한 교훈에 크게 감명을 받았고, 그러한 배움을 아직 건강하고 젊은 사람에게 알려줌으로써 그들의 삶이 변화되기를 바랐습니다. 그래서 우리가 함께 『인생 수업』을 쓰게 됐지요. 퀴블러 로스 박사의 마지막이 가까워지면서 『상실 수업』을 함께 집필한 것은 아주 적절했다고 봅니다.

앞으로도 계속해서 인생에서 가장 어려운 시기에 있는 사람들과의 경험을 책으로 엮어낼 생각입니다. 주로 삶의 최후에 관심을 둘 것 같습니다. 그 밖에도 마음이 끌리는 또 다른 주제로 제 두 아들에게 영감을 받은 입양에 관한 글을 쓸 생각입니다. 다음 책 역시 삶과 죽음과 관련된 감동적이고 심오한 인간적 경험을 통해 나오게 될 것입니다.

특별 칼럼 ❶

환상, 여행 그리고 꽉 찬 방

생이 끝나가는 사람들과 함께해오는 동안 그들이 공통적으로 경험하는 세 가지 현상을 알게 됐다. 그것은 우리의 능력으로는 설명할 수도 이해할 수도 없는 것이다. 첫 번째가 환상이다. 죽음을 앞둔 사람 중 일부는 이 세상을 잘 보지 못하게 되면서 앞으로 맞게 될 세계를 들여다보기 시작하는 것 같다. 죽어가는 사람이 환상을 보거나 간혹 이미 죽은 사람의 모습을 보는 일은 자주 있다. 당신의 아버지가 어젯밤에 베티 고모가 찾아왔다고 할 수도 있고, 그 순간 마치 베티 고모가 방에 있는 듯 그녀에게 말을 건넬지도 모른다.

베티 고모는 이미 죽었기에 그곳에 있을 수가 없는 사람이라고, 아버지가 환상을 보고 있는 거라고 말해봐야 아무 소용 없다. 우리 모두가 알고 있듯이 삶과 죽음을 가르는 베일은 삶의 마지막 순간에 벗겨질 테고 아버지는 우리보다 그 세계와 더 긴밀한 관계를 맺고 있는지도 모른다. 그리고 베티 고모가 우리 눈에 보이지 않는다고 그

것이 무슨 문제가 되겠는가.

아버지에게 따지지 말고 물어보자. "베티 고모가 뭐라고 해요? 뭐가 보이는지 좀 더 이야기해주세요."라고. 어쩌면 베티 고모는 아버지에게 이제 죽어도 좋다고 하거나 두 사람이 함께 자랄 때를 회상하며 이야기하고 있을지 모른다. 죽음을 앞둔 사랑하는 사람에게 "베티 고모가 아버지랑 같이 있어서 참 좋네요." "엄마가 아버지 보러 올 줄 알았어요." 또는 "지금 제프가 아빠와 함께 있어서 기뻐요."라고 말해주는 사람들도 본 적이 있다.

이미 죽은 사람이 나의 임종 자리에 찾아와서 내게 인사를 한다는 건 도저히 있을 수 없는 가당치 않은 일이라고 여긴다면 이렇게 생각해보자. 부모라면 집 안의 위험한 것으로부터 아이를 보호하려고 할 것이다. 첫 등교일에 길을 건널 때는 손을 잡아주고, 감기에 걸리면 돌봐주고, 기념일에는 가능하면 빠지지 않고 아이들과 함께 지내려고 할 것이다. 이제 당신이 죽고 수십 년이 훽 지났다고 생각해보자. 사후 세계가 있어서 당신이 그곳에 머물고 있는데 이제 늙고 겁 많은 당신의 아들이나 딸이 곧 죽게 된다는 메시지를 받는 것이다. 자식들을 만날 수 있다면 당신이 그들을 찾아가지 않겠는가? 로버타의 어머니는 그런 선택을 한 것 같다.

로버타는 의식이 들었다 나갔다 하면서 죽음의 문턱에 있었고, 그러는 동안에 딸 오드리는 어머니의 침상에 꼭 붙어 있었다. 갑자기 로버타가 "엄마가 여기 계시네, 오드리. 할머니가 여기 계셔. 참 예쁘시다."라고 속삭였다.

오드리는 어머니의 침대 아래를 살펴보고 올려다보기도 하고 방 전체를 둘러보았다. "엄마, 할머니가 어디 계시다는 거예요?"

오드리는 신경질적으로 물었다. "난 안 보이는데."

죽어가던 엄마가 돌아가신 할머니의 모습에서 한 발짝 물러서는 것 같더니 갑자기 딸 오드리 쪽으로 몸을 돌리며 "그래, 물론 넌 엄마를 볼 수 없어. 엄마는 나를 위해 여기 온 거지 너를 위해 온 게 아니니까."라고 단호하게 말했다.

두 번째로 흔히 경험하는 것은 죽음을 앞둔 사람이 여행 떠날 채비를 하는 것이다. 밥은 늘 무엇이든 다 책임지는 집안의 대장이었다. 아이들이 어렸을 때 야구를 가르치는 것에서부터 자기 사업에 이르기까지 밥은 늘 준비가 돼 있었다. 오랫동안 암 투병 생활을 하면서 어떤 항암 치료가 자신에게 맞는지 결정할 때에도 주치의와 함께 적극적으로 관여했다. 더 나아지고 있지 않다는 것을 알게 되자 해야 할 일을 죽음 준비로 재빨리 바꿨다. 가족들이 자신의 뜻을 알도록 확실하게 해뒀고 사랑하는 아내가 장례식의 세세한 부분까지 모두 준비하도록 일러뒀다.

침대에 있을 수밖에 없게 되자 가족들이 함께 모여 옛 추억을 되새기며 그가 얼마나 멋진 아버지이자 남편이었는지를 이야기하며 지냈다. 며칠 지나면서 밥은 점점 더 오래 잠을 자기 시작했다. 깨어나면 물을 달라고 하거나 어디 아프지 않느냐는 물음에 답할 뿐이었다. 죽기 몇 시간 전 그는 눈을 크게 뜨고는 아내에게 "다 준비됐어?"라고 했다.

어떻게 말해야 할지 몰라서 아내는 "밥, 우리 모두 여기 있어요." 라고 답했다. 그런데 그가 "내 가방 쌌지?"라고 묻자, 아내가 "무슨 가방요?"라고 되물었다. 밥은 "여행 가방 말이야. 이제 갈 때가 다 됐는데."라고 말했다.

아내는 밥이 진통제 때문에 헷갈리고 있다고 생각했다. 그녀는 임종이 가까운 다른 많은 사람들처럼 남편도 다가온 여행을 준비할 필요를 절실히 느끼고 있다는 것을 몰랐다.

이렇게 스스로 여행을 준비하는 모습은 새로운 일도 이상한 일도 아니다. 죽음을 일종의 변환이나 사랑하는 이가 떠나는 여행이라고 생각하는 한, 마지막 시간이 됐을 때 죽음 앞에 선 사람은 죽음과 여행을 별개로 보지 않는다. 어느 누구도 "나 저세상으로 가는 여행 가방을 싸서 준비해야 해."라고 하지는 않는다. 죽어가는 사람의 마음속에 이 여행은 삶과 연결돼 있다. 죽음이 일생 동안 계속되는 여행이기는 하지만 죽음을 마주한 사람이 그렇게 관련을 지어 생각하지 못하는 것뿐이다.

이 여행이라는 개념이 바로 호스피스 역사의 한 부분임을 모르는 사람이 많다. 호스피스는 중세에 여행자들이 안전한 피난처를 찾다가 발견한, 길을 떠난 사람들을 위한 쉼터인 작은 오아시스 같은 곳이었다. 여행자들은 성지를 향한 길고 힘든 여행을 다시 시작하기 전에 이곳에서 쉬면서 에너지를 재충전했다. 실제로 죽을 고비를 맞은 일부 여행객을 재워주고 먹여주고 따뜻한 우정을 나눈다. 오늘날의 많은 호스피스 기관 관계자들은 이런 역사를 모를 수도 있는데 죽음을 앞둔 사람의 무의식에는 그런 모습이 내재돼 있다.

죽음과 마주한 사람에게 이 여행은 여러 형태로 나타난다. 어떤 사람에게는 가방과 기차표로, 어떤 사람에게는 준비하는 과정 전체가 여행을 의미한다. 말기 암과 같은 병은 최정상에서 골짜기로 예상할 수 있는 마지막 쇠락의 과정이라는 분명한 궤적을 밟는다. 심장이나 폐 질환은 일정 기간 동안 건강하게 지내다가 조금 건강이 나빠지고 그러다 갑자기 사망할 수 있다.

앨런은 지난 10여 년 동안 폐 질환을 앓아온 50대 후반의 활동적인 사람이었다. 마지막 몇 주 동안 계속 피로감을 느껴서 집에 머물면서 점점 더 숨쉬기가 버거워졌다. 그런데 어느 날 아침 기운을 차리고 일어나 샤워를 하고 면도를 한 후 가장 좋아하는 양복을 차려입고 타이까지 매고는 몇몇 친구에게 아침 식사를 하러 가야 하니 데리러 오라고 전화를 했다. 친구들은 말쑥하게 차려입은 앨런을 보고 깜짝 놀랐다. 오늘 무슨 특별한 일이 있느냐고 친구들이 물었더니 "아침에 기분이 좋아서 일어났어. 그저 오늘은 뭔가 다를 것 같다는 기분이 들어."라고 말했다.

맛있는 아침을 먹고 기운을 차린 친구를 봐서 다들 기분이 좋았다. 친구들이 앨런을 집에 내려줬고 아파트로 들어간 앨런은 한숨 자야 할 듯해서 침대 옆에 가지런히 코트를 걸어놓고는 그대로 누워 세상을 떠났다. 친구들은 어느 정도 예상했기 때문에 그의 죽음에 놀라지 않았다. 처음에는 너무 깔끔하게 옷 매무새를 손질하고 나와서 다들 놀랐다. 나중에야 비행기를 탈 때 스웨터를 입는 사람도 있고 여행을 위해 정장을 입는 사람도 있다는 사실을 알게 됐다. 앨런은 분명히 후자에 속한다. 마지막 여행을 위해 확실히 말쑥하게 보이려는 사람이었던 것이다. 우리에게는 이 여행이 그저 떠나는 것이 전부처럼 보이지만 정작 죽음에 임박한 사람에게는 정한 곳에 도착하는 것이 중요한 여행인 것이다.

마지막으로, 죽음을 앞둔 사람은 흔히 사람들로 꽉 찬 방을 보게 된다. 어느 날 오후 환자와 환자의 남편인 밥을 보러 잠시 병실에 들렀다. 간호사가 밥은 임종할 어머니를 보러 오는 아들을 마중하러 공항에 가고 없다고 했다. 방으로 들어서자 앨리스(79세)가 졸고 있었다. 나는 침대 옆 의자에 앉았다. 몇 분이 지나 방을 나가려는데 부드러운 목소리로 "이 사람들이 다 누구야?" 하고 앨리스가 물었다.

나는 말했다. "여기 저밖에 없는데요. 꿈꾸고 계셨어요?"

그녀는 눈을 뜨고는 "나 꿈꾸고 있지 않아, 데이비드. 여기 봐. 사람들이 많이 있잖아."라는 것이다.

나는 "누가 보이세요?"라고 물었다.

앨리스는 침대 안에서 몸을 일으키며 물었다. "여기에 왜 이렇게 사람들이 많은 거야?"

죽어가는 환자에게 찾아오는 이런 착각을 처음 접했을 때에는 당황했지만 곧 상당히 빈번하게 일어나는 일이라는 것을 알게 됐고 그 의미도 이해할 만했다. 텅 빈 병원이나 호스피스 기관 그리고 침실에서 환자나 임종을 앞둔 사람이 방에 사람들이 꽉 차 있다고 말하는 소리를 계속 듣게 됐다. 반복해서 나오는 표현이 "꽉 찬(crowded)"이라는 말이었다.

가족들도 그런 말을 듣기는 하지만 약 때문이거나 치매 때문이라고 생각한다. 또는 뇌의 산소 부족을 포함해서 임종 과정의 일부로 생각하기도 한다. 죽음을 몇 분 앞두고 있으면서 모르핀을 맞고 있는 사람이나 호흡이 힘든 사람이 방에 사람들이 꽉 차 있다고 말하는 경우를 목격한 적이 있었다. 혹은 죽기 며칠 전이나 몇 주 전에 그런 말을 하는 사람도 봤다. 의식에 영향을 줄 만한 진통제를 전혀 쓰지 않고 있던 환자들도 그런 현상을 경험했다.

결국 나는 죽음을 맞는 사람이 이미 세상을 떠난 어떤 특정한 사람을 보는 것이 환상이 아닐 수도 있다고 이해하기 시작했다. 사람들로 꽉 찬 방을 보게 되면 어떤 사람은 거기 있는 한 사람 한 사람이 누구인지 내게 말해주려 했고, 또 어떤 경우에는 그들 중 몇 사람만 알아보기도 했다.

한번은 어떤 의사가 내게 자신의 환자를 봐달라는 전화 메시지를 남겼다. 그 환자는 지역 커뮤니티칼리지의 과학 교수 힐이었다. 의사는 환자가 물어볼 말이 아주 많아서 내가 그를 도와줄 수 있을 것 같다고 했다. 힐의 입원실로 가면서 어떤 질문을 받을지 궁금해졌다. 힐(85세)은 10년 동안 홀아비로 지내왔고 이제 은퇴를 했다고 했다. 그의 첫 질문은 "내 몸이 어떻게 단계적으로 쇠약해지는지 말해주세요."였다.

우리 둘은 그의 상태에 관해서 이야기를 나누고 우리 몸이 어느 시점에 어떻게 문을 내리기 시작하는지 이야기했다. 그의 교사 기질 때문에 자신이 어떤 과정을 겪을지 모든 것을 이해하고 싶어 한다는 것을 알 수 있었다. 그는 자기가 맞을 여러 종류의 정맥주사에 관해서 물었고 임종을 맞으면서 음식물을 어떻게 처리할 수 있는지 알고 싶어 했다. 나는 이 음식물에 관한 질문이 실제로는 마지막 며칠 동안 음식물을 섭취하는 것이 자신에게 의미가 있는 것인지 아닌지를 묻는 것임을 깨달았다.

약 20분 정도 대화를 나누었을까. 창밖을 내다보던 그가 직설적으로 묻기를 주저하는 듯했다.

“묻고 싶은 것이 뭡니까? 말씀하세요.”

“어젯밤 말도 안 되는 걸 봤어요. 한밤중에 일어났는데 내 방에 사람들이 가득한 거예요. 무슨 일인지 도무지 이해할 수가 없었어요. 그 시간에는 학생들과 회진하는 의사가 없다는 걸 알고 있거든요. 그런데 아내의 얼굴이 보이는 거예요. 갑자기 저의 부모님이 아내와 함께 계신 걸 알게 됐어요. 게다가 장모님 장인어른도 함께 계셨고요. 그분들 모두 이미 돌아가셨는데 그 상황이 이해가 되세요? 방에 있는 사람들 얼굴을 유심히 봤지요. 왜 그렇게 많은지. 암으로 5년 전에 죽은 동료 한 사람, 20년 전에 교통사고로 죽은 신입생도 봤어요. 노인, 젊은이 할 것 없이 방에 사람들이 꽉 차 있었어요. 대부분은 모르는 사람들이었고요.”

삶의 끝에서 누군가 우리에게 인사할 수 있다는 것을 인정한다면 여러 사람이 인사하러 올 수도 있지 않겠는가? 병원의 산모 대기실에서 아기가 태어나기를 기다리는 가족이 한 사람만인 경우는 별로 없다. 대개는 가족이나 친구로 꽉 차 있다. 새로 태어나는 아기는 이 많은 사람이 모두 자기를 기다리고 있는 것이라고 생각지 않을 것이다. 그렇게 따지면 죽음을 맞을 때 많은 사람이 모이지 말라는 법이 있겠는가.

힐과 더 이야기를 나누다가 그가 알고 있는 이미 세상을 떠난 사람들의 이름을 불러보라고 했다. "아내가 죽었지요."

내가 "그렇군요. 한 사람이군요."라고 했다.

그가 "부모님도, 장인, 장모도 돌아가셨지요."라고 덧붙였다.

"지금까지 다섯 명이네요. 동료도 한 사람 있고 20년 전에 사고로 죽은 학생도 있고. 그럼 일곱 명인데요. 할아버지 할머니는 알고 계시나요?"

"그럼요. 그런데 아주 오래전에 돌아가셨죠."

"어디 분이세요?"

"폴란드요."라고 대답하더니 그는 말을 이어갔다.

"조부모님과 그 형제들 아홉 명이 5년 사이에 미국으로 왔어요. 그분들 중 몇은 내가 태어나기 전에 돌아가셨고 내가 열 살 됐을 때는 모두 돌아가셨어요. 그때는 훨씬 젊어서 죽었지."라며 내가 마치 학생인 양 이야기했다. 그는 잠시 추억에 잠겨서 말을 잇지 못했다.

"그럼 이제 열여덟 명이 되네요. 그 정도면 방이 꽉 찼겠어요. 그렇지만 거기서 멈추지 말고 더 생각해볼까요. 얼마나 오래 선생님을 하셨어요?"

"40년간 교편을 잡고 은퇴했지요." 그가 아주 자랑스럽게 말했다.

그는 내가 뭘 생각하는지 알고 있었다. 나는 "장담컨대 그 학생들 중 몇은 분명히 죽었을 테지만 잘 모르고 계시지요? 그 학생들의 부모 역시 이제는 세상을 뜨고 없을 겁니다."라고 했다. 웃으면서 말했다. "그러면 당연히 방에 사람들로 북적이지 않겠어요?"

그는 고개를 끄덕이며 마침내 복잡한 문제의 해답을 들었다는 듯 만족한 모습으로 편안하게 베개에 기댔다.

살면서 얼마나 많은 사람과 스쳐 지나가는지 모른다. 기억 못 하는 사람도 많고 만난 적 없는 사람도 얼마나 많은가! 그래서 죽을 때가 되면 '입석 외 만원'인 경우가 종종 생긴다. 실제로 우리는 결코 혼자 죽지 않는다. 태어날 때 사랑의 손길이 우리에게 인사를 해주듯이 죽을 때에도 사랑의 손이 우리를 감싸 안아준다.

삶과 죽음이라는 씨줄과 날줄로 짠 융단 안에서 사람들은 늘 자신의 조상에 관해서만 생각하지는 않을 것이다. 우리는 이 융단의 가장 새로운 부분이다. 죽음을 맞으며 우리는 살면서는 놓쳤던 과거와의 연결을 목도하기 시작할 것이다.

살아 있는 사람에게는 죽음이 상실인 것처럼 생각되겠지만 죽음을 직면한 사람에게 죽음은 '공허'가 아니라 '충만'일 것이다. 죽음이 어떤 모습으로 펼쳐지든, 죽음이 여행, 환상, 꽉 찬 방이 완비된 사후생이든 아니든, 죽음은 미스터리로 남을 것이다. 그리고 어떤 경우에는 우리가 알지 못하고 설명할 수 없는 것을 포용하는 것 외에는 할 수 있는 일이 없을 때도 있다.

특별 칼럼 ❷

엘리자베스 퀴블러 로스의 죽음

2004년 8월 24일 엘리자베스 퀴블러 로스가 세상을 떠났다. 그녀가 마지막 숨을 거뒀을 때 나는 시계를 보고 사망 시간을 밤 8시 11분이라고 불러줬다. 나 자신이 보지 않았더라면 로스 박사가 죽었다는 사실을 믿지 못했을 것이다. 나만 그랬던 모양은 아니다. 많은 사람이 그녀가 어떤 식으로든 영원히 살리라고 생각하고 있는 듯했다. 그녀는 늘 자신이 "변환하거나 졸업할 때"에는 자기가 "별들이 빛나는 은하수에서 춤을 추고 있을 것"이기 때문에 축하해줘야 한다고 했다.

그녀와 아주 가까웠던 사람들에게 그녀의 죽음은 일종의 상실이었다. 지난 여러 해 함께 지냈던 거침없고 재치 있으면서 친절하고 명석했던 엘리자베스가 많이 보고 싶을 것이다. 내게 엘리자베스의 죽음은 착잡한 슬픔을 불러일으킨다. 그녀는 복잡한 인물이었다. 그래서 매일 조금씩 그녀가 죽어가는 모습을 보며 너무나 슬프고 힘들었던 것이 전혀 놀랄 일은 아니었다. 함께 일하는 동안에 때로는 피곤해 보이기도 했지만 우리가 쓰고 있는 책이 그다지 잘 진행되는 않는 듯하면 갑자기 기운을 내려고 애썼다.

그녀는 일을 사랑했다. 언제나 더 일하고 싶어 했다. 무언가 해야겠다 싶을 때면 예리해졌다. 그러나 이제 그녀는 없다. 정말 그녀가 그립다. 그렇지만 이제 삶에서 찾을 수 없었던 자유를 죽음으로써 그녀는 누리게 됐음을 알고 있다. 더 이상 방에 갇혀 있지 않고 더 이상 일하지 않는다.

나는 그녀와 일하는 동안 어느 정도의 분량을 마친 뒤에는 그것이 마지막이 될지도 모른다는 생각을 하면서 엘리자베스를 떠났다. 오늘을 사는 것, 삶은 보장되지 않는다는 사실을 아는 것이 우리의 일이었다. 지난 여러 해 동안 엘리자베스는 몇 차례 심각한 상태가 되곤 해서 언제든지 우리 곁을 떠날 수 있었다.

엘리자베스는 항상 "죽음을 앞둔 사람의 말을 들으세요. 죽어가면서 당신이 알고자 하는 걸 모두 이야기해줄 거예요. 그런데 놓치기 쉬워요."라고 말했다.

엘리자베스는 나의 첫 책 『죽음을 맞는 사람들의 권리』의 집필을 도와주고 나서 자신이 "할 일을 다 했다."고 생각했다. 그리고 책의 표지에 이제 "죽음을 대면할 시간"이 됐다고 썼다. 『인생 수업』을 쓴 뒤에도 이제 다 해냈다고 했다. 그러고도 두 번째 책 『상실 수업』을 또 쓸 수 있었다.

엘리자베스는 이제 죽음을 맞이할 준비가 됐다고 여러 차례 이야기했는데도 계속 살아 있었다. 그녀는 말했다.

"나의 상황에 화를 내거나 불안해하지 않고 다 놔버리면 그때가 죽을 때라는 것을 본능적으로 알게 될 겁니다. 이제 반쯤 온 것 같아요. 내가 얻은 두 가지 교훈은 사랑을 받기 위해서는 참고 배워야 한다는 겁니다. 지난 9년의 세월이 내게 인내를 가르쳐줬어요. 점점 약해지고 침대에 있을 수밖에 없는 상황에 처하면서 사랑받는 법을 배웠어요. 내 평생 다른 사람들을 보살펴왔지 내가 다른 사람의 보살핌을 받아본 적은 별로 없었어요. 결국 이렇게 받아들이면 이 삶과 삶의 한계를 떠나 다른 곳에 이를 수 있다는 것을 알고 있었어요.

나는 이 고통을 이해하는 척하지 않습니다. 이런 나의 상황에 대해 신에게 화를 내고 싶어요. 9년 동안 의자를 벗어나지 못하고 있어서 신에게 엄청 화가 나서 여섯 번째 단계인 '신에게 화를 내는 단계'가 있다고 해야겠습니다. 신에게 화를 내는 것은 당연히 분노 단계의 일부이기는 합니다. 나 자신이 예상할 수 있는 슬픔일 뿐입니다. 신에게 어떤 계획이 있다는 것을 나는 알아요. 내게 적합한 시간이 언제인지 신이 알려줄 것입니다. 그때가 되면 나는 '네'라고 답하겠죠. 그리고 그때가 되면 누에고치가 나비가 되듯이 나는 몸을 떠날 거예요. 오랫동안 내가 가르쳤던 대로 바로 그것을 경험할 겁니다."

죽음과 죽음의 과정에 관한 전설적인 전문가인 엘리자베스는 내가 만난 사람 중 가장 생기발랄한 사람이기도 했다. 그녀는 사람들이 '엘리자베스라'고 불러주기를 바랐다. '엘리자베스 퀴블러 로스'라고 소개하는 것은 자기에게는 지나치게 격식을 차린 것이라고 했다.

스스로를 스위스 촌뜨기라고 부르곤 했지만 단순하고 평범한 이 여인은 평생 비범한 일을 했다. 죽음을 앞둔 사람들과 함께하면서 스스로를 대변할 수 없었던 모든 사람을 대신해 말해줬다. 그녀는 한계를 초월했다. 죽어가는 사람에 관해서 배우기만 하지 않고 그들을 초대해서 말하게 하고 우리를 가르치도록 했다.

죽음에 관한 국제회의가 열리는 이집트에서 그녀를 처음 만나기로 했던 때를 기억한다. 그때는 만남이 성사되지 않았다. 그녀가 뇌졸중으로 쓰러져 여행을 할 수 없었기 때문이다. 몇 개월 후에 그녀가 잘 지내는지 궁금해 전화를 했고 "어떻게든 한번 만났으면 하는데요."라고 했다.

그랬더니 "화요일 어떠세요?"라는 것이다.

그녀는 이런 식으로 일이 되도록 했다. 어느 누구도 알아보려고 하지 않았던 삶의 한 분야에서 자신의 경력을 시작할 때에도 바로 이런 식으로 했다. 아득히 긴 병원 복도에 격리돼 쓸쓸히 죽음을 맞는 것이 아니라 한 세기 전에 볼 수 있었던 광경처럼 사랑하는 사람들이 주위에서 지켜보는 가운데 집과 같은 환경에서 맞는 평범한 죽음, 즉 사람들이 단순하고 자연스럽게 죽음을 맞이하도록 하는 것이 그녀의 꿈이었다.

『인생 수업』을 함께 집필할 때 분노를 다루는 부분을 쓰게 됐다. 내가 엘리자베스에게 "당신이 죽으리라는 것을 알게 되어 심하게 화를 낼 때 누군가 당신을 비난하면 어떤 감정을 느끼게 될지 말해줘요. 그렇지 않으면 분노에 관해서 쓸 수 없어요."라고 말했다.

그녀는 "사람들은 내가 만들어놓은 단계를 아주 좋아해요. 그저 내가 그중 어느 한 단계에 있는 것을 바라지 않을 뿐이에요."라고 했다. 그렇지만 그녀도 역시 다른 사람들과 다를 바 없었다.

죽음이 가까워지자 내게 전화를 해서는 그저 "와주세요."라고 했다. 나흘 동안 그녀의 자녀, 나, 가까운 친구인 브룩이 침대 곁에 앉아서 이번이 정말 마지막이 될지 아니면 다시 회복돼 우리를 놀라게 할지 생각했다. 몇 시간이 며칠이 되면서 죽어간다는 것에 대해서 스무 권이 넘는 책을 쓴 이 여인이 스스로 명료하게 죽음을 경험하고 있음을 깨달았다. 그녀를 우상화했던 일부 사람들은 그녀의 죽음 즈음에 무언가 놀라운 일이 일어날지 모른다며 죽음 전문가는 뭔가 초월적인 경험을 할 것이라는 이상한 기대를 하고 있었다.

그들이 무엇을 기대했는지 모르겠다. 하늘 높이 걸린 신비한 무지개 위에서 흘러나오는 음악을 기대했을지도 모르지만 아무 일도 일어나지 않았다. 그녀의 죽음은 전혀 비범하지 않았다. 그녀는 그런 사람이 아니었기 때문이다. 대신에 엘리자베스의 죽음에는 여러 해 동안 그녀가 열정적으로 말해온 온갖 평범한 즐거움이 모두 있었다. 병원을 벗어나 집에 있는 자신의 방에서 수많은 꽃에 파묻혀 그림 같은 창을 바라보며 사랑하는 사람들에 둘러싸여, 손자·손녀들과 내 아이들이 뛰노는 가운데 죽음을 맞이했다. 평범한 죽음을 맞으며 그녀는 평화로워졌고 모든 것을 받아들였다. 죽음을 맞는 사람 모두를 위해서 수십 년 전 처음 그녀가 꿈꾸었던 그런 죽음을 맞았다.

엘리자베스는 언젠가 이렇게 말했다.

"죽음이란 이번 생에서 더 이상 고통이나 아픔이 없는 다른 존재의 세계로 옮겨 가는 것일 뿐이에요. 그걸 알면 상실감과 슬픔 속에 있어도 내가 돌보는 사람들이 괜찮다는 것을 알 수 있지요. 그들을 다시 보게 될 겁니다. 그리고 내가 떠날 때에는 지금 내가 사랑하는 사람들을 배웅할 겁니다. 나는 그 사람들과 함께 크게 웃고 그들에게 미소를 보낼 겁니다. 그들이 죽음 후의 생을 믿지 않는다면 그런 사람들에게 찡긋 웃어주며 '하하, 우리 여기서 잘 지내요.'라고 말해줄 겁니다. 정말 영원한 것은 사랑뿐임을 알고 있어요. 그리고 나의 삶과 내가 잃어버린 사람들을 많이 그리워할 겁니다."

우리 모두 엘리자베스 당신을 그리워합니다.

데이비드 케슬러

KI신서 6234
생이 끝나갈 때 준비해야 할 것들

1판 1쇄 인쇄 2017년 3월 22일
1판 1쇄 발행 2017년 3월 28일

지은이 데이비드 케슬러 **옮긴이** 유은실
펴낸이 김영곤 **펴낸곳** (주)북이십일 21세기북스

해외사업본부장 서정석
정보개발팀 이남경 김은찬 이현정
해외기획팀 박진희 임세은 채윤지
해외마케팅팀 나은경
디자인 박선향

영업본부장 신우섭
출판영업팀 이경희 이은혜 권오권 홍태형
프로모션팀 김한성 최성환 김주희 김선영 정지은
제휴마케팅팀 류승은
홍보팀 이혜연 최수아 박혜림 백세희 김솔이 **제작팀** 이영민

출판등록 2000년 5월 6일 제406-2003-061호
주소 (우 10881) 경기도 파주시 회동길 201(문발동)
대표전화 031-955-2100 **팩스** 031-955-2151 **이메일** book21@book21.co.kr

ISBN 978-89-509-6181-7 03840